钱中文 祁志祥 八十年代文艺美学通信

钱中文 祁志祥

上海教育出版社
SHANGHAI EDUCATIONAL
PUBLISHING HOUSE

钱中文

1932年出生,江苏无锡人。中国社会科学院荣誉学部委员、文学研究所研究员、博士生导师,中国中外文艺理论学会名誉会长,中国作家协会全国委员会荣誉委员。长期从事文学理论研究工作,曾任文艺理论室主任、《文学评论》主编、国务院学位委员会中国语言文学学科评议组成员与召集人及多所大学兼职教授。

祁志祥

上海政法学院国学所所长,上海市美学学会会长,兼任上海市学位委员会第四届学科评议组专家、中华美学学会理事、中国文艺理论学会常务理事、中国中外文艺理论学会常务理事。主持并独立完成国家社科基金项目3项、教育部十一五规划教材1项、上海市哲学社会科学规划项目1项等。出版个人专著20余部,发表论文400余篇。曾获全国第六届高校科学研究优秀成果奖、上海市第十届哲学社会科学优秀成果奖、上海市高校优秀教材奖等。

Preface 序

几年前，志祥教授来京时到我家看望我，说起他一直保留着上世纪80年代上叶我写给他的所有信件。而我也在他来之前将我保存的那段时间他写给我的几十封书信整理好，在他来看我时交给了他。他回去后，把这些书信一一加以拼接，居然整理出一段难忘的故事来。

上世纪80年代初，我在中国社会科学院文学研究所文艺理论室工作，祁君是江苏大丰中学的语文老师。我与他素昧平生。1981年的初冬，我接到他给我的一封信，说看到我在《文学评论》上的文章很有感触云云，并附有他的一篇文稿，从此就开始了长达6年之久"以文会友"的书信往来。不久前他告诉我，上海教育出版社慧眼独具，有意以"八十年代文艺美学通信"为题出版，他整理后发现，在这段时间里，我竟给他写了25封书信（不包括我单独寄的书或刊物）。得此信息，我真惊异于自己的执著了。

祁君开始以请教的名义请我帮他看看稿子，提提意见，骨子里是盼望经我推荐发表作品。认识我之前他曾搞过文学创作，认识我之后开始转向文学理论和美学研究。我改了一篇论文他又寄来一篇论文，甚至还寄来电视剧本，弄得重务在身的我有点喘不过气来。我想我遇到一位痴迷的文艺青年了。从他身上，我见到了我青少年时期的影子，既感到理解，也感到同情。搞文艺的人，创作也好，研究也罢，如果没有强烈的兴趣，没有发表的愿望，是产生不了创作或研究冲动的。过去把这种兴趣、愿望当作个人主义批来批去，结果把人批成了没有活力的政治符号，人不仅失去了能动性，而且失去了创造性。对此我曾深有体会。其实，对成名成家的欲求只要引导得当，为什么不可以把它化为创作和研究的宝贵动力呢？

于是，尽管当时百废待兴，文艺理论研究室的工作很忙，我还是抽出空来、挤出时间，尽量及时给他回信。

阅罢祁君的文稿，发觉虽然理论基础显得单薄，理论表述有些松散，个别论文好像是讲稿，论述的深度不够，但学术兴趣非常广泛，文学知识相当丰富，能敏感地发现理论中的关键话题，敢于思考，能较好地表达，对当时文论、美学讨论中的好多问题都发表过自己的看法。尤其引起我注意的是，从文稿的行文来看，我发觉他的古文底子很好。这对于一个当时身处较为闭塞的乡村中学教师来说，可谓是高出同行大一截了。即使是那时的普通大学生、硕士生，恐怕也没有这样的视野与修养呢，更何况是一位从十年"文革"的荒凉年代走出来的青年呢！有着强烈的兴趣，有着丰厚的知识底子，也有一股拼劲，我觉得"孺子可教"，于是乐于推他一把。

于是在6年多的时间里，我们你来我往，通过书信不断讨论他的来稿，也旁及当时的文艺、美学热点问题乃至生活情感问题。针对他屡屡努力、屡遭退稿的遭遇，我不断给他鼓励打气；针对他成名心切的心理，我建议他要有板凳甘坐十年冷的准备；针对他过于广泛的兴趣，我建议他收缩写作领域，确定自己的专长，不要四面开花；根据他中国古代文论有较好的底子，我建议他坚持下去，一抓到底，直至开花结果，然后再扩大到线与面；针对他个人情感遇到危机、研究生报名一再受阻等不顺心的事，我送去同情和关切，也尽量帮着出出主意。这样，在我们之间，就不知不觉地建立了一种相当深切的朋友关系。这属于一种"忘年交"吧？

1985年4月，我到扬州参加方法论会议。会议结束后顺道回无锡老家探望，住弟弟家。祁君得此消息后，一路赶来和我相见。那是一天午后，有人敲门，我弟媳去开门，回来说有位外地的年轻人来看我。

我出去一看，是位长得又高又大的青年，一问姓名，原来就是通信已久的祁志祥。他身穿精心准备但料子普通的浅灰色西装，还打了领带，手里拎着一小篮鸡蛋送我聊表心意。我想这篮鸡蛋从苏北的大丰一路颠簸到苏南的无锡，实在难为他了，这满篮子装着的是一位后学满满的诚意。见面后，我们拉起了家常。那时肉食供应处于配给状态，有钱也无处可买。于是晚饭就用祁君送来的鸡蛋开荤，添上几样蔬菜，属于一顿普通人家的粗茶淡饭！晚上无锡到处都是昏暗一片，既然无处可去，于是就与祁君昏昏灯火话生平，又聊了一通往事。我知道祁君无力去住旅馆，就留他在我家住下。我弟弟家的住房原是一家存货的堆栈，父亲稍加收拾，成了住房，相当破烂。门口的砖地木板房由政府没收后分给了别人。进了大门沿着墙壁辟出一条小弄，直通我弟弟家的住房。到了睡觉时候，我让弟弟在过道较宽的地板上摊个双人铺，下面垫上两条破被子，上面再放两条被子供我们御寒。所谓地板，完全是用一小片一小片破旧木片钉出来的，到处是小洞、窟窿。弟弟说，晚上这里老鼠出没无常，它们有时会像人一样分成两派，大打出手，乱叫乱咬，让我们留意着点，不要被它们咬了鼻子。我们相对一笑：两个大男人还对付不了几个鼠辈？于是我与祁君抵足而眠，一夜相安无事，竟没有听到一声老鼠叫！第二天一早，祁君用了些早点，告辞回家。这是我们的第一次相见，真诚、俭朴、温暖、难以忘怀。

  1987年，祁君几经波折，终于考上名校名师中国古代文学理论专业的研究生，在学业上如鱼得水，如乘春风，潜力得以发挥，学术上极有长进。在后来30年间，他以很高的悟性与不懈的努力，出版了大量的学术著作，其中以文艺理论和美学为代表。在文艺理论方面，他曾在给我的通信中提及想用中国古代文论材料写一本中国古代文学原理著作，建构具有民族特色的文学理论体系。1993年他硕士研究生毕业后不久，即实现了这个夙愿，出版了《中国古代文学原理》，十多年后该书被选为"十一五"国家级指南类高教教材（改名为《中国古代文学理论》）。他也曾在通信中许下过填补中国美学史空白的宏愿。当时中国美学史一类的著作还没有出来。后来虽然出了几部,但2008年,祁君仍然凭个人一己之力,出版了很有特色的《中国美学通史》三卷本,并获得重要奖项。最近又增加了第一卷和第五卷,合为五卷本《中国美学全史》,亦付梓在即。在美学理论上,他还完成、出版了新美学原理著作《乐感美学》,自成一家,极为难得。这是我们通信时没有涉及的话题,可以说是锦上添花。不忘初心,实现宏愿,而且有意外的收获,岂非人生最大乐事?

回顾上世纪80年代上叶的几年时光,我与祁君通了那么多的信。可以说,在我与他人的学术通信中,给祁君写的信是最多的。当时我帮祁君看稿、改稿、荐稿,再给他写信,确实花了不少时间和精力。他曾戏称是我的"编外研究生",我觉得确实是这样。我在这位"编外研究生"身上所花的时间和精力,比在我名下任何一位在编的硕士生、博士生身上所花的要多得多!不过就我来说,真是无怨无悔。我只是以一颗素朴、真诚的心,对一个渴望成功、奋力进取的年轻人给予了一个长者力所能及的帮助。这里我要说明的是,当年我向多家刊物推荐过祁君的稿件,遗憾的是都没能采用,祁君在《文艺研究》上发的第一篇论文,完全是自己辛勤奋斗的结果。这是他给我回报的第一个惊喜。后来,祁君相继出版了《中国古代文学原理》《中国美学通史》,在兑现了通信时的诺言之外又出版了《乐感美学》等等,给我带来多重惊喜。如今,祁志祥教授已成为中国美学界的中坚人物。对于一个曾经在他学术起步时给予过扶持和栽培的学术长者,还有什么比这更值得欣慰的呢?

如今,我们当年的这段交往将以单行本的方式出版面世。作为作者之一,我由衷感谢上海教育出版社为我们、也为学界留住了这段往事,这段佳话,这段传奇!

2018年1月

Contents 目 录

上篇　扬帆起航：1981年—1987年通信

一、事出有因	……3	十九、提出拜见	……62
二、缘起南阳	……5	二十、委婉批评	……63
三、踵事增华	……8	二十一、陷入反思	……65
四、方法指导	……13	二十二、渐归平淡	……67
五、紧追不舍	……14	二十三、报考受阻	……72
六、耳提面命	……21	二十四、舔血疗伤	……75
七、转调新丰	……24	二十五、精神抚慰	……80
八、情感危机	……27	二十六、爱情告捷	……82
九、不离不弃	……28	二十七、初次考研	……88
十、抓住一点	……29	二十八、无锡相见	……98
十一、化丑为美	……32	二十九、触景伤怀	……101
十二、偶涉蔡仪	……35	三十、　又获甘霖	……104
十三、立志考研	……39	三十一、无望中的召唤	
十四、悉心指点	……43		……107
十五、三线作战	……45	三十二、天道酬勤	……110
十六、循循善诱	……50	三十三、美学思考	……111
十七、男大当婚	……52	三十四、高考夺魁	……114
十八、抒发思念	……55	三十五、忙中偷闲	……116

三十六、钱师之贺 …… 118	四十一、六年中请教的文章后来全部发表 …… 128
三十七、最后一信 …… 119	
三十八、圆满结局 …… 121	
三十九、三十而立 …… 124	四十二、两部大书的构想最早在通信中提出 …… 129
四十、六年中钱中文先生惠赠的著作 …… 127	

下篇 果挂满枝：钱中文、祁志祥代表作

一、钱中文：文学艺术价值、精神的重建：
  新理性精神　　　　　　　　　　　　　……137
  1. 寻找新的立足点　　　　　　　　　……137
  2. 信仰完全失去了吗?　　　　　　　……139
  3. 高扬文学的人文精神　　　　　　　……145
  4. 走向新理性精神　　　　　　　　　……149

二、钱中文：新理性精神与文学理论研究　……161
  1. 新理性精神是一种新的文化价值观　……161
  2. 新理性精神的构成因素　　　　　　……164
  3. 文学观念与文学研究　　　　　　　……174

三、祁志祥：建构具有民族特色的中国文学理论体系
　　　　　　　　　　　　　　　　　　　……181
  1. 中国古代文学理论的逻辑构架　　　……181
  2. 中国古代文论的主体表现特色　　　……189

四、祁志祥："乐感美学"：中国特色美学学科
  体系的构建　　　　　　　　　　　　　……200
  1. "乐感美学"的由来及释名　　　　　……200
  2. "重构"："建设性后现代"的方法论　……203
  3. 美学的学科概念、"美"的统一性及

　　　　　"美是有价值的乐感对象" ……210
　　　4. 关于美的存在的现象考察 ……218
　　　5. 美感的本质与特征、心理元素、基本
　　　　　方法、结构与机制 ……224
　　五、祁志祥：中国美学史的历史演变与时代特征 ……228
　　　1. 先秦两汉：中国古代美学的奠基期 ……228
　　　2. 魏晋南北朝：中国古代美学的突破期 ……233
　　　3. 隋唐宋元：中国古代美学的发展期 ……236
　　　4. 明清：中国古代美学的综合期 ……241
　　　5. 近代至当代：中国现代美学学科的转型期 ……250

附录：

　　1. 钱中文主要著述 ……255
　　2. 祁志祥主要著述 ……257

后记 ……261

上篇

扬帆起航：
1981年—1987年通信

祁志祥　叙述整理

20世纪80年代是思想解放、百废待兴的年代,是理想至上、学术虔诚、激情燃烧的岁月。80年代初我与钱中文先生的六年学术通信,就是那段学术史上一个带有传奇性的佳话。

那是我的人生扬帆起航的时候,也是钱先生的学术扬帆出征的时候。

一、事 出 有 因

认识钱中文先生时,我正在当时的江苏省大丰县南阳中学担任初中语文教师。

那是我大学毕业后走上教师岗位的第一年。大丰县南北片有两个重点中学,南阳中学是南片重点。那一年,我教的是初二。

1958年5月[1],我出生于江苏省大丰县白驹镇供销社的一个职工之家。六岁读书的我从小表现出对文学的浓烈兴趣。但"文化

祁志祥大学毕业后,1982年(24岁)摄于刘庄镇照相馆

大革命"中盛行的"唯出身论"掐断了我被推荐上大学的梦想。在付出了两个姐姐一个到煤矿、一个下乡插队的代价后,我获得了留城进厂的机会。在大丰县当时最大的一家工厂——新丰淮南纱厂工作期间,我以两首悼念周总理、毛主席的诗词《沁园春》轰动全厂,赢得厂长刮目相看,不久从三班倒的车间调至受人仰慕的厂机关工作,从事秘书、宣传工作。1977年恢复高考制度。1978年我以文科362.5分的成

---

[1] 我的身份证上写的是4月7日,其实那是农历。

绩被江苏师院盐城分院（后改名为盐城师范专科学校，现改为盐城师范学院）中文系录取。其实凭这个分数是可以进更好的大学的。当年江苏省文、理科一类大学录取分数线均划为360分。

不过，我还是含着委屈，走进了江苏师院盐城分院中文系，因为我怀揣着儿时就形成的文学梦想。我不得不给自己作了战略调整：走作家之路——因为这不受学校高下的制约。大学三年，我的主攻方向是读小说诗歌、写小说诗歌。古今中外的文学名著读了一大摞，小说诗歌也写了若干篇，生活手记写了七八个日记本，同时也关心小说作法之类的文艺评论。但小说诗歌都没能发表，只在1980年发表过一篇很短的电影评论。

1981年夏，我毕业后分配到大丰县南阳中学工作。在教学之余我继续做着文学之梦，写小说，看小说作法。我订阅了四份刊物：《小说选刊》《文学评论》《文艺研究》《文艺理论研究》。钱中文先生正是我从自己订阅的《文学评论》上认识的作者。

钱中文先生长我二十多岁，1932年出生于江苏无锡乡村的一个店员家庭。他少年时代爱好文学，1951年考入中国人民大学俄文系，毕业后赴莫斯科大学俄罗斯语言文学系研究院继续深造。1959年9月回国后，进中国社会科学院文学研究所东

1978年从大丰的淮南纱厂考上大学前合影，后排中间为祁志祥，后排右侧为樊嘉，现为上海中山医院院长，肝科专家、中科院院士；前排左侧为汪琼，现为江苏省政协办公室主任

1980年于上海，钱中文参加"托尔斯泰研讨会"，与几位莫斯科大学同学在一起，左起钱中文、孙尚文、赵先捷、倪蕊琴与冯增义

欧文学组，1961年转入文艺理论组，应命写了一些在文艺领域"反资反修"的批判文章。1965年派往江西参加"四清"，1966年回北京参加"文化大革命"。然而莫名其妙的是，1969年—1978年居然被戴上"反革命"帽子，受到隔离批判。1978年平反后重新走上工作岗位，1979年评为副研究员，1980年担任文艺理论研究室副主任。1981年底我认识钱先生的时候，先生正参加"六五"国家项目《文学原理》撰写工作，提出附加项目《现代外国文艺理论译丛》并担任主编之一。不过这一切，我当时并不知晓。

二、缘起南阳

1981年底，在南阳中学教书的我从《文学评论》第5期上读到钱中文的理论长文《论文艺作品中感情和思想的关系》，深受教益。这是我国文学理论界最早为情感正名的论文。恰好，我此前曾结合文学创作体会，写过一篇约8 000字的《浅谈情感在文学创作过程中的作用》,觉得有一点新意,有便怀着试试看的心情,通过《文学评论》编辑部转寄给钱中文先生,请他指教。文章分两部分:一、文学创作必须充满情感;二、文学创作不能感情用事。没想到,时隔不久,竟收到了钱先生的回信:

祁志祥同志:

你好。我因不常去研究所,因此你寄我的信及你的大作,我在一月下旬才收到。匆忙读过之后,曾想在春节期间给你回信。谁知初三上午赶完任务,下午就病倒了。直到最近几天身体才恢复过来。拖到今天给你写信,抱歉之至。

你的大作的立论是很好的,材料也很丰富,有自己的体会和见解。只是我觉得第二部分即"文学创作不能感情用事"在有些地方值得商榷。首先是标题,"感情用事"一般是指失去理智,这类提法用于杂感、随笔一类杂文是可以的，进入论文就显得不够科学、贴切了。你的意思、论点是对的，但在表达上似不够确切。其次，第9—10页上提到"感情代替不了科学"这一大段，论述似不够正确。当然，空想社会主义理想中无疑有感情成分，但把这种理论的内容归纳为感情是不科学的。再次，有几个小地方的提法提出来同你商量一下。

1. 第7页上谈到形象思维是以逻辑思维为指导的。事实上，形象思维作为一种思维，它本身就是有逻辑性的，和形象思维相对的一般是抽象思维或理论思维，这样提似较贴切些，这些思维本身都是有逻辑性的。

2. 第12页上第一段末几句话似可删去。局部和整体的问题十分复杂，几句话说不清楚。作者理解的局部也是生活的整体，而且他只能去写局部中的整体，他不可能去写整个社会的整个整体。问题恐怕只能从作者的思想出发点着眼。

3. 文中所引资料宜多用"名流"，这是没有办法的事。二三流的作家的论述，影响权威性，当然偶尔用些也是可以的。此外，行文中宜多用商榷的文字，避免教训人的口吻的出现。

总之，我认为你的大作是很有基础的。第二部分如能做些修改，使论点表达得科学一些，是可以发表的。上面所说意见，不尽妥当，失言之处请多原谅。

至于我本人，就年龄而言，可能比你大些，但是在动乱年月，荒废甚多，至今仍处于学步阶段，实在惭愧。我你的关系只能是相互学习、切磋学习的关系，请勿见怪。

我在中国社会科学院文学研究所文艺理论研究室工作。

即祝

教安

钱中文

1982年2月8日

给一个素不相识的人回信,本身已让我意外;来信细加指教,毫无敷衍之意,而且所有眉批都用铅笔,并在眉批处打了"?",身居高位而态度如此谦虚,令我格外感动。在读作家传记或名人传记时,常看到在他们早期成长的过程中得到某个好心的大人物热心提携的故事,多么期望这种幸运也能降临到我身上。现在这种极富戏剧性的故事似乎在我身上发生了,这使我喜出望外。

三、踵事增华

等不及原稿改好,我就另寄了一份更长的文稿,300字一页的稿纸有60多页,题目是"论'对比'法则在文学创作中的运用",并介绍了自己的大体情况,在信中夹附了回信的邮资,那意思是希望得到他的回信,又不想让他破费邮资。不久,就接到了钱先生的回复。钱先生将"论'对比'法则在文学创作中的运用"一稿挂号寄我,并退回了邮资,附寄一信说:

祁志祥同志:

您好!三月中旬,您的稿子和信都收到了。稿子我当时就读了,后来由于工作比较紧张,3月底4月初又要出去开会,做些准备,因此就耽搁了给您回信。前日刚自广州回来,又翻阅了您的稿子,下面我想简单谈些意见。稿子的题目我觉得抓得不错,看来您善于思考、抓问题,收集的材料也很丰富。只是我觉得在结构上,此稿不如前稿。这篇稿子作为讲稿是可以的,但如果作为文章,则显得呆板一些,零碎一些,理论性弱一些。当然，如果您还有多篇其他的文章，那么这篇放在其中也还是可以的，但单独作为文章发表可能困难些。这些读后感和意见，未必正确，请批判对待。

我原来以为您已三十开外了，像您这样年轻又读了不少书、知识比较丰富的青年教师在今天不算很多，这是十分难得的，通过不懈努力，自会取得成功。在时间方面，我的条件比您差了。我的年龄正好是您的一倍，历史耽误了人！真是徒叹奈何！

祝

好！

钱中文
1982年4月9日

当年我23岁，钱先生48岁。无论年龄、学养、地位，钱先生都在我之上好多，然而他竟然称我为"您"，谦恭得令我受之有愧。他身处全国学术制高点，接触的人多，因而对我的称道让我信心陡增。这时我已经根据他第一封信的意见，将《浅谈情感在文学创作过程中的作用》一文改好寄给他。因为修改的文章凝聚了钱先生的心血，我在将稿件寄去时提出可否将钱先生的名字署在前面。由于稿件太厚，钱先生两次寄回我的文稿时都是用挂号信，增加了先生的额外负担，我很觉不安，所以我这次仍然寄了邮资给先生。信中说：

敬爱的钱伯伯：

首先向您请安！

昨天上午接到您的信，当时的心情您是可想而知的。文章能得到您的首肯，这是我深感荣幸的。不管见用与否，您的肯定将坚定我在文艺理论方面着力的志向与信心，并鼓舞我在这条路上花更大的劲头努力下去。

兴奋过去了,我从中得到些什么呢?主要有两点。其一,我看到了往日的劳作没有白费,只要刻苦努力下去,是有可能盼到天亮的(终身努力而不见成功的,历史上、社会上多的是,我一再告诫自己埋头耕耘,不问收获,做一个殉道者,但当意识到有可能真的成为一个无所收获的殉道者时,心里就不寒而栗,这滋味委实不好受)。其二,我看到了自己的许多不足及其所在。钱伯伯,不管文章刊用与否,我都不会趾高气扬。我深知您的此举带有极大的扶植意味。如果因此而自得,不仅有负您的期望,而且将意味着事业的毁灭。果真《浅谈情感在文学创作过程中的作用》一文有幸发表,我将把它当作起点,从这里开始漫长而艰苦的旅程。

《浅》文之浅,我深知之。您的中肯的批评与指教,我实在服膺。若论理论水平,我起初就不敢动笔。因读过一些作品,写过一些习作,手中有事例,胸中有体会,想说出来,所以才写的。由写作的目标出发,我读大学期间大部分时间和精力都花在阅读作品与生活手记上。今后,我将集中精力和时间,攻克从事文艺理论所必通的科目。

体会您的意思,我给自己30岁之前规定的学习科目是:

古典文论、外国文论、中国文学史、法国文学史、俄罗斯文学史、英语、作品阅读。

关于中国文学史,在师专结业考试前曾涉猎过十三院校、中国社科院、游国恩、刘大杰等编的版本,但与"通"相距甚远,以后将视轻重缓急择时再细加研磋一番。关于法国、俄罗斯,因这两个国家作家的作品读得多些,故拟浏览一下该国的文学史。先求泛知,力图向"通"靠近。关于外语,曾用过力气,后来从尽早取得事业突破考虑,舍之轻装上阵,现在得重操旧戈。我记忆力不算好,准备狠拼一番(不过效果难测)。关于作品,因比较而言看得多些,故暂拟少花些时间,这些少量时间的用处,当在未知的世界名著和中国古典小说上。此外,及时关心每月的主要小说杂志(如《小说月报》《小说选刊》),并涉猎一些美术、音乐刊物。

以上计划,未知当否,请老师指教。附带一点,计划是死的,人是活的。具体执行中,当视特定情况随时调节。原则只有一个,力图走直线。您说是吗?

《说"斜"——谈古诗中的线条美》一文,粗的梗概有了,但完稿时殊觉不满,不敢奉寄了。中国古典诗词是最忌陈词滥调的,可"斜"字出现的频率却很高,似乎它很美。美在何处呢?我感受到"斜"字中含有一种线条的斜曲美。其他如出现频率也较高的"瘦""肥""疏""残""断""横"等词,也与线条存在某种联系。它们在一定环境中的恰当运用,构成一种线条美。我想分析这个问题,可未能分析好。以上感受可能是臆说,不知您是怎么看的?

又想另撰一文《平淡与功力》,考虑再三,准备推迟一些。等手头材料更丰富些时再写,那样或许更工稳些。您的信也给我指明了,现在应立足于打基础,无望速成。的确,韩愈《与李翊书》说:"将蕲至于古之立言者,则无望其速成,无诱于势利。养其根而俟其实,加其膏而希其光。根之茂者其实遂,膏之沃者其光晔。"深以为然。决心把头埋得更深些。如果有"厚积"之处,自然也不迟疑而促成其"发"。

钱伯伯,读了您来信末尾的那段话,我重新把上两封信回顾了一下，深深为您的谦逊精神和实在为人感动。关于人格和事业的关系，我早就把它立为一个专题加以探讨。这方面收集的材料亦不少。都说成才有四要素：德、学、才、识。如果我们抽去涂在"德"上的极左色彩，而把它理解为高尚的道德、纯洁的气质、正直的人格，它确是一切成就卓著的人可贵的地方。您就是

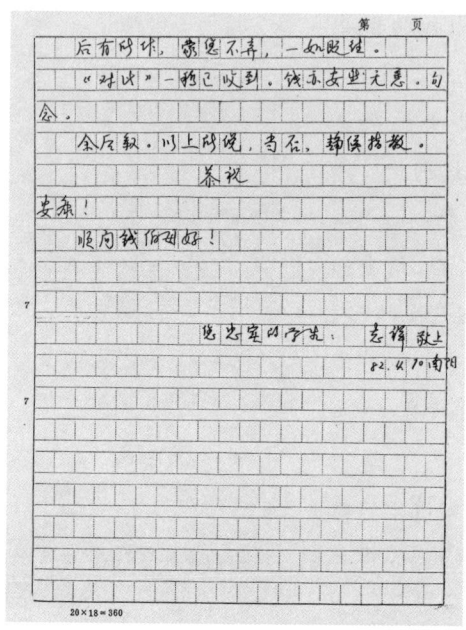

一个说明。您用自己切切实实的行动为我们作出了榜样。我将效法您，用忠贞的品格去砥砺自己学业的长进。

《美学论丛》第2、3期我已请人到县城代买，不过不一定买到。您如能惠寄于我，那将是我期望不得的。

盐城师专是我的母校。该校学报用我一稿，6月可出版，届时拟奉您裁教。

后有所作，如蒙不弃，一如既往呈上请教。

以上所说，当否，静候指教。余后叙。

恭祝

安康！

顺问钱师母好！

您忠实的学生：志祥敬上

1982年4月27日于南阳中学

四、方法指导

不久,收到钱先生寄赠的《美学论丛》及第三封信和退款:

祁志祥同志:

您好!您的修改稿和来信都已收到。由于这一阵杂务不少,所以您的稿子我到昨天才看了两遍。总的印象是稿子是有一定见解的,论证也清楚,文字也可以,只是我觉得在理论深度上还欠缺些,不过写成目前的样子也是不容易了。我已把稿子转寄给了《社会科学战线》(吉林),这一杂志能容纳篇幅较长的文章,并请他们酌定刊用与否。

我所指的理论深度,是指文章在论述中,要注意与这一问题密切相关、对它产生影响的那些因素,否则容易造成就事论事的印象;其次,在论证中最好有一定的针对性,这既可促使探求的深入,又能增加文章内在的论辩力,引起人的兴趣。研究文艺理论,在正常情况下,大约30岁到50岁是最佳年龄。因为这种工作不仅要比较精通一般理论,还要通文学史(一个国家的,或某个国家的一段文学史),阅读大量作品,对一些作品不是泛知,最好有些深入的研究;而且如果不精通某种外语,至少也得精通古文。否则活动范围有限。所以30岁前是打基础的时期。只要目标明确,不懈努力,持之以恒,一定是有成绩的。

我才疏学浅,并未成家,况平日还有一些非业务的事务缠身,工作较忙,因此要认我作老师,实在不敢当,是否仍如上次说的那样为好。我无什么著作,不知你上次信上指的是什么。前年我出版过一本小册子,那是没有什么学术价值的,我手头只剩下一本了。《美学论丛》第2、3期有我写的一论文,可以寄给你。你寄来的钱,我附在信中,你收入不多,个中道理,我不多说了。你文章署名,当然只能署你的。文学界有的人读了别人的剧本、小说后就署上自己名字的做法,实在要不得。

《对比》一稿,不知已收到否?

敬祝

进步

钱中文
1982年5月3日

这封信中所说的"我已把稿子转寄给了《社会科学战线》",对于我这个当时梦想发表文章的年轻人来说极具鼓舞作用。因为我曾经看过《社会科学战线》,那是一份厚厚的很有分量和地位的学术刊物。信中所说的"还有一些非业务的事务缠身",虽未明说,后来方知,指在文研所文学理论研究室担任主任一职,有一些行政管理事务要操心。来信将我寄去的邮资"附在信中"寄回,体现了无私提携后学的高风亮节。信中批评"学界有的人读了别人的剧本、小说后就署上自己名字的做法,实在要不得",体现了钱先生的人格操守。钱先生一生带过不少学生,也指导、帮助过不少后学,但他从未与学生联名发表过文章。至于信中对文章的"理论深度"、对文学理论研究最佳年龄及一般要求发表的看法,具有方法论意义,它贯穿于我一生的治学中,让我受用不尽。而钱先生寄赠的中国社科院文学研究所办的刊有他文章的《美学论丛》,则让我明白了:文论与美学是不分家的。要搞好文论,必须兼顾美学。

五、紧追不舍

5月末,我根据大学时期写的一篇文艺评论《谈"蓄"》改写的《"含蓄"三忌》发表在《盐城师专学报》1982年第2期上,我寄呈

钱先生,有汇报之意,并致一信:

敬爱的钱伯伯:

向您叩安!问您身体健康!

《美学论丛》第2期、第3期于昨日上午收到。衷心感谢您给我带来了难以言状的亢奋与喜悦。

在这种亢奋与激动的状态中,我怀着崇敬与喜悦的心情拜读了您的两篇洋洋大观的文章。崇敬随着阅读而扩展与加深,赞叹在阅读中情不自禁地发出。直到今天上午,才看完。又想到《文学评论》第二期登载的第四辑《美学论丛》有您的一篇论文的消息,我以为至少这样来认识您是不过分的:您不仅是文艺理论家,而且是美学家,还是马列主义的专家。

青年人喜欢粉碎偶像,但他们又常常自铸偶像。我似乎也不例外。我崇拜两个:真理与知识。谁拥有广泛深湛的知识,谁拥有更多的真理并能揭示它,我就崇拜谁。正是在这个意义上,我十分推崇您。您偌大的知识的怀抱囊括了我,使我感到渺小,这种渺小的程度就像水滴在江海中一样。请相信这些话一点也没有夸大。

我们国家的文艺理论、文艺批评跟不上创作的步伐,美学园地较之国外(如苏联)为贫瘠与薄弱。这正是蛟龙得水的时候。我们殷切地期望、热烈地祝愿您调动您的全部研究成果,写出更多的文章,为丰腴我国的美学园地,促进我国文艺理论的发展提供更多的资源。

您在两篇文章中为我们提供了不少资料与理论依据。尤其是关于别林斯基的论文中所介绍的不少片段更是宝贵的,因为它们是《别林斯基选集》中译本中无法读到的。他山之石,可以攻玉。这些也许在今后我们要引用到。届时,您不会责怪我们是贪图走捷径吧?

您是搞纯理论的。这非精通外语不可，否则便难以钻透（自然，中国古典文艺理论例外）。有鉴于此，我目前还不敢奢望搞纯理论。从文学创作中，从文学批评中，从作家创作谈中，我搜集到不算少的文艺现象，它们是现今我国文艺理论所未曾解答或圆满解答的。正因为如此，一些浅而易见的谬见才得以在某些作家的头脑中生根，在为数可观的评论文章中出现。就小说作法而论，至今未见过理论著作。文无定法，但总有些基本规则可循。鲁迅反对讲什么小说作法。只有在把小说作法视为固定的程式时，鲁迅的观点才是站得住脚的，它并不能说明小说就无基本的作法。而总结出这些规律性的东西对初学者（乃至有门户之见的作家）就有指导意义。像主题的有无、先后，小说中的人物多少，情节和细节的定义及关系，对话、心理、行动描写在人物塑造中的地位与处理，想象在艺术虚构中的作用，特征、形象、典型、观察、思想的表现以及文学与社会生活、与政治的关系，等等等等，都有待于我们进一步探索与辨析阐发。我目前的基本想法，就是切合创作实践，用理论（原理）对文艺现象试加探讨。不管怀有多大奢望，只求能剖析一个问题就剖析一个问题。在我看来，这些探讨是有一点意义的，不知您以为是否值得？

人在前进的过程中，须得兼顾各个方面知识的平衡。相对说，我现在理论方面落后了一些，因此目前得多在这方面花些力量。总的来看，我现在知识的积累还很浅很浅，它是与理想的要求不适应的。

正因为这，我想见您，而又不敢拜见您。有时会冒出今年夏日去北京的念头。一位岳丈在京的外语老师也这样劝我，但我还是打消了这个念头。到北京去，钱是不怕花的，问题是我现在学问还很浅，还一无所成。我要等一年两年，乃至三年四年，稍微学得像点样子了，争取再能发表两篇像样的文章，那时，我才能挺胸直背，堂堂正正去见您。——不过，我若是去京拜见，您不会反感吧？

谈到发表像样的文章，就要说到挂牵在《浅谈情感在文学创作过程中的作用》一文上的思虑。《社会科学战线》是名刊，所载文章，多为教授学者，顾影自怜，常觉惶惶。加之文学理论栏目篇幅有限，一万多字的文稿要刊登发表就更难。每想到此，心里就为之不安，为之祈祷。您上次写信告诉我的消息，既使我高兴，又不敢高兴。我这样的祈请也许是可以理解的，祈请您予以必要的关照。

絮絮至此，浪费了您许多时间，非常抱歉。考虑不周，多有拙语偏言，望多多原谅。

所刊尊文《美学论丛》第四辑能惠赠我一本吗？

能从相片上认识认识您吗（我常在心里描画着您的肖像）？

祝身体健康，多多保重！

即此

再拜！

您忠实的学生：志祥敬上
1982年5月29日于南阳中学

祁志祥全家福：母亲祁慧中，父亲杨荫生，大姐祁婉玲、二姐祁婉珍、妹妹祁婉娣、弟弟杨小川，中间幼儿为二姐女儿周雯婷

6月下旬，又将新写的理论长文《试析"平淡蕴含功力"》寄去请教：

敬爱的钱伯伯：

您好！

《试析"平淡蕴含功力"》一文写成，奉上，请予斧削。本人有这样的痴望：望能在您的悉心指点与通力协作下将此文改臻妥善，再行发出。不知此望可幸见谅否？

本人的治学方针是，一边耕耘，一边收获，一边阅读，一边写作。耕耘是为了有所收获，阅读是为了有所作为。读是占有，写是创造，光读不写怕积重难返，思想堕怠。因此，每遇到酝酿较成熟之处，总不忘一试铅刀，即便是现在重于打基础的时候也是如此。谨禀。

一个人的心理状态对写作的成功与否关系很大。《试》文较长，我之所以能克制激动，有条不紊地款款写出，那是因为受到您的鼓舞，有一个较为安宁、清净、没有纷扰的心境的缘故。您好像是核能源，巨大的力量一直震撼到黄海之滨。

文稿是为了向您汇报写出的，但当寄给您时又十分不安，因为它要耗费您较多的精力与时间。每次的心情都是如此。请原谅，您给我倾注了许多心血，而我每思图报又无以芹献。学生以为，只有取得令人刮目相看的成果，方才对得起您的栽培。届时，我当衔环相报。

常言：文如其人。实际情形不尽如此，但我从您的文章和信件上断定您文章的风格就是您的为人。我感到您不仅是我学业上的领路人，而且也是一位胸襟恢宏的长者。您不仅能理解热血青年的心，也能谅解他的一些不自觉的错误。因此，我在以往的信中向您掏了一些心里话。每写时，费斟酌；每寄后，常恐语有不逊与错误处遭人反感,果如是,望在所勿计。

又将您的《恩格斯论歌德》《别林斯基的文学思想》二文研读了一遍,深觉雨果的一句话有理:只有天才才能理解天才!能够充分理解别林斯基的,难道非天才可耶?

上封信提的一点要求,如果令人为难,请置一边。我们没有见过面,我不一定使您很放心。人格可保,我是求实的,注意修身治行的。虽然对您给予我的厚爱欣喜莫名,但不会拿着它去招摇过市。这一点,请您赐信。

7月20日放假,为期40天。此间,如蒙惠寄信件,请寄"大丰县刘庄供销社转祁志祥收"。我家坐落在刘庄公社的小镇上,离南阳中学70里。

一点请求:到县书店几回,知学术丛书进得很少,《美学论丛》总未见到。想备齐,特附二元币,烦方便时购寄《美学论丛》第一辑,请勿退回。第四辑如蒙惠寄就不付费了,免来回。谅。

又,收到《美学论丛》时,寄信一封。此后《盐城师专学报》来,又寄您一份,收到了吧?

盼回音。

向尊敬的钱师母叩安!

祝愿您身体健康!

即此

深拜!

您忠实的学生:志祥拜上
1982年6月29日

对于有稿必看、有信必复的钱先生来说,这个去信的频率是太快了。但当时,钱先生的来信就是我生命期待的全部。我有点克制不住去信去稿的冲动了。

暑假中在刘庄老家,收到了钱先生通过刘庄供销社转来的第四封来信:

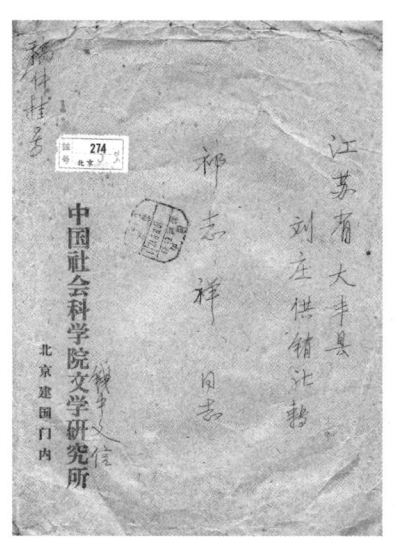

祁志祥同志:

你好!五月末、六月下旬两次来信和《平淡》一稿,均已收到,请勿挂念。

这段时间,我十分繁忙,改稿、看校样,看"大百科"稿子,会议,加上室里的一部分工作,真是难得有喘息机会。因此六月初接你的信和《盐城师专学报》上的大作后,迟迟未能复信,十分抱歉。

我有几个意见。以后来信,请你对我不要再用褒扬之词,还是以实事求是、朴素为好。我的学识实在浅陋,为人为文是最笨拙不过的。如真有一点长处,不过是尚肯努力而已。因此我绝不像你想象的那样,你了解后是会失望的。你说暑假想来北京,如果仅仅为了和我一叙,那大可不必。趁此时光,不如多读书、多练笔更有意义,不知你以为如何?

《社会科学战线》不知有何消息?《平淡》一文要稍隔一些时间才能拜读。最近手头有几种限时交卷的工作,难以脱身,请你见谅。

《美学论丛》第一辑现已无存书,可能要重印,以后再想办法如何?第四辑即将出来,届时一定给你寄去。

祝好

钱中文
1982年7月8日

六、耳提面命

我感到很抱歉。是我频繁的去信去稿给钱先生增加了百忙中看稿、回信的负担,其实他是尽可以置之不理的。但钱先生是那种习惯设身处地、为人作想的人。他理解一个刚刚起步的文学青年对他的期望,更理解他的回信在我心目中的地位。不过先生委婉的批评让我感到不自在。我回信说:

尊敬的钱老师:

您好!

信收到,所言甚是。拟遵行。

以往信中所谈美誉,均由衷而发。既然如此,以后力戒。

您事务繁忙,屡屡帮我阅改文稿,人非草木,孰能无情?对此,我心中的感谢是难以言表的。

此次暑假北行,原无此计划。借了一些书,打算假期间多看一些。时光难得,但愿老天不要太热。

《社会科学战线》尚无消息。不知倘有消息,是告诉您还是告诉我?

另,《平淡蕴含功力》一文中有几处错误,特此更正:

1. 汪曾琪的"琪"应作"祺"。

2. "膺品"的"膺",应作"赝"。

3. 在"从意境看平淡蕴含功力"一部分中,谈到孙犁的《白洋淀记事》时,前面说是"解放初期创作的"。案:《白洋淀纪事》,《孙犁小说散文集》,1958年初版,1962年再版,1978年稍订正重版,新版本计收入作者1939年至1945年写的58篇作品。因此,"解放初期创作的"应改为"四十年代创作的"。

余无他。

敬祝

康泰!

学生：志祥敬上
1982年7月15日

祁志祥1982年暑假摄于刘庄镇老家

不久又收到钱先生的回信：

祁志祥同志：

你好！《社会科学战线》不知有无消息与你？七月初接你《试析"平淡蕴含功力"》一稿后，我一直很忙，加之因一集体项目集中了一段时间，你的大作直到最近我才读了两遍。

此稿题意甚好，是个值得研究的题目，也有一些个人见解，但恕我直言，就此稿目前的样子，是不能拿出去的。第一个印象是较杂。你在这一篇稿子里，几乎把所有的艺术部门都谈过来了，中外文学、大小作家，甚至包括二三流的尚未定型的文学青年，戏剧、音乐、小说、绘画、电影、书法、漫画，还有偶发了几篇小评论的作者，等等，给人的读后感觉是斑驳零星，分寸感把握得不太准确。第二个印象是有求全感。稿子把"平淡"的各个方面以至达到"平淡"的手段、方法、注意点，等等，都谈了，不乏一些好的意思，但它们都淹没在"平淡"中了，结果给人一个平淡的印象。第三是由于求全，理论上就显得分散，不很深入，最后部分有些像讲稿。

这篇稿子的改法，我的意思是，能否从一个角度——古代文论的角度来谈，比如将题改为《论平淡》或《论平淡风格》。从稿子内容看，这样做很有基础，材料也尚丰富。这样做了会使问题集中、紧凑、论点突出，不改太宽泛、驳杂了。第二个办法是你如果对当代的几个作家感兴趣，干脆把他们抽出来单独论述，不要中外古今一起来论，这样倒也可以单独成篇，也不失为一个好题目。因此此稿可分成两个题目来写，第一个题目可写成万把字左右的文章，第二个题目七八千字也就可以了。这样的篇幅，拿出去较能录用，两三万字的东西，机会极少。

我很赞成你多读多写，这是你自己成长的最好办法。何其芳同志在世的时候，我从他那里得到了不少教益。其中之一，就是要不怕改稿。有的人的稿子当然是不让改的，即使满篇废话，也要人把它们当成字字珠玑，但是这样的文章，生命是不长的。我刚工作的时候，写的文章有一些是被退稿处理的。退稿当然是不愉快的，但是我从中得到的教训是文章要多改。要改到不惜把自己的长文章压短，不合逻辑的、妨害表达意思的、意思不清楚的或者是可去可留的文字一律删掉，让自己读起来也痛快。这是一个过程，大约花了我两年时间。到这种地步，在写文章方面就开始成熟了。以后写文章自己就有了把握，知道哪些该说，哪些不一定要说，哪些是多余的话，哪些地方论据不足、说得不够深刻，哪些地方有新意、有自己的见解等等，就了如指掌了。因此我也跟一些年轻的同志交谈，说到一个研究人员除了自己能抓住题目，对它从各个角度进行理论分析，还要深知自己分析、论证的优点、弱点在哪里，特别是对自己的文章要有一种无情的态度，该砍就砍，该削就削。那种天下文章自己好的偏爱，舍不得动手删削，是不成熟的表现。这样的同志是有的，因此他的文章总是绕来绕去，噜噜苏苏，没有重点，常常在发表上发生困难。我说这番话无非是交流交流经验，给你打打气而已。

祝

暑安

钱中文

1982 年 8 月 16 日

钱先生的这些指教，让我感到了学术之路的艰难和漫长。如果说我不经意之间投的第一篇稿得到他的热情肯定让我喜出望外，而花大气力写的第二篇稿《对比》和第三篇稿《平淡》所收到的他的指点意见则使我领悟到，学术文章要写好，必须尽量占有第一手理论资料。

七、转调新丰

这一年暑假，我调到了新丰中学。那是全县北片重点中学，与南阳中学属于同一级别的片重点，但离家近一点，妹妹也在新丰工作，生活可互相有个照应。等工作安顿好之后，我于开学之初给钱先生回信：

尊敬的钱老师：

您好！

稿子及信件收到了。因当时工作调动未定，地点难明，故延至今日复信。抱歉之至。

您对稿子提的意见是非常允当的。它对我今后写稿提供了带方针性的指南。今后写稿时,我将力图体现出对您的意见的理解。

关于改稿问题,我打算暂时搁一段时间,以期修改能较上稿有所进步。

您好理解我们这样的青年人的心理。感谢您用自己的经验给予我的指教、抚慰和鼓舞。虽说退稿不使人愉快,但当我认识到稿中的不足时,我就觉得合情合理了。退稿并不使我神伤,最令人难受的是自己认为有价值的劳动,得不到人家的尊重。从这方面讲,您竟看了我那既长又拙之作两遍,并那么鞭辟入里、详详细细地提了具体意见,实在叫人过意不去。说实在的,以后像这样的稿子,您第一遍过目如觉不妥,就不必再劳神看第二遍了。

这学期我调到新丰中学了。这儿交通方便些。今年南阳中学考分在中技以上分数线者101名,新中99名。1号开课,我教初三双班语文,它关系到明年高中升学率和小中技考试。因此,这一年的空闲时间就更少了。我将为不负您的希望抓紧时间读书。暑假间拜读了您的《果戈里及其讽刺艺术》。因为认识您,所以读的时候倍感亲切。册子写得是这样好,使我爱不释手。一个对美学感兴趣的朋友说曾见过您的文章。我想,您已写和将写的一定很多,而我的了解毕竟有限。如蒙不弃,望今后您将发表文章的刊物惠寄给我。您知道,它给我的教益,特别是给奋斗中的没有依靠的青年人的鼓舞力量,是难以估量的。

南阳中学已查询。《社会科学战线》至今尚无消息,我也不敢冒然询问,现在唯一的希望只有寄托在它身上了,亦不知稿件是否会退我,退后将如何处置?另,我地址有变,是否有必要函告他们一声?总之,这方面有消息就告诉您。衷心感谢您一直把这件事放在心上。与友人谈,深觉自己浅薄无知。我将会尽量努力的。

余言后叙。如有不当,敬请原谅。

敬祝

体安!

学生:志祥　敬上
1982年9月2日新丰中学

接着收到钱先生寄赠的中国社科院文学研究所文艺理论研究室主编的《美学论丛》。我马上复信说:

尊敬的钱老师:

您好。

寄至南阳的《美学论丛》第四辑几日前由南中教师转到。特告。勿念。谢谢。

《社会科学战线》至今尚无消息,颇令人挂念。

我已调至新丰中学。来时写过信给您,估计已经收到。乍来时,心绪不定,现在情绪基本平复,这对读写是有益的。上星期日写了《试论艺术表现美——兼论"丑中有美"》。打算认真修改一番,视改后情形定是否送您指教。

深深致谢。

恭祝

安康!

学生:祁志祥　敬上
1982年9月18日新丰

不久,《社会科学战线》编辑部将钱先生所推荐的《浅谈情感在文学创作过程中的作用》退我,并寄赠了两本《社会科学战线增刊》以示慰问。

八、情 感 危 机

钱先生一直牵挂着《社会科学战线》的用稿情况。没等他回信,我又致一信,并把生活中遇到的感情危机告诉先生:

敬爱的钱先生:

您好!

几天前《浅谈情感在文学创作过程中的作用》一文退回了。一张铅纸,上面写了两句回复:稿有一定基础,但要大力压缩,再投他刊试试。《社会科学战线》编辑部同时还寄赠两本八开的《学术研究丛刊》(今年一、二期),可能是作为鼓励。

看了人家的文章,的确感到自己的稿子浅。仅有自己的思考、见解,但毕竟论据不够有力,权威性的书读得太少。蒙《社会科学战线》鼓励,希望修改再寄,但希望渺茫,且不知修改了能否合该刊之意。承蒙您两次询问,现实情相告,您看可改后再寄与您吗?我不想为难您,如亦觉采用无望,就不必回信了。

看书学习需得心灵平静。但工作、爱情这些问题屡不遂意,因此给心情带来骚扰。加上学业的路多阻折,要想走通殊属不易,因此每每暗自神伤。近来读书不多,自己极其不满意自己,想起您便深感羞愧。理想和现实正在进行着剧烈的斗争,心灵正经受着痛苦的历程。常冒出破罐子破摔的念头,但一颗曾被希望燃烧过的心总不甘最后沉沦。内心的抑郁需要抒发。有些生活的画面颇动人情怀。想撇开论文写点小说。虽力不从心,但情不自禁。写得像些样,就请您雅正,若不成体统,便永不告知,恕我无能了。

以上这些,可能不该对您说,但我不能向您隐瞒我的真相。
　　谨祝
教安!

学生：祁志祥　敬上
1982年10月14日晚

九、不离不弃

不久,收到了钱先生的第六封来信:

祁志祥同志:

　　你好! 两次来信都已拜读。9月18日接信后,我曾去信《社会科学战线》,询问《浅谈情感》稿一事。现你已收到,甚慰。只是压得很久,未免太过分了。你现在碰到一个初接触文艺理论的人所常有的情况,稿子不被录用。这中间是很复杂的,杂志的门户之见、关系等可能是一些因素,另外稿子质量也是一个因素。作为投稿人,我们只能多想之后一个因素,你说对吧。你的几篇稿子都有一定基础,只是理论深度不足。如果弥补这一弱点,我的想法是,你是否可把其中某个问题,搞它半年一年,使之精益求精,这样一两年之内即使出来一两篇文章,也是可观的成绩了。研究生的方式就是在原来的基础上,加强理论修养,多读理论著作,再在这基础上写出一篇像样的论文,训练成独立思考、钻研问题、分析问题、从一定的理论高度概括问题的能力,从此融会贯通,通过把握一点(花三年时间)而后逐步推向线和面。你自己考虑一下,你的战线是否铺得太开了些。至于对于自己想达到的目的,任何时候都要有信心,锲而不舍,功到自成,锤炼成踏实的学风,不顺心的境遇也最能锻炼人。在你这样的年龄,生活上的事不会都尽如人意,但要豁达大度,不宜过分强求;需要感情,也要理智。可见不仅文艺创作中有这个问题,生活中也少不了呢。

至于搞些创作,我很赞成。如果有生活积累,又有表现能力,何妨一试,也许能给人无限乐趣呢!

顺祝

教安

钱中文

1982年10月25日

这里,钱先生不仅在指导我的学术,而且在开导我的人生。这封信最早提及"研究生"概念。当时研究生极难考,是"珍稀动物"。原来在读大学时,只是听说一位年轻的女老师想考研究生,就足以让我们学生对她刮目相看、崇敬有加。因为考研不仅需要专业突出,而且需要英语好。而我既无专业积累,也无英语基础,大学英语只学了一年,考试只是走走形式,所以根本就没敢往考研方面去想。本拟以自己进大学以来屡屡追求、屡屡受挫的经历为原型,写一部中长篇小说,但终因笔力不逮,且时间精力上也不容分心,放弃了这个想法。

十、抓 住 一 点

在阅读清人汪森、朱彝尊编选的《词综》时,强烈感到古代诗词咏物时体现的线条美趣味。钱先生指导要"抓住一点",可否从古代诗词中"斜"的使用频率极高的现象入手,剖析一下古代诗歌中的线条美?于是我向钱先生请教。

尊敬的钱老师:

您好!

来信早已收到。当时《审美活动中对艺术的双重审美关系》刚脱稿，正打算抓紧时间改好寄给您。后来到县里参加了县第一次文代会，回校后又逢考试阅卷评分，忙得无空喘息。本想等稿子刻印好一并写信给您，但总觉得不容再拖了。

  这里，寄一份施耐庵的材料给您。材料是跟县施耐庵办公室的王同书同志要的，或许对您收藏无妨。另寄《说"斜"》一稿请您指教。该文合作者陈新民写千字文评论较拿手，和《雨花》等刊物有联系。他要我文章不超过一千五百字。因竭力从简，故有失丰腴。一老师阅后还说第二部分说理不够清楚，因此不想外投。您看《说"斜"》的纲是否抓准了，有无必要加以充实和铺张？王同书现已去武汉参加施耐庵讨论会，20日后回来。他对古诗文涉猎较多。我们甚至想将《全宋诗》有关"斜"的诗例尽情收罗，运用统计学方法加以分析。这个工程巨大，您看花精力下去是否有价值？

  《审美活动中对艺术的双重审美关系》一文及其写作起因和指导思想，不久将可寄上。

  敬爱的钱先生，以您之尊，而一直不与我这位平民后生断绝联系，实在令我感动。县文代会期间，中联部文化局评论家顾骧同志到会演讲。我由他想及您，更感到您的尊贵。因此，您给我的栽培我便弥加珍惜。另，此间从《外国理论家、作家论形象思维》一书上看到您的译文，进一步了解到您在学术界的地位和分量。在与您的接触中，我一直有一种生怕遭遗弃的小媳妇心理(说来不怕见笑)，于是我拼命地写，甚至用过多的写冲淡了现实急需的读。现在既然您如上封信说了，我平常看书也就安心了。

  另外，您希望我集中时间精力搞一两个专题，但所能借到的书籍却不允许我有条理、有计划地去钻研。我以往看的一些文论、美学书，大多数跟盐城师专、江苏师院的图书馆，盐城师专的老师及志趣相投的朋友借的。这对于想在这方面搞下去的人无疑是不合适的。但这些书很难买到,外国文艺理论丛书是社科院、外文所等处出版的。我有这样的想法,您如可能,请帮我买一套(黑格尔《美学》、郭绍虞《中国古代文论选》四卷本)。买到时我托人代拿。不知您是否有难处?我不希望使您为难。

　　参加县文代会,受到鼓舞。也是文联一员了,因此也想写点文艺作品。大丰的丁正泉写了两部电影和多篇小说,对文学青年是一种鼓舞。

　　老师,我在给您写信时心情似乎很好,这可能使您想象不到我前一时候是如何低沉。即便现在,现实所加给我的也有若干痛苦。因为没社会关系,所以注定了当中学教师的命运。而那些没有看过《马列选集》的人却可以参加马列研究会,那些没有写过一篇美学论文的人却可以参加省美协,那些只有一些雕虫小技的人却可以站在大学讲坛上教授他人……我们辛勤努力,现实给予我们的就是这样的报偿!黄钟毁弃,瓦釜雷鸣,怎叫人不心生不平!因为工作是中学教师,于是就遭人歧视,在爱情上就注定被人选择,而我原先追求的恰恰是别人的尊重。在这样复杂的心情中踽踽举步,委实不易。而您却不弃我,真叫我感动。理想犹如灯塔,光亮忽闪忽灭。人的奋斗,看来总是一张一弛,波浪式前进。当我"熄灭""松弛"时,望您能原谅。我将尽毕生力量与现实的重压抗争,争取在磐石之下长出新芽。

　　话多了些,请原谅我感情的外溢。

　　恭祝

安好!

学生　志祥　敬上
1982年11月14日

钱先生回信说：

祁志祥同志：

您好！

匆匆读了你们的《说"斜"》一文的提纲，觉得很有意思，可在这基础上敷衍成文，约5 000～7 000字，我可推荐给我室美学小组编的《美学评林》。另一刊物《美学论丛》，也是我室编的，一般不收外稿。

提纲第二点中关于三角、直角一类谈法，似较勉强。第二点能否提作动态（与静态相较）美呢？把论点集中在这方面呢？供参改。

事比较忙，不多写了，原提纲奉还。

致

礼

钱中文
1982年11月23日

十一、化丑为美

《说"斜"》一文必须花些时间搜集材料、整理分析才能写出来。趁着这个机会，我将已经写好、投给《社会科学战线》的《审美活动中对艺术的双重审美关系——兼谈西方文论中的"化丑为美"的一个美学原理》一文寄上请教先生，并在新年到来之际表示要寄赠点"束脩"聊表谢意。

尊敬的钱先生：

近安！

上次寄去两份材料，估计收到了吧？

奉上《审美活动中对艺术的双重审美关系》稿一份，请老师指正。

"丑中有美"是美学上留下来的老问题，因看到的论述这方面问题的文章多不很妥帖服人，故作此文。

写了好几个半拉子。全稿写过四遍，心劳力拙。尽管"孩子"丑，因为亲生，故爱恋之情切切。错误难免，祈请裁夺。

无话则短，就此搁笔。

又打扰您了，深为之不安。

此稿能写成，全赖您的鼓舞与点拨。谨此由衷致谢！

您的学生　志祥敬上
1982年11月24日夜

12月，没有收到钱先生的回信。于是我又致一信：

敬爱的钱先生：

祝您体安！

约三周前接到您的信件。于是中断了当时手中写的小说。挪来整块时间涉猎了《汉魏南北朝诗选》《唐宋诗举要》《唐宋词选》《词综》。倘不看，依据原有材料，亦可敷衍成五千到七千字的文章，但毕竟应当慎重些。收获是有的，它为我以前注意到的一些论题充实了材料，并且给我提供了一些新的论题。

本来现在想整理分类，投入写作了，因别人要我还书，所以不得不抓紧时间看书。约需2到3周可看完。争取在春节前改完《说"斜"》。来年春天想推开理论书，把那小说写一写。应当说构思已有几成成熟，看来还不得不是个中篇呢！成败未卜，心中惶惶。

约一月前寄去《审美活动中对艺术的双重审美关系》。

之所以要寄刻印稿,是因为该稿与手写稿有所径庭。如您指点的那样,文中所引用的理论依据及实例依据,都出自名流。又如您在给《平淡蕴含功力》的回信中说的那样,是自己的话就多说些,人家的话就少说些。又,没有您的鼓舞,我是不一定有信心写这种理论文章的。文章尽力从简,只是将意思表明即可。虽一万五千字,然未敢拖沓。这些,均是您指点的结果。故在文末说明,非言出无据,乃言出由衷;无招摇之意,有防人白眼之心——这也是事实,望得到谅解。

稿出后,又接触过此类论述,如《文学评论》第五期杨文虎《论生活真实》中"关于老妓女"欣赏的论述(p127),邵传烈、戴平《灯下谈美》(广东人民出版社1982年6月版)中"丑中见美"一章(p45),都是说,罗丹的老妓女之所以美,仅仅因为它作为现实中的"典型"形象,控诉了资本主义社会的可恶。这些说法和理由是老生常谈,它们未能使我看出《审美活动中对艺术的双重审美关系》中观点的破绽,反而加强了我对"美在典型"说的怀疑。现实丑即使经过"典型化",不是仍然会"唤起我的痛苦,甚至憎恶吗"?欧未哀尔为什么要到艺术中才能控诉资本主义的罪恶呢?难道他在现实中就不能控诉吗?流行的观点是将理想美(即典型美)归入艺术美,其实,理想丑(典型丑)在艺术中仍是能唤起痛苦而为丑的。所以我以为,车尔尼雪夫斯基在《生活与美学》中把美划为三种不同的存在形式:现实中的美、想象中的美、艺术中的美,而未将想象中的美归入艺术中的美,是值得深思的。

为此我想向您请求,请允许我以那篇浅作所持的论点加入这个讨论,我很想听听人家(尤其是我批评的那些同志——虽然这些批评过于大胆)的意见、反应。

该稿目前接到的回音,有顾骧同志的意见,简明得很:

"材料丰富,有见解。"《社会科学战线》编辑部今天来了信,说该稿"已经编入文类867号,待研究后再将处理意见告诉您"。回首过往,命运好像和我作对,多少事情总不遂人意,因而想到这次稿件的处理结果,怕又是凶多吉少。因此,在来信或接到用稿通知前,我盼着您那儿的回音。一年将尽,新年将来。叹冬去春来,又增一岁。不知不觉中我们的接触已有一年。一年里您为我花费了多少时间与心力,学生刻骨铭心,感恩戴德,怕惹小人之嫌,然略表寸心,聊献束脩,恐怕亦是人之常情吧?学生窃想有点表示,望届时见谅。

　　一年来,我和您的名字对了不少话。我是想念您的。只恨东风不与祁郎便,飞到北京识君面。我有位同乡,亦为师友,将在春节前后去澳大利亚进修(他叫朱永生,在苏州大学外语系执教,有不少书正是假他之手借的[1]),我托他路过北京时去代我一见,特禀。他年轻、勤奋、真诚。如至,望勿以意外。他学的是英语,他出国后能否帮助关心点美学资料,亦未可知。

　　送一张夏照,同伴摄于南阳中学。取意:应该微笑面对生活。

　　余此后叙。即请大安!并问师母安好!

您的忠实学生　祁志祥　上
1982年12月19日

十二、偶涉蔡仪

　　这年底,钱先生住院动了个手术。出院回家后不久,就回

---

[1] 朱永生后任复旦大学外语系主任、国际文化交流学院院长。

了信：

祁志祥同志：

您好！《审美》一稿我在去年12月初就收到了，因工作实在忙乎，未及时看。随后我就住院动了一个小手术，在医院中待了一星期。12月下旬出院后，休息了一个时期，以恢复体力。今天读了您的信，有些情况需向您说明一下，因此赶忙给您一信。

一、您的《审美》一稿稿末提了我的名字，在文章发表时一定请您删去。首先是我即使提过意见，也不必提及。如果是专著一类书籍，就又当别论了，何况我未看过这一稿件呢。其次，更要请您谅解的是，"美在典型"论主要是蔡仪同志的观点，蔡老是我室元老，他在美学界受到一些不公正的待遇（非关这一问题），因此我即使在某些问题上有不同意见，也不愿增加他的负担。同时我在室里担负一些行政工作，常与他商量问题。您在文后提及我的名字，可能会给我工作带来一些不便，个中苦衷，请您谅解。自然，这与您文章及您的观点、见解无关。二、至于束脩云云，这已是陈旧了的东西，请勿寄我，并以后勿再提及，让我们免俗如何呢？还有一些热情的话，今后也不宜再写，旁人得知，是会讪笑于我们的，您说对吗？

《审美》一稿，我要过些时日才能看出来，请原谅。阅后我会把意见告您。

  祝

好

钱中文
1983年元旦

1983年元月中旬，我回信说：

敬爱的钱先生：

您好！

来信收阅。关于署名一事，在此深表歉意，祈望见谅。如发表，定去函删去。不过这种可能性太小。据老师讲，《社会科学战线》接到稿件后均有一铅纸回复投稿者表明收到。倘如是，则上次那便笺则不是可能用稿的征兆了。

《审美活动中对艺术的双重审美关系》稿中批评了诸家观点。这里想说明的是，文中的主要观点，就是在批判中逐步鲜明起来的。倘只觉不满，而无己见，则我是不动笔的。倘能在破的基础上形成自己的一套见解体系（小范围），我方敢动笔。批评（准确地说是怀疑）尽力实事求是，平心而论，秉公而说，对事不对人。如言有冒犯，则非某所愿也。

"美在典型"说乃从《美学论丛》第四辑上所见，此前不知是蔡仪同志的观点。为讨教，亦为切磋，我也曾将《审美活动中对艺术的双重审美关系》一文寄给贵室《〈美学原理〉大纲》编写组。心是诚的。我想，倘若蔡仪有知，或是能谅解的吧？

为照顾篇幅，《审美》稿只一万五千言。至此所积累的材料依据，大概两倍于此。反复思量，非敝帚自珍，觉得该文试图探讨的问题是有些意义的。尤其是，它将会引起对"理想美（丑）"与"典型美（丑）"的深入探究。与该文的枝节相连缀，我们可以像种花生一样作出一组文章来。恕不在此细述，请赐信于我。

最近系统地将《别林斯基选集》三卷本钻研了一番。窃以为，别林斯基关于创作中思想和情感的关系、创作的自觉与非自觉问题、"诗歌身外无目的"的思想演变等似乎是值得分析研究的。您是这方面的权威，您看呢？

要探索的问题很多。只是时间紧，又要多读书，而不敢轻举妄动。另外我也看清了，要改变处境，最好走研究生一条路。我想把时间放得长一些,明年,或者后年试一试。不知像我们这些专科生可不可以考?您那儿明年或后年招不招?倘若您也带研究生,可以考您的么?

知您身体时常生病,估计体质不够好。深望您自我保重,并在照顾体力的情况下,把自己的深厚积累奉献出来。

在《文艺报》第12期、《文学评论》第6期上,欣喜地见到您的文章。深深地为您高兴和欢呼。

您接信后的第二天,也许会收到一点礼物。礼物是这样少,以至于不足挂齿。千里鹅毛,请收下这点心意。一年来,您花在我身上的精力和时间不少。您真不知道我心里多么过意不去!愿望是这样,倘若给您带来负担,则非我所愿也。一句话,我这儿是"充足理由律",万勿推脱,哪怕是变相的形式!

我会在稿子质量方面狠下功夫的。

年前拟弄墨涂鸦,如有尚可合意者,当送一二以志深情。

燕子声声里,相思又一年。在新的一年到来的时候,我衷心祝愿您取得新的丰硕成果!我们关注着您。

此颂大安!并祝全家福!

您的学生 志祥 敬启
1983年元月13日

前排从左至右:著名文化人、企业家袁岳,加拿大麦迪森学院教授王育林,中国宝武集团工会管理者杨小川,摄于1983年

十三、立志考研

钱中文先生早年毕业于莫斯科大学，是俄国文学和文论专家。这段时间我详细研读了满涛翻译的《别林斯基选集》三卷本，有些心得，想对此做些个案研究，但不知可否。同时我意识到，即便发表一两篇文章，也无济于事，不会改变在基层中学作教师的处境。而要改变工作环境，只有走考研一条路。于是我将这两个问题一并向钱先生作了试探性的请教。恰好江苏师院的朱永生老师到悉尼大学访学途经北京，我请朱老师带了两斤蹄筋给钱先生以表谢意。

敬爱的钱先生：

叩问体安！

今乘朱永生同志路京之际，特请代为一见，借以转达我对您的最深切的问候和最诚挚的谢意！

那点礼物本是准备写信后第二天寄给您的，后接朱永生来信，将在2月8日去澳，想着收领包裹多有不便，故一并托永生捎与您。斯物区区，略表寸心，给先生身体带来一丝滋补，则是学生再期望不过的了。

如果你们之间能有些谈资，抑或有一些业务联系，那也是我奢望的。

我们2月5号到25号放假，此间在家。如蒙惠寄信息，请寄刘庄供销社转。

敬祝

康乐！

您的学生　志祥敬上
1983年元月22日　刘庄

这时收到《社会科学战线》的退稿。我回信告知先生，并寄了一篇刚完成的《说"斜"——谈古诗中的线条美》一文请教：

敬爱的钱中文先生：

  首先问您体安！祝您新春愉快！

  因为期中复习的缘故，忙得一直没有稍完整一点的时间。直到放假后，才动笔写《说"斜"——谈古诗中的线条美》。易二稿，前日夜成。今寄与您，不知能否偿旧日约？实在惶愧。

  《审美活动中对艺术的双重审美关系》一稿，果如我之前所料，被《社会科学战线》退回来了。只一张铅纸。我是能理解编辑的苦衷的，但不知编辑能否理解我的苦衷？如果他亲眼看到我是在怎样的环境下学习和写作的，他也许会发点善良之心，写两句话点评一下优劣。事实逼我这样想：要不顾骧同志的肯定意见是错误的（我不明白，作为一篇理论稿，能达到"材料丰富，有见解"的地步，还要达到什么样的要求方能发表？自然顾的意见也只是一家之见），要不就是人微言轻。

  先生，我并不想在您面前诉说自己奋斗过程中所喝的苦水和由此产生的牢骚，我不想让您看到我只是一个生活的埋怨者、牢骚者。不，强者不应是这样的。"让别人去做生活的骄子，我们的使命永远是开拓！"这两句诗我一直把它奉为自己生活的准则。我在与您的通信中，我只想让你看到一个在社会底层的人在充满荆棘的道路上迈出的一个个坚实的脚步所留下的印迹！同时，不虚度人生，在离开这个人世的时候给人类能留下一点真正的财富，这也就是我一生追求的最高理想。

  由于多次受挫（在读大学时我曾写过八本生活手记，四本文论笔记，誊写撰清的小说稿近十篇，誊在方格纸上的读书笔记约20万字。到南阳中学后第一个学期,我就写了四个短篇小说,三篇论文,等等),我逐渐相信起命运来。"生活是美好的",对生活很遂心如意的人才是如此,对在生活中屡遭挫折的人来说,这种感觉就很淡漠了。知道了这一切,您就可以理解我在以往的通信中为什么要说些充满热情的话,那是情不自禁由衷发出的。我屡屡谈起,我奋斗到现在,就遇上您这么一个好人。我们是素不相识的,但您对我的帮助却是无私的。用"命运"来解释,这也许是我对事业的忠诚和若干刻苦的努力、辛勤的劳动所必然要有的"报应"吧。别见笑,这一切都是实话。

人微言轻。趁着年轻,能考研究生最好考。为防止捉襟见肘,我复习时力求面广量大。但又怕有些地方对考试来说劳而无功,所以心中无数。我想考美学或文艺理论的研究生,您看,复习的范围大概是在哪里?能稍作指点吗?

先生,上次写信给您的第二天,本打算将包裹寄给您的。恰好接苏州大学朱永生老师信,他将在本月5号去北京,8号去澳大利亚。考虑到收领包裹多有不便,便请他捎去,正好代为一见,以慰我寸心。朱6号抵京后就至贵室,未见到您,很遗憾,只好将包裹丢给陈俊昌老师转您,不知收到没有?另外,我这里有幅书法也写好了,正在请人抽空装裱。如果还像些样子,也还准备寄给您。

下一步准备集中时间读一部分书。您很忙,我无意为难您。不过心里还是盼望听到您对二稿的意见的。

春节了,北京一定很热闹。祝愿您、师母和您的孩子节日快乐!

　　再布

安康!

您的学生　志祥敬上

1983年2月11日　刘庄

钱先生回信说：

祁志祥同志：

您好！春节前一阵，工作甚忙，年终总结，接着是计划、讨论会，还有一些意外的工作来袭，等等，因此未能看你的《审美》一文，十分抱歉。此稿不知现在如何处理，《社会科学战线》有进一步的意见吗？不管哪里采用，请一定将我名字去掉是盼，另外这样做也有失谨慎。我看过此文后，将会告诉你我的意见。

《说"斜"》一文不知进行得怎样了？上次来信说你读了别林斯基后，对有些问题很感兴趣，这些问题是可以研究的，但需要发展地看。艺术创作的有目的、无目的，自觉与不自觉都是他早期的思想，是德国美学影响的结果，后期他就不这么说了，并作了否定。因此如果要谈别氏的思想，则要历史发展地看。有的人的文章只摘采合乎自己心意的段落用，就必然要陷于片面。当然对上述问题做单独的研究，又是一回事。去年我在《学术月刊》（上海）第7期上有篇《论艺术直觉》的文章，就触及了创作的自觉与不自觉的问题，可惜第一部分中的理论性文字，给编者删去了，他们以为这是"套话"，真是见鬼！没有了它们，文章的理论性就大大减弱了，我似乎在那里就事论事了。你来信问及研究生招考事，我在1978—1981年与蔡仪同志一起指导过一个研究生（1978年招了8人），今、明年内我不准备再招，这两年内我任务甚紧，要写些东西，有个人的，也有集体的项目，有时还要集中找个地方躲起来。现在招研究生，多半面向各省。你不妨多留心一下，有合适的机会就试一下。

朱永生同志来京后，曾去我所。我们未能见面，甚似遗憾。主要是我平常只周二、五去所，其余时间都在家里，等我见到他的条子,正是他去澳的日子。你托他带给我的东西收到了,十分感谢。此物市面上极难买到,难为你了,先寄付20元,不知够不够数?你收入少,破费你是不忍心的。

祝好

钱中文
1983年2月15日

十四、悉心指点

收到我2月11日的信后,钱先生又来信,非常具体地谈了《审美活动中对艺术的双重审美关系》一稿的读后意见:

祁志祥同志:

您好!前几天寄出一信,谅已收到了吧?并寄出了20元人民币,是否足数?你千万不要和我客气,不要寄来寄去。

读了你的《审美》一稿,我觉得问题提得很有意思,材料也很充实,有一定理论性说明,你在思考问题方面是很努力的,视野也扩大了。我想用挑剔的态度提些意见,未必正确。

一、题目中提出"审美活动中对艺术的双重审美关系",从所论内容来看,实际上是指现实事物的美丑属性和艺术表现两重关系而言,而艺术对象即前者,尚非艺术本身,因此,标题是否改一下为好,如用《审美活动中的双重审美关系》?

二、P2,你提出了"艺术美"与"现实美"的区别,这是对的,但"现实美"是种自然状态的东西,一旦进入作品,就成了"艺术美"了,如果要对"美"进行分解,那恐怕只能说"现实美"是"艺术美"的基础,或基本因素之一,艺术中含有现实美的因素,但很难再把它说成是"现实美"了。"艺术中的现实美,亦即自然中的现实美",这种提法是不大科学的。

三、第6页提到黑格尔与别林斯基的观点,在这一点上,他们两人的观点都是错误的,这里起码涉两个问题:一是把理念视为艺术对象;二是把艺术对象与哲学对象混同。你在行文中似未予区别、辨正。

四、P10开头,外貌、心灵美恐怕不能概括为"理想美",同时认为这种美不属艺术美范围中的美。又似乎绝对了些,问题在于从同一事中区分出差异,而不是把它们绝对化。

五、P11末,"认识论"宜改为"从文艺反映现实的角度",因那时还没有我们现时称为"认识论"的自觉的理论。

六、P12:任何事物都是生活真实,有的生活真实不过是一种偶然出现的现象、一种事实,有的生活真实意义比较丰富、重大。而且即使是偶然现象,也会曲折、隐晦地表现出它的某些本质方面,因此你这样来区别生活真实,恐怕还应说得辩证些。

七、关于生活真实,真、美、丑等关系。P14上的艺术形象中的"丑中有美","丑"的概念属于"现实美"的美学范畴,美的概念别属于"艺术美"的美学范畴,这种说法好像缺乏说服力,"丑"也是一种审美范畴。又"丑"何以能成为"美"?表现了"生活真实",是原因之一,有高度技巧、形式完美也都是原因,但似仍未找到一个核心。我对这问题没有研究,只觉得典型化在这里仍不失为一个规范。当然我不同意把任何现象都要归结到典型上去,有些艺术现象是谈不上是典型的。但是要描写丑恶的东西,却比描写其他现象的限制性更大,不是任何丑的东西都能进入艺术,而进入艺术的,可以把丑的东西化为艺术美的,其选择性更大,更需要典型化。至于过去的"类型化"可以看作是"典型化"的历史发展中的一环。

上述意见，不尽妥当，仅供参考。

不知你今年的计划如何？我想最好改一两个题目，反复几次，使论点稳妥，论证详尽，材料丰富，有创新意见。

开学在即，工作一定繁忙，祝工作研究双丰收。研究生应考，你不妨一试。

祝好

钱中文

1983年2月19日

钱先生对我的文稿不是敷衍一下回个信，而是逐字逐句看完，悉心加以仔细指教。这让我很感动。

十五、三线作战

我回信表示衷心感谢，诉说了我对自己未来努力方向的打算，也就是复习考研、论文写作、中学教学三条线同时作战。

敬爱的钱先生：

叩问身体安好！

因为补课，我正月初五就来校了。您相继寄来的两封信都已收到。汇来的钱自然也万无一失。您的信我们家的人也看了，据弟弟讲，当他读到您第一封来信的结尾几句时，母亲为之一掬动情之泪。

通信年余，以前总觉得谈家庭情况是废话，现在觉得稍作简述似乎对于您了解我是必要的。父亲是搞财会的，母亲是营业员，大姐也在刘庄供销社工作，二姐在南阳中学教外语，妹妹在新丰一家国营纱厂做话务员（写到这里，我想起来了，我甚至可以和您通话呢！），弟弟在扬州师范学院历史系读书，情况基本如此。您的家庭情况呢？

这里我要感谢您的，是您为《审美》一稿所提的详细、具体的评点意见。不少地方使我茅塞顿开，也有些地方我仍需仔细琢磨。这些意见我是十分珍视的。您看，这稿有修改的价值吗？如果有，我也许能把它改得比现在这个样子更有说服力、更可人意一些（蒙您赐我希望，总以为我自己投稿有采用的可能，其实这可能是极小的，门户之见压死人，另外关系学也渗透在出版界中）。

来信对我提出在一两个问题上深究下去的希望，并问及我近期的计划。关于第一个问题，我得告诉您，凡以前我曾做过有一定基础的文章的论题，如论情感、平淡及对比，我读书时发现有关这类问题的论述时都做了摘录，但还不仅限于这，其他方面也做了摘录。在我认为哪一方面可以动手时，我是不会拖延的。考虑到要打基础，我不想搞诸如"陆游美学思想研究"之类的专题，而只想探讨宏观范围内的一些问题。我能做的几篇文章似乎就是这方面的。关于后者，我的打算是这样的：本学期花约半学期的时间，读理论著作暂告一段落，此后将西方美学史，欧洲文学史，俄、德、英、法国的文学简史，中国文学批评史，中国古代、现代文学史（已涉猎过）读一读，并作些较具体的笔记。这项工作争取在下学期期中完成。然后再接触一些哲学、心理学，把几家文学概论的本子再比较一下，争取在明年春能拉下个梗概。如果明年考不上，那么再花一年时间在各个方面加深巩固，争取后年再考。自我感觉，后年考或许有些把握，您后年带研究生吗？另外，我也看到，考试是考记忆力的，我的机械记忆力并不很好，加之英语到时候还不知道掌握得怎么样。因此，考不上的可能也是不容忽视的。而两年以后，等在各个方面打下一个基础，对各家美学观点都有一定掌握时,再去搞一点专题研究,如陆游之类。总之,我今后的目标是面向中国古典美学。就我视野所见,中国古典美学似乎有许多未开垦的处女地。堂堂中国,没有一部中国古代美学史,岂不羞乎?

既然要考(考是为了争取时间、资料以及导师指点,它非目的,而是做学问的手段),那么,就不允许我在某一方面畸形发展。即便写文章,也不想在时间上对考研有多大干扰,并且作为巩固考研方面知识的手段,我只写关于这类方面的。在调节好两者关系的情况下,我打算每学期写一至两篇长些(万字上下)的文章,以期发表,从而祈望在您的扶持下加入美学协会,能趁开会之机出去透点气,开点眼界,也让一直处在现实的压抑中的我翻翻身,喘喘气,从外界得到一点我竭力追求的尊重。

以上所说,当否,敬请指正。

别林斯基关于创作的自觉与非自觉的思想及其演变,之所以激起我的兴趣,是由于他和创作中感情和理智的关系、创作中主题的有无以及别氏"艺术身外无目的"等思想的演变这诸多重要的、争议很多的问题纠集在一起的缘故。因此,分析、阐明它,并融进自己的见解,我以为也许是颇为值得的。而对我来说,可能又是有些基础的。因此,我想就近借到《别林斯基论文学》后参照起来,理一理别林斯基的思想脉络,之后搞一搞针对他的研究。您的那篇《论艺术直觉》想必对此大有裨益。我到县委宣传部、科技资料室查了,那里未订《学术月刊》,您可以寄我一本(载有钱先生的《论艺术直觉》)么?另外,您的那段被删的理论性文字能寄我吗?让我们试试合作行不行呢?我将尽力不辜负您。学生愿借长风破万里浪,先生有长风,可借与我乎?

这封信,是在用了诸多脑力之后写的,至此,脑力似乎已

1984年祁志祥在新丰中学宿舍灯下苦读

是强弩之末了,加之烛光摇曳,还有些昏昏然。以上所说,是些缺少理性过滤的大言壮语亦未可知。不过,我是努力使言行一致的!

最后还要告诉您的是,我未因看书写作冲淡教学工作。首先是为饭碗,其次是为对学生负责,再则是为顾全自己的名誉。我教的初三年级两个班,人数一个64,一个62,每周有近130本作文本,课务是全校公认最重的,这样也好,否则你看书人家要说不少闲话,说你担子轻有空闲。总之,自从认识了您,我对自己的要求更高些,不给您丢脸而为您争气,就是我孜孜以求的。

听说您近一两年内要写书,欣喜甚。多么希望能早日闻到您的书的油墨香!

又:春节前(2月11日)挂号从刘庄寄您的《说"斜"》一文,收到了吗?

余言后叙。恭祝。

康泰!

学生 志祥 教拜
1983年2月28日烛光下 于新丰

不久又去一信:

敬爱的钱中文先生:

您好!祝您体安!

腊月二十九,从刘庄挂号寄您《说"斜"》一稿以及信件一封。接您节间二信后,又寄您一信,想必都收到了吧?

为考研的事,不久前去县文教局查了研究生试目。只查到中国社会科学院有关资料,而江苏的大学有关美学、文艺理论招生的资料没有。社科院今年美学没有招生名额,文论方面,一是古典文论,导师侯敏泽,专业试目是文学理论、中国文学史、古典文论;一是马克思主义文艺理论,导师王春元(我曾拜读过他的文章,很喜欢),试目是文学概论、中国文学史、马克思主义文艺理论。目标不能有二,眼下就做决定。权衡了一下自己,我今年的目标定在"马克思主义文艺理论"上。前两项均有点基础,后一项尚是空白。我想用半年时间将《马恩选集》四卷、《列宁选集》四卷、《马恩论艺术》几卷、《列宁论文学与艺术》几卷、《斯大林论文学与艺术》一卷、《毛泽东论文艺》(后几本正在借)研磨一番。我是喜欢写文章的(因为有收获的喜悦,而读书仅属于播种),但不能不克制自己少写。而我又认为,讨论情感与理智的关系,与哲学又是紧密联系在一起的。等看了这部分马列著作,必将对这方面的问题带来许多益处。

我想,确定了这个目标,即使明年考不上,后年当您招生时,也许能和您带的科目相吻合吧?

在文学概论方面,我以前学的讲义科学性不足,批判味太浓,似不足凭。因此,我打算将以群、蔡仪主编的本子,陈荒煤当顾问、十二院校编写的《文学理论基础》(上海文艺出版社1981年版)等几种版本找来看一看;《中国文学史》方面,我打算以社科院三卷本《中国文学史》、唐弢主编的《中国现代文学史》为依据。

另,政治方面,《政治经济学》以蒋学模的本子为依据,《哲学》以吉林社科院新出的为依据,党史、国际共产主义运动史就由不得我选择了,找到一本是一本。

您如不介意,请指出无所依据的版本是否恰当。据说,所学的本子是否有权威性,对于学习是否劳而有功,是至关重要的。

今年的学习生活,就由这规定了。

打扰您了,请原谅。

深深地

敬礼!

学生:祁志祥　敬拜
1983年3月15日

十六、循循善诱

面对我提出的诸多问题和想法,钱先生回信循循善诱。

祁志祥同志:

你好!来信均已收读。

先谈你报考一事。你好像搞错了报考的时间吧,你应考的是1983年的,而非"明年"的。今年要分配给我室3个名额,因我今年不愿招收,推掉了,因此只剩了2名。明年如何,只好到时再说。我建议你再考虑一下专业方向,如果已定下,那就算了。你所列书目大纲差不多。文学理论一般都是基本问题;马列文艺理论,除了经典作家提出的理论问题,还有结合当前争论的理论问题,供应考者自由发挥,如人性、人道主义、现实主义、创新方法以及关于现代主义等问题。我想大致如此,当然不能作准。

你的《说"斜"》一文,我已交给了美学组,估计问题不大,他们还未回复我,不过《美学评林》欢迎这类文章。《审美》一文我看现在不必动它。因为这稿的一些基本问题似需做较大改动，你要准备考试，就没有时间了。意见我已提了。估计《社会科学战线》退稿，也出于这些原因，即提出的问题有意思，但理论上有较大的欠缺之处。

你求成心切，当然很好。但不宜操之过急，叹宝刀无人赏识。你还年轻（这是我最羡慕的），底子尚好。从你给我的稿子来看，问题转得很快，思路也很敏捷，但缺乏理论上的科学性、正确性。我仍持这一意见，先将有较好基础的一两个问题多做些磨研，把它当作艺术品来完成，到搞成为止。当然今年你就没有时间了。至于名声、资格，其实是很空的，重要的是"货色"！别看常到外面开会、讲话的人物，除少数外，大都是沽名钓誉。也许我由于性格内向，一般是不大愿意出去开会的，但主要是学识浅陋。像我这样的年纪，真是"所虑时光疾，常怀紧迫情"。好几个项目总是拖着，又不断追加临时任务，使我十分烦恼。最近又给我一个任务，不搞还不成，一搞就要花我两个月时间。现在紧张得掐着小时在过日子。我只问耕耘，不问收获。我也想写写小说，感受、题材积累颇多，但这是要时间的。至于你这样的人，要有十年、八年默默无闻地做学问的决心。对我们来说，成果比什么都重要，你说对吧？

我家庭条件尚好，小家庭三人：我、我妻子和女儿。妻子在外语学院工作，女儿去年已考入大学。我们比较开明，早就不重男轻女，而且只要一个孩子，一笑。

祝好

钱中文
1983年3月25日

钱先生来信末尾对自己家庭情况的介绍，让我进一步感受到他的可亲。

十七、男 大 当 婚

在追求学术的同时,个人婚姻问题也提到议事日程上来。我想找的对象是有学历、有文化的女性。但新丰中学年龄合适、可以考虑的女教师我都没有机会,倒是高考复习班中一些来自上海农场的女生气质不俗,大大吸引了我。她们与我年龄相差并不大,可不可以从中物色呢?要在她们当中物色,首先必须建立一定的联系。考虑到当时全社会倡导"五讲四美",曲啸、李燕杰的演讲风靡全国,这很可能成为1983年高考语文的题材,于是我主动向校长请缨,给三个高考复习班作一次以"心灵美"为主题的作文辅导讲座。讲座时间为四节课,分上下两个单元。讲座相当成功,每个单元结束,学生都报以热烈的掌声。一个身材高挑、气质绝佳、成绩优异的女生引起我的关注。经向班主任了解,得知她的名字叫李婷。

讲座结束后,我将《论"心灵美"》讲稿整理好,寄给钱先生作为汇报,并致一信:

敬爱的钱中文先生:
  敬祝身体康健!
  来信已读。我感到您可敬又可亲,请允许我在此表示我对您人格的深深的敬意。您的人格将会在我身上发生很大的影响。
  《说"斜"》一文,麻烦您了。《审美活动中对艺术的双重审美关系》一文,就暂让它沉睡吧,我也感到它有的地方不太"光滑",尚待琢磨。先生,赵久真教授曾对为是否去美国深造的问题而举棋不定的丁洁琼说:成功是七分的汗水加三分的机遇。意即成功是主观与客观结合的产物。主观的努力我信心百倍,但客观的扶携,我就无能为力了。而后者,正是我对您深怀感激的原因。我愿永远在您的扶持下成长,并且我将尽量长得好些,而不使栽花人的辛勤付之流水。

考试的事情,已经报了名。但时间紧张,事情多,估计83年会考得很惨。届时请不要见笑。专业方向只好暂这样定了。我对文论涉猎较多,而接触美学——实不相瞒——是在去年认识了您以后。我看的第一本美学的小册子是丁枫的《美学浅谈》。有关艺术美(尤其是审美)部分还熟悉,此外就有较多空白了。而且有些美学书,这里很难借到。再说,考研究生仅仅是手段,为的是取得时间、资料,从而为自己在学业上早日有所成就带来方便。对我来说,最为迫切需要的是时间和资料。自然,学问之间有联系,一切都是可变的。您如有何想法请指出,我将相机而动。

要成就学问,我深知其艰难(自然,寻章摘句,东抄西摘,趋时随俗,或玩弄皮相花俏,邀宠一时,是不难的,但这决非真学问、真成果)。因此,在战略上我是放得较远的。东坡吊贾生,叹其急于用世而不能待时,对我很有启发。但是,在战术上,我还是主张用"小跑"的。原因有三:一、早些立业,对成家是有好处的。婚姻的事我既不会要求过高,也不会差强。老实说,我的心灵活动似乎过于丰富了些。二、早些成业,对反击世俗偏见,舒服做人是有益的。世俗用钱和势的眼光看你,于是教师在俗众眼里位置可怜得很。有人总以学历看人,我就要效法藤野、鲁迅,尽量作出点成绩让人刮目相看。而且,越是奋斗者,看他笑话的人就越多。随波逐流,可以生活得挺好;想成佼佼者,则容易受到别人的嫉妒或非议。每当我意识到这一切,仿佛大气都对我有压力,使我有窒息的感觉。因此,要舒舒服服、挺起胸膛生活,就得奋斗,争取早日成功。三、报答老师期望。在大学读书时,有几个老师对我很好,对我寄予期望。离校后我们还保持着联系。但每每投稿不中，我便不好意思见他们了，因为我没脸。其他原因还有一些，但主要是以上这些原因。

听到您也想写小说的消息，我万分欣喜。先生，这一生最好写一部。这样我们对形象思维与理论思维等特点及其结合情况将会理解得更真切些。这样写出来的理论文章也许会与作家创作更加贴近一些。并且这样，还可以显示出一个人的多方面才能。我很佩服钱锺书，他写小说《围城》也很成功。秦兆阳也是这样。创作是有意思的，它会使您处于一种审美观照中，获得无比的愉悦（不知钱锺书先生和您有无关系）。

最后，我要来说说《论"心灵美"》的事了。

这篇文章，本是讲稿，是为了辅导高考复习班学生的作文而写的。有些较深的地方未讲。而且讲的时候不少趣例在文中也有所省略。"四害"横行时，知识一文不名，"四害"倒台后，知识身价百倍。于是在青年人中出现了这样的一种趋势：一时在知识追求上下功夫，但对道德品行的修养却用功不勤，甚至给以忽视。有些文化人，连最起码的文明礼貌和道德品质也没有。我深不以为然。古人是把为人与为文放在一起的。南朝梁简文帝说："立身之道与文章异，立身先须谨慎，文章且须放荡。"这里的"谨慎"就是用道德规范对自己加以约束。现在谈论心灵美、建设精神文明，正好与时代潮流合拍。但是，用马列大道理来说明心灵美的重要性，也许难以被人接受，而讲一些大学问家修养品行的事迹，将道理与趣味熔于一炉，也许更能打动人心，使他们乐于将治学与做人合二为一。因此，我抓紧时间将讲稿润色誊写寄您了。

这篇讲稿在讲授时获得了较好的反响。我在三个班讲，学生均自发地用掌声报答了我。他们说我是"美的传播者",是我的这个地方的"李燕杰",还问我是哪个学校毕业的。请原谅,这些完全是真实的,虽然我受之有愧。

自然,这些话也激起了我的一些联想。我想起了康德、黑格尔做编外讲师的事。我梦想,倘若我的国家的大学也设编外讲师该多好!

稿奉上了,错误一定很多,请老师多加指教。

又,外出问题。外出费时间,开会也大多流于观光,这是事实。但我自幼以来出门不多,许多地方皆假书而得。这对搞美学、文论者无疑是一个欠缺。古人说,读万卷书,行万里路,趁年轻时出去见识见识,这是有必要的。加之小城僻陋,学术的风吹不到这儿,借开会之机开开眼界,对自己长进也是有所帮助的。基于这些,我有这样的请求,倘有会能允许我列席参加,请来函。并打算今年夏天去拜见您。我不会多打搅您的,您能同意吗?好,就写到这。有话以后再说,冒昧处,敬请原谅。

恳切地向师母问好!热忱地祝您全家幸福!

望劳逸结合,多自保重!

即请

教安!

您忠实的学生:志祥　敬拜
1983年4月3日晚

随信寄去的《论"心灵美"》文稿很长,约30 000字。

十八、抒 发 思 念

不久,写给钱先生的一幅书法作品托人装裱好了,我挂号寄

呈,并另致长信,诉说了自己想拜见钱先生的思念之情:

敬爱的钱中文先生:近安!
　　与信同时发出的是一幅书法长联。
　　几天前接朱永生一信。瞧,他又来问我别来有无成果了,真叫人惭愧。他在悉尼大学语言系就读。导师是系主任,英国人,著名语言学家。在两年间将读四门课程,毕业时写一篇论文,获硕士学位。他今年的年龄是35岁上下。我知道他课程很紧,但还是忍不住问他是否有可能关心一些文论和美学方面的资料。自然喽,即便他愿意这样,还须先与您取得联系。因此,在此将他的地址写给您,与他通点信息也不妨。他是个好说话、懂得尊重人的人。
　　要拜见您,这是久蓄在我心底的愿望。但如果仅仅见一面而已,我想于人于己,都为不必。平静说来,我所以要去京一趟,至少是基于以下几个考虑:
　　一、学业问题。包括:1.考试问题;2.写作问题——像《论"心灵美"》这样的谈论从事艺术与学问的人的道德修养的文章,依据现有材料,可写十多篇,二三十万言。3.专业定向问题。举个例吧。在校时,文论老师曾透露则消息给我,说

祁志祥1983年写给钱中文先生的书法

邓小平同志曾希望周扬在有生之年主编一本有中国特色的文学理论著作,但周扬力不从心了。从动态看,这方面确有搞的价值。我琢磨了几个本子,感到有些理论不能说明问题的全部,有些复杂的问题却简单化地对待了。如对"形象"的分析,总把它当作内容与形式的统一。其实在不少时候是仅仅作为"形式""媒介"使用的。而有些重要问题,却避而不谈或谈得太少,如"创作过程"中的"情感"活动及其作用,谈得太少、太粗了,等等。

二、工作问题。我希望改善工作环境,并非为了赚取那虚假的荣光,或是为了个人发迹,而只是为了工作环境能对成就学业,使一生对我们祖国能有所贡献带来方便。有些学业上的事,离开一定环境是不成的。这样说吧,搞中国美学史(请允许我有此奢望),不能系统地、有充裕的时间去读古人的书是绝对不行的。为了达到我的目标,我力图通过考研改变处境,但为了考研,我得花费、延迟多少时间才能接近我自己立志的专题研究工作!并且,万一考不上呢?

三、结识名家,亲聆教诲,接受鼓舞。

四、瞻仰首都名胜古迹,陶冶情操,开拓胸襟,拓展视野。

五、让我们之间能获得一些直观印象。您没见过我的面,就给了我信任,您也许把别人想得都像您那样的"善",我真是感谢您!我是一个无名小卒,什么大作品也没发表过,前进路上的许多阻碍很有可能使我湮没无闻。我生活在社会的下层,正在经受着痛苦的磨难,不少人都用疑惑的眼光看着我。而您,却在万忙之中频频地将温热的手伸给了我,我怎么能不深怀感动!米勒穷困潦倒之际,许多朋友对他冷眼相看,唯独一个朋友对他提供了无私的帮助和支持。当我看到世界名画家传上这段感人肺腑的场面的描写时,深深地流泪了。泪水滴在书上,浸湿了纸页——为可怜的米勒而哭,也在为自己而哭；为米勒的那位患难之交的无私举动而哭，也在为自己所遇见的那位恩师崇高的举动——无私的提携而哭。有时我总是摆脱不了这样的想法：自己或许就是那20年代踯躅街头的萧殷，而恩师就是以浇灌鲜花为己任、扶持了萧殷的鲁迅。或许说，自己正在扮演50年代的王蒙，而恩师就是从稚嫩的《青春万岁》手稿中看到了王蒙未来的萧殷？亲爱的先生，我这样说，只是为了让您理解我对您的思念是多么深厚，我对您的情感是多么真挚！

最后我还要借此机会买一些书，再看一些此处难看到的书。

以上就是我作出去京想法的根据。自然，我清楚地知道，这会给您带来一些不便和影响。您也许面对我的热忱有难言之隐。这常常使我在表述了上述愿望时又引起不安和自责。浪费您的时间我总有"犯罪"之感。倘若这样，您就直接告诉我，不要委屈心意，那样心里难受。正如您能理解我一样，我也能理解您。在交往中，最需要的就是相互理解。

不过只有这点可以表白：我是懂得自爱的。

瞧，一说就这么多，真讨厌，是吧？

最后祝您万好，并祝您一家子好！

您的志祥　敬拜
1983年4月30日

钱老师回信说：

祁志祥同志：

您好！你给我的稿子和信都已收阅。因为我实在较忙，所以只能趁个空子给你写回信，耽误了时间，十分抱歉。

你的《论"心灵美"》一稿，我已看完，觉得这是属于一般道德修善的文章。这种稿子，作为你的工作任务，我觉得还是写得生动的，有感情文采，但作为学术文章就难以处理了。你信上说像这样的文章可写二三十万言，但和文学研究不甚密切，这就涉及了你的方向问题。

我和你虽有接触，但说实在是缺乏了解的，这也是自然的，只是通过一些信件、稿子做媒介嘛！我觉得你兴趣广泛，于文艺理论研究有好处，但就你的写作情况来看，定的题目，涉及的范围太泛了。青年人什么都想搞，搞得过于杂，就会事倍功半。据我观察，你的古代文论有一定底子，何不把这作为主攻方向呢？你有志于中国美学史（我室敏泽在搞），设想很好，但方向要早定。古代文论、美学、文艺、理论、批评等范围都很大，一个人想在这几方面都有所作为，并驾齐驱，那是相当困难的，何况是刚起步的时候呢？其实这个意思我早在去年就写过几纸，要选好方向、题目，抓住不放，自甘寂寞，而后方有所得，见到成果，才告罢休。到时自然水到渠成，乐在其中。而我，说实在，只能给你出出一般主意，像与朋友样，余则实在感到无能为力。

我室今年招了几个研究生，有古代文论的，有文艺理论的，明后年是否有名额，尚难预料，即使有，我起码要到后年方招。前两年指导一个研究生，相当花我力气，结果影响了我的工作。这两年，我想集中一些力量，把自己的几个项目搞出来，因此我甚感时间的紧迫，不可能在别的方面分心。我想，你选定专业后，不一定认定我们这里，北大、复旦、南大都可以去考，这样机会会更多些，当然考我们这里，我们也欢迎。

五月下旬，我又得放下自己的工作，参加大百科文艺理论条目的定稿工作；六月准备发掉几部译稿（请人翻译的），然后又要转入一项集体工作《文学原理》中。此事已说了几年，今年是箭在弦上，不得不发了。三个月闭门读书，三个月写出

1983年5月于庐山，钱中文参加全国苏联文艺思想研讨会，左起王燎、钱中文、谭德玲、张羽与李兆林

提纲（四人合作）。如今年能写出提纲，明年初将印寄各地，征求意见，再修改；明年下半年和后年，全部写完，最后定稿。《文学原理》增加一些新观点，完全是可以的，但问题在于体系，这是一个难题。

暑期你想来京观光学习，也是一个很好的机会，不知有无住处？你的书法如未寄出，最好留下，不必和我客气，届时我们四人（参加《文学原理》的）可能要躲掉几个月，不过你来信后，我们仍可见面的。

祝好

你的稿子和信同时寄出，请查收。

钱中文

1983年5月11日

下面是我的回信：

敬爱的钱中文先生：

您好！

信件以及稿件相继收到。《论"心灵美"》一稿本是应命而作，属于"述而不作"的东西，然窃与青年报社的一些青年修养读物相比，觉得似有一定特色。而且同学们的反应也鼓舞了我。所以就寄给了您。实指望您阅后是否可以转与青年出版社，然此等心思终未启口。如是，以后再说吧！

　　考研的事，因英语不行，今年只能是一试，很有可能头破血流。原计划科目因已选定，怕改动后复习时间不够。总之，我视情况许可，尽力照您的希望办就是了。

　　北京之行，如无大变故，可能会应诺。届时再联系。

　　听说你们研究室在搞《文学原理》，为之欢欣。我虽然积蓄很浅，但由于平常对此关注较多，有一点粗糙的不成形的意见。倘能去京，拟将奉献。愚者千虑或有一得，但愿如此。

　　人到了我这个年龄，考虑的问题必然多了，常有严峻的矛盾提到我面前，破坏我心灵的平衡。因此学习也常常受到影响，真是没有办法。

　　有关"情感在艺术中的地位"问题，收集材料较前多了些，想在学期结束前搞一搞。我不想架空谈理论，因此估计稿子不会短。但不管怎么长，我将尽力不说废话。这个问题很复杂，牵涉面又大，我总想使问题的阐述尽量全面些，弄不好是个小册子。篇幅预计如此，您看怎么办？

　　积累多了，修改理当较前稿进步，但材料一多，难以驾驭，弄不好会不如前稿那样令人满意。先言于是，届时望谅。

　　愿神灵保佑我，使我如愿以偿。

　　书法已经收到了吧？一笑。

　　此祝全家
万好！

志祥　敬上
1983年5月25日

十九、提出拜见

在盐城师专读书时，常因向老师请教问题、交流看法，深得老师欣赏。有时到了吃饭时间，就应邀在老师家吃饭。甚至谈到深夜时，就住在老师家中过夜。当时准备暑假到北京拜访钱先生，我也期望着能否如此。说实在的，以我当时的工资，到北京是住不起的。觉得这个想法似乎必须说明白，于是我又致一信：

敬爱的钱中文先生：
　　深深问您好！
　　不久前给您去了信。这封信完全可以不写，但有点事情想来想去，决定还是事先联系一下为好。
　　您希望我立足原有论题，在这一两年之内集中搞一搞，争取出一到两篇文章，我一直未曾忘怀。即使近几年另有目标，但与这并无大矛盾。如上信所说，论述情感的文章已经动笔。为防求全，在关联着艺术情感的诸多问题中我选择了"文学创作中情感的地位"这个论题。大约从五到六个方面作肯定性的正面论述，某些方面作为注意点顺带而过。文章尽量有针对性，虽然每个立论均具有一定量的理论和事实材料作依据，但为节省篇幅，为人熟知的事例和根据就打算省略了。即使如此，按照已写的情况来看，文章大约有3万字上下。
　　于是我便想到在发表上可能发生的困难，不禁毛骨悚然。这里想向老师说明的是，我深知简洁、言之有物在学术文章中的重要性。我也力图朝这方面努力，力图在不标新立异的情况下有所创见，但如果要把意思说清楚、说透彻，非得长一些不可，您看是否可行呢？
　　您是写文章的，深知其中甘苦。我虽在构思明白以后动笔较快,但在比较、分析、综合和研究材料、构思文章时,却也是颇为辛苦的;尤其是上课或考试、看英语等每天必有的工作,将时间全部分成了碎块,有时还有些令人烦恼的事干扰心境,因此完成一篇思路清晰的长文章确实也是煞费心机、心劳力拙。如果说以往的几篇是理论深度和科学性不足,退稿退得我无所怨言的话,那么现在,在掌握了一定数量的材料、获得了一定的理论阅历时,再动笔作文章就尽量想使它成用了。现在时间很紧张,怎能分出来搞无效劳动!

文稿情形如上所说,如认为有必要,请稍致一点信息。

该文是在您的辛勤指点下进行的。写成后如觉满意,将写上您的名字,不知到时候是否可得到您的谅解和支持?

去北京的事,看来您无大反感,因此已着手准备了。北京别无住处,不知是否可得到您的安排?从不想给您增添过多的麻烦上讲,我不应在您处多呆,但千里迢迢到向往已久的首都一趟,又要完成预定计划,故可能要多呆些时日(约10至20日之间)。另,谈到学业,切磋学问,如饮佳醪。愚虽浅陋,但常有一些文论和美学的心得和思考,我将努力不只使自己仅从您那儿得到教益,而且要使我的交谈接触对您来说不至于是浪费时间——这是我试图努力的一点。

余言下叙,静候佳音。

恳切地祝您身体安康。并向师母致以深深的敬意。

再祝全家好!

您的学生 志祥 拜
1983年6月4日午夜

二十、委婉批评

但我的这种过分热切的要求却让钱先生犯难了。他在回信中说：

1983年8月于北京，钱中文参加"第一届中美双边比较文学研讨会"，按照片排列自左起为白奇、欧阳桢、袁可嘉、周发祥、刘若愚、许国璋、富塞尔、芭芭拉·列瓦尔斯基、钱中文、杨宪益、芭芭拉·斯密斯、迈纳、林顺福、赵毅衡、王佐良、杨周翰、俞宝琳、方格尔、周珏良、张隆溪等

祁志祥同志：

您好！几次来信及寄物都收到，谢谢。

您的《感情》[1]一文，自然可以作为一个研究题目，但在最后定下以前，再慎重考虑一下：在当前已有若干谈论这个题目的文章情况下，你还有无新意，这很重要。如果自己觉得还有话要说，又是别人尚未说过的，而且又有新材料，那另当别论。文章在论点上一定要有新意，那怕是一点点，否则一般杂志不易接受。至于其他一类文稿，以后请不必寄我。我上次信上读过，这几年我实在抽不出时间，要是时间许可，我就招研究生了。这一点要请您谅解。上次您寄我的稿子（指《论"心灵美"》）不妨寄《中国青年》一试，恐怕文字嫌长了些。您这次

---

1 指《文学"情感"特征的系统研究》，后撰写为一论文，发表在《内蒙古大学学报》1989年第3期，收入祁志祥《美学关怀》，复旦大学出版社1998年版。

信上又提将来稿子完成后要署上我的名字,或提一笔。论实在,我们的工作是老实的劳动,不是沽名钓誉。您的劳作我怎么署名呢,写上我的名字干什么呢?您千万别以为我是什么名流,我只是文艺理论领域的一个探索者,如此而已!因此,您不能老提强人所难的事。您在这方面似乎考虑得太多了,这样对自己建立正确的学风无大好处。

暑期您想来京,要是公事出差,住房条件也好办些。如果纯系私从游访,就比较难办些了。我向所里联系过客房,确定他们无法解决。我们现在是在原《人民日报》社弃置不用的破旧不堪的冲洗相片的暗室办公,一些人还以走廊隔为住室,也是够狼狈的了。暑期一到,我的两个侄儿侄女要从南方来京,一位老人跟他们一起回来,六口人相当紧张,到时不免转来转去,磕磕碰碰,多有不便。像我一介书生,碰上这类事简直是一筹莫展,无可奈何,此事万望见谅。

祝好

钱中文
1983年6月14日

二十一、陷 入 反 思

钱先生的来信,委婉地对我某些让人为难的行为提出了批评,使我不安,也令我陷入了反省。我在去信中说:

尊敬的钱先生:
    您好!
    收阅来信,知我使您为难了。不安与忏悔引起了我长时间的自责,热情常有使人难受的情况,怕是如此了。您在信中望我见谅,事实上应该相反。是的,的确是这样。

另外，关于署名一事，首先是出于这个考虑：您在百忙当中给我仔细阅稿，并加具体评点，确实是付出了一定的劳动，这使我不安，也使我感激，两者相加，就得出了那想法。其次，一篇长稿数万言，出自一个资历不深的年轻人之手，纵使有点可取处，在发表上也有相当困难，因此加强了上述意念。现在想来，也觉得很不妥当，以后绝不提起。而以往曾经给您，一个十分实在、正直无私的学者所带来的莫大难处，万望见谅。回顾过去走过的路，虽然屡遭坎坷，但从未构成虚假举动。学风的老实，是我所追求的。如果说有什么不很老实的地方，那就是文章中一部分引语非直接获得，是看其他书时间接获得的。有时我想不用，但觉得这也是辛辛苦苦看来的，只要理解正确，用也不能算不诚实吧？

您时间十分紧张与宝贵，我很能体会到。因此，以后非关文论一类稿子决不再打扰您。另外，即使文论稿，也要材料新、意思新才寄您。在轰开第一炮后，我将尽力自行奋飞。敬请谅此衷情。

《情感在文学艺术中的地位与作用》一稿，已经写了3万字，估计完成之后在5万到6万字之间。此前除看过先生《论文学作品中思想与感情的关系》大作之外，还看过茹桂发表于去年第八期《美术》上的《论艺术情感》，畅游发表在四川社科院《真善美的探索》上的《感情在文学创作中的地位》等论文。相比之下，窃以为自己文章还会有点特色。在材料方面，由于从情感角度读了柏拉图、贺拉斯、波瓦洛、黑格尔、托尔斯泰等不少大作家关于情感的论述，以及现代派的一些论断等等，可能还不很流俗。然而当事者常有井蛙之见，自我感觉是不能算准的。实践是检验的标准。等出来之后再议论吧。

善做人者，当因势利导。去京固然有意义，不去亦有收获。假期中,我将好好地看书学习,为迎接考研多做点准备。您说是吗?

  祝您全家好!

  即颂

体安!

学生:志祥敬上
1983年7月18日

二十二、渐归平淡

  经历过这个磨合,双方通信的高频率缓解了一下。这当中我又寄了一些稿子给先生。直到9月底,才收到钱先生的来信:

祁志祥同志:

  你好!久未给信你,实在比较忙,请原谅。我的日子是从

1983年8月,钱中文在"第一届中美双边比较文学研讨会"上就巴赫金复调小说理论问题作发言

一个忙,进入另一个忙,真有些喘不过气来的味道。7月前赶了一点东西,本该继续下去,了却一个心愿,但是总要插进一些意料不到的事,中断原来工作。

8月有西北之行,最后以敦煌为终点,结束了难忘的旅行;月底参加了一个国际学术会,花了一些时间。9月又去上海半月余——大百科审稿,最近才回到北京,见到了你的信和稿子。最近又给我一个任务,大约要忙到11月底才告一段落。不仅生活紧张,心理也处在极为紧张的气氛中。《文学原理》正在酝酿提纲。

你的《说"斜"》一稿,《美学评林》不拟刊用了,已给了我。我看了他们的意见,有的系观点不同之故,有的也有一定道理。现将他们的意见附上,原稿不日将寄与你。新的稿子等我有空就看出来。

祝好。节日好!

钱中文

1983年9月30日

终于又接到了钱先生的来信,这对于我来说鼓励是很大的。我非常感动,即刻回信:

敬爱的钱先生:您好!

早就接到信了。不胜欢欣。为避免重复,本打算等接到退稿一并回信,至今未见退稿,恐有怠慢之虞,故即刻操管。此表。

严先生对《说"斜"》的意见我认真看了,感觉与您相似。对于此稿,我是花了点功夫的,写时并非从条条出发,而是从自己的内省经验出发。但可能有仓促成篇所带来的不尽完善的地方,加上积累不长,力有未逮,因此它启示我要多下功夫。

不过文中不少观点,也许是我还要保留一段时间的。行文的条理也许还不算太差,否则也不会取得您的肯定。因此,先生倘将稿退我,我还打算寄往他处试试,您看不为过分吧?

与先生接触至今,我总是深深感受到您海一样宽广的心胸。作为一个研究室的负责人,几家刊物的主编者,我认为这样的心胸是十分重要的。否则,倘有观点与自己不合的文章便一律加以拒绝,那么就不可能有学术上各家争鸣与繁荣的局面,而自以为是、独尊一面的结果,就不可能有研究的深入。古人说,江海之所以成百谷王者,以其善下之。所谓不捐细流,方可成江海。就我来说,论地位、知识均属"细流",所撰拙稿,肯定有很多地方是并不合您意的,但您却屡加推荐,我不能不感到您胸怀的伟大。

老实说,一个人年轻的时候是不可能一下子就能把稿写得多么完美的,但如果发现其中有一点闪光之处而鼓励他一下,那么这会奠定他一生努力的方向和基石,而长久发展下去或许会臻佳境,可成气候。王蒙的《青春万岁》其实很幼稚,很少吸引力。茅盾是从中篇写起的。他的早期作品《蚀》三部曲认真看来其实也很幼稚。倘一味责备他的幼稚而不发表,也许他就不一定会走上文学之路,不一定像如今这样成绩卓著。不知我这样说对不对?

看了王朝闻主编的《美学概论》,竟难卒读。原因有这样几点:1. 这是美学书,但看后却让人不知道美为何物,与文学理论书大同小异;2. 独尊"实践"一家,但实践的美学体系毕竟还未完全形成,如此就将历史上虽属唯心但却自成体系、比较严密的许多家美学观点给否定了,未免过于轻率,也缺少力量。为什么不可将他人的观点作个平实的介绍,然后再表示一下自己的观点,让读者根据自己的经验去辨别呢? 3. 重逻辑演绎(为使实践美学观自成体系),而忽视历史经验、人的内省经验的大量事实；4.所引论据陈旧，总是鲁迅、高尔基、车尔尼雪夫斯基、普列汉诺夫，还有一些老生常谈的材料，几乎叫读者生厌。我曾想，如果历史上没有这么几个人，不知道我们的美学书怎么写呢？其实，谈到实践美学观，我看李泽厚的观点更完满、更系统些；谈到体系的完整与严谨，我看蔡仪主编的美学原理大纲更可人意，更能叫人知道什么叫美；但作为一个读者，我感到它们的缺陷都在于想用逻辑将自己的观点涵盖一切美学现象和美感经验，这就使得许多地方有些牵强附会了。先生，我是作为读者说上述话的，并非妄加评论。我之所以要说这些，是期望先生写《文学原理》一书时，能考虑到读者的一般心理状态。请原谅我。

郭绍虞的四卷本古代文论选还有五日可看完。看完再看文学史。约需要一个半月左右，其后再看一看政治，争取挣得两个月总复习。英语还有十日可结束电大教材。其后再做点历年高考及研究生考试试卷，有时间再看点北外教材三四册。十二月份招生计划下来，等看到后再报学校及专业。近来心情一直平静。我一边教学一边看书，争取今年考得好一点。

我的29岁的二姐国庆节举行了婚礼，她不久将调往上海。她的丈夫在宝钢。

50多岁的爸爸参加了助理会计师考试，还合格了。他脑子是好的。可惜在旧社会没有受到过多的文化教育。顺告于此，聊博一笑。

顺颂最最美好的祝愿！

永远忠于您的：祁志祥拜
1983年10月17日

信刚发出，就收到钱先生挂号寄我的《说"斜"》文稿。

这期间,《论艺术家的爱》一稿写成,于是我又给钱先生去了一信:

敬爱的钱先生:

您好!

在写给您的信发出后不久,收到《说"斜"》一文。特告。如此敝帚,竟挂号寄我,真叫人惭愧。

由于考试专业定得迟(有关书不一定找得全),所以现在面临的任务就比较大。2月8日考试,时间我认真排了一下,非常紧张。加上教学以及学校其他活动缠身,真得以刻计日了。

招生计划还没有下来,能告诉一下你们研究室今年招古典文论学生吗?

《说"斜"》一文,本希望能够在考试前有个好结果的,现落空了。《谈谈艺术家的爱》一稿,如您可能,是否可在考试之前意见有个分晓?

您的忙是完全可以想象的。如此要求,殊属不礼,十分抱歉。

余后叙。

此布

近祺!

学生:祁志祥　敬拜
1983年10月24日　灯下

钱先生回信说:

祁志祥同志:

你好!读你来信,本想早复,怎奈任务吃紧,实难分心,今天刚告一段落,就想向你说说我的苦衷了。

《美学论丛》的主编是蔡仪同志,我过去也参加过编辑工作,后来就不参加了,由于有了几个搞美学的新同志,我也就退出了这一工作。另一个杂志《美学评林》是由几个搞美学的同志与山东人民出版社共同编辑出版的,与我无关,因此我也从不插手。所以我手里一个杂志也没有。你的《说"斜"》一稿,我觉得有些意思,但在理论上再完善一些,可投其他杂志一试。至于你的《论艺术家的爱》作为随笔一类文章是可以的(但篇幅太长),但作为论文来说,虽有意思,但于目前来说,是不大合适的了,况且有些地方也说得抽象。因此在10月初读后,我迟迟未作处理。寄给杂志,目前肯定不会采用,因为你的大作的主要倾向是反左,而目前是反"右"。在前些年也许有些意思,现在就有些不合时宜了,不知你以为如何?有时写些东西也的确很难。

你选定古代文论专业,报考研究生,很好。我也觉得古代文论适合你的专长。我室明年不招收古代文论研究生,但要我招两名马克思主义文艺理论专业的。我自己的想法是想要两名哲学专业、外文底子较好的年轻人,要求他们将来能够扩大文艺理论研究的领域。这当然是一个设想,能否实现,也要碰运气才行。写上这些,报你知道。

祝

好

钱中文
1983年11月9日

二十三、报考受阻

研究生考试一般是年前报名,当年的年初(寒假期间)考试,5

月复试,9月入学。确定考研后,我文章就写得少了,因为写文章所用的思维是妨碍静心复习记忆的。没想到。12月初报名的时候,却遭到县文教局的刁难。那个时候正值恢复高考后毕业生毕业不久,基层中学师资中大学生奇缺,所以青年教师报考研究生,主管部门并不愿意放行。我将这个意外情况告知先生。

尊敬的钱先生:

您好!因忙于复习,好一段时间未给您来信了,抱歉之至。

报考研究生的事,县招生办按规定要学校开证明,学校请示文教局,局里一再阻拦,奔波数日均无效,致使报名一事成为泡影,这对我打击很大。为此曾气出一场病来。痛定思痛,心情稍息,但如此不公平的遭遇,想全国不止一处,因此我想以这个为基础写个电视剧,反映本位主义和党风中存在的一些问题,您看可以吗?

《谈谈艺术家的爱》一文处理意见已经知道了。苍黄翻覆,风云变幻,心照不宣,只得作罢。我是个热血青年,现实也许会将我的锐气棱角磨平殆尽。但不少理论问题的研究常因政治风向而搁浅,致使许多领域停滞不前,殊令国人羞,志者憾。

一朋友在上海念书,请他买了本古画挂历寄给您,略表辞旧迎新之际学生寸心,如收到,则安矣。

准备将电视剧稿子完成后再看古代文论、美学的书,视时间许可将"平淡"一题重作探讨。老师如果新近出了什么著作,能赠我一份,将是莫大的鼓励与支持。

旧岁将尽,恭祝安好。并祝全家万福。

您的学生志祥 敬上
1983年12月12日夜

不久又寄了一信给钱先生：

亲爱的老师：

  1984年2月份的考试由于县局的无理刁难已经不能参加了，我打算1985年2月份参加考试。在此期间设法搞好关系，争取明年开证明时能够畅通无阻。

  县局为难学校开证明阻拦我考试是没有理由的。一、我没有影响工作。上学期期末初三考试，新丰中学语文成绩比同列的南阳中学及格率高百分之七八。本学期我校期中考试，我教的高一年级2、3班平均分比1班高了将近4分，比4班高了6分，而1班的语文入学成绩比2班高了4.1分。为了参加研究生考试，平常可谓是小心翼翼，是个地道的顺民。二、我工作已有两年半，超过规定服务期。正因为这样，我才气得差点发疯。而局里抓住了做文章的依据，就是简章上"要根据单位许可情况"一句。不多说了。在接到你信前，我将努力将电视剧完成。到时候让您见见真情。

  此前写了封信给您告诉了此事，谅已收到。如果您是85年招研究生，那么我就坚决地搞您的专业。但愿是招的85年的。

  即颂大安！

您的　祁志祥　深拜
1983年12月19日

在我人生遭遇重大挫折、心情最痛苦的时候，慈爱的钱中文先生来信安慰鼓励：

祁志祥同志：

  你好！读来信，知你报名落空，甚为惆怅。生活里有些事真是不可思议。明明有文可循,但到一些人手里就变了样,此路不通。我这里也碰到一例:一位安徽的教员工作已两年,要求报考研究生,学校不给证明、政审。尽管有批评类似事件的例子,但有人就是给你拖延时日,延误期限。像你的情况,有什么办法呢,只好"蓄芳待来年"了。你的计划甚好,创作自然可以搞,假以时日,自会有突破之时。

年初已定有三篇东西要出来,都是围绕现实主义的,并论现代主义。不过一到杂志社,两篇题目都给改了,将来收入专集,还得改过来。收到杂志后,将寄你一份斧正。

报考未成,不要太介意,平时给有关人士做些工作,也不要过分忧戚,损了健康。

祝新年好!

钱中文

1983年12月26日

二十四、舐血疗伤

考研无望,时间上有个宽松期。于是我以自己从大学以来奋斗受挫的经历为原型,写了《奋斗者的路》电视剧本。新年到来之际,我给钱先生去了一信:

亲爱的钱老师:

新春来到,恭贺新喜。

来信收到,感谢安抚。

考试一事,在上次去信后,我随即翻了您的上一封信,已知您招的研究生也就是1984年的。元旦回去,听一考生说他也曾在招生簿上见到您的名字,我的推断得到了证实。导师如果人好,学生要好通过得多。与您接触中,我不仅深深敬佩您的才学,而且深深爱戴您的为人。我认为您是天下难得的好人。曾经听说过一些名人不光彩的事,专家学者品行不端、志趣低下确实不乏其人。一错过就至少要三年才能考到您的研究生,我是多么遗憾啊!没有办法。

此需作说明的是,招生簿有您的名字,我却未见,岂非不恭?事情是这样的,招生簿按县招生办的规定11月28日至12月5日方能看,当时正为报名来回奔波,报不上名,看导师也无用,此其一。以前通信中您表示过1984年您要招文论方向研究生信息,此其二。又从您信中得知您室今年不招古代文论研究生,而您又希望我报古代文论专业,此其三。想能谅解吧?

亲爱的老师,今天给您写信,是在电视剧《奋斗者的路》刚脱稿之后,心情比较振奋。曾跟您讲过,很担心不能践诺,幸好,写得比较顺利,写出的比预想的好。不过写的时候,我常常祈求神灵保佑,就像约翰·克里斯朵夫一样。历时6天,起寐惶惶,初稿约4万字,镜头较多,拟在春节前后改出誊好,寄您斧正。看能否把它首先作为生活的实录让高教部招生委员会一阅,以让他们了解招生政策是如何在基层遭到阻拦的。我曾想写信投诉,终觉三言两语说不清真相。"诗穷而后工。"稿不敢称"工",但确实动情了。回写往事时淌了两次泪。写时自然作了艺术加工:典型化。所以不少地方又不是事实。写时包含我的义愤,但决非一己之怨,而是把主人公当作社会上相当一部分人来写的。请允许我说这些。写得不好,到时候公婆别嫌媳妇丑。

上个月18号搞了校庆。写了几个仿宋体和毛笔字,拍了几张照片。元旦联欢,唱了两段样板戏中的京剧。刘庄有个京胡拉得好的,春节时准备和他配合录几段制成一卷磁带,寄给您作为学生的薄礼,请不要见笑。

附寄近影一张,原准备报名用的。

祝您全家好！

祁志祥　深拜

1984年1月9日中午

接着托在北京读书、回家过年的一同事的女儿将厚厚的电视剧本带到北京送呈钱先生阅正，另寄了一稿《刘勰论情感》请教，同时写了两封信。一封元月中旬发出：

敬爱的钱老师：

躬问您节日好！

一年前动了手术，年来身体较前康复了吗？想起老师身体欠安，又虑及平日得老师恩泽如许，春节间买了些礼品扎成一包裹，本准备请人带给您，但与家人商议，想及去年退钱事，很怕一片善心被解为庸俗，亦怕因此亵渎了您，故只得将包裹弃置一旁。此心切切，唯天可见。对您的感情，真难以言表。

节前信中言及唱片事，父亲以为有华而不实之嫌，我亦悟其不妥，故未录制，请原谅我的不谨慎。

今托人带上电视剧底稿。这是要请求您给予大大谅解的。到底带不带给您，我是反复想了好多的。原因大抵有二。一、您时间十分宝贵，占用您的时间我十分惶恐和歉疚；二、此稿不是修改稿，虽尚可看清，但字迹不太工整，稿待砍削处亦多。但为何要寄您呢？原因主要有二。一、稿中凝聚着我大量的心血，就此扔掉实在可惜。稿写的时间虽不长，但写成后如患了一场大病，元气好多日不见恢复。且稿中主人公所遭受的一切不平，本人均有过之无不及，不让人看看这口气实难下咽。二、您是评论大家，您如果认为有修改价值，本人再改也有信心。否则，花的时间再多也不一定有效。而闪光的东西往往保留在初稿中。考虑到初稿尚可看清,故就让它以目前这个样子见您了。

我想,如果您没有时间,不看寄给我也行,我绝不会有半点怨言;或者,请有关方面的其他老师看看也行。不过,只有一点请求:当将原稿退给我时,请寄挂号(因为只此一稿。其实这是不必多说的,敬请原谅)。

新的一年已到来。不知等待我的是何征程。我决心好好努力,争取丰硕战果向老师汇报。祝老师今年录取到两个称心如意的研究生。啊,老师不会遗弃我这个"函授研究生"吧?

祝您一家安好!

附:前来送稿者系新丰中学一教师女儿,姓马,在北京邮电学院读书。

学生志祥深拜
1984年元月13日

另一封信于元月下旬发出:

最可敬爱的老师:

您好!在《文艺理论研究》上拜读到您参加中美学术交流会的论文,为您、也为我而骄傲!等盼着您寄来的著作。

昨天寄给您一份近作《刘勰论情感》。稿不长,三千五百字上下。何以如此,是怕长了难发表。烦您费心,听您处理。

我们这样的人写稿有多少难处:写浅了,旁人自然不屑一顾;写得稍有些分量,又叫人怀疑是不是有抄袭之嫌。有两篇稿自行发出去(未敢打搅您),结果连回音都没有。写信相询,方知一稿已查不到,另一稿尚未回信。国家人才济济,我的阅历浅薄,挤不进去,这是一方面;而发表界论资排辈,风气不正,也是事实。稿子不怕写,就怕没地方登。每每如此,便生种种沮丧。此般心情,祈望先生谅解。

过了年又添一岁。还未谈恋爱,舆论对我压力很大。元旦至盐城,见一些朋友事业有了,孩子也有了,不禁暗生忧伤,自顾形秽。在婚姻方面,我要找一个爱人而不是妻子。为此我在和时间赛跑。没想到考试未成,发文章又那样困难。眼看个人婚姻不能如愿解决,心里非常痛苦。

请允许我先告诉您,我有一个女友,她在上海念书,曾因为我给她们上的四堂"论心灵美"的课而佩服我。我们通了半年的信(她本学期刚考走),我很爱慕她,她对我也好。然而她对我奋斗道路上的艰难也许知之不多。另外,倘有几篇像样的文章在省级以上的学术刊物上发表出来,调到师专或县创作组那儿也许好活动活动,这样对我搞学业也方便些。如若能在先生的扶持下发几篇文章,这对于上述二事将会有推波助澜或决定性的影响。而在我这一方面,就是要努力提高稿子的质量。说这些好像太丑了,原谅我存有这点私心吧。一个小人物奋斗太难了。"行路难"的滋味我已经吃够了。文章迟迟不能发,雕虫小技的文章又耻为之,说不定别人暗地里笑话我亦未可知。压力太大啊,我受不了,只好求您帮助啦!万望原谅!!!

电视剧迟迟未进一步修改。艺术上虽不咋的,但思想上不能有问题。诸如个人奋斗啊,格调低呀,阴暗面、反面人物多啦,至于主题歌"大路如青天,为何我独窄?平民子女行路难啊,如何问苍天,你可知不知?"则与白桦《苦恋》中"你爱祖国,祖国爱不爱你"相类,看了朱穆之批评精神污染的文章,更令我不寒而栗。要发表,需动大手术。劳而无功的事坚决不干。您说是吧?唉,遗憾的是离北京太远了。

余后叙，祝万福！

您的志祥深拜

1984年元月24日

二十五、精神抚慰

这期间，钱先生寄赠我两本新出版的刊有他论文的杂志，给我巨大的精神抚慰。我将读后感写信向他汇报：

敬爱的钱老师：

最衷心地问您好！

寒假间寄来的两本杂志均已收到。深深感谢您的关怀和信任。近来已拜读，若允许我简略地谈谈感受，那就是"巴赫金"一文我初接触，看不大懂。对我来说，"复调"小说理论是个未知领域，不过从不懂中我更加崇拜您。《文学评论》上那篇大作我投赞成票。论文材料很为丰富而新鲜，立足以理服人而绝不以势压人，从头至尾表现了一种谦恭的态度，措辞极有分寸，真不失大家风度！我和樊德三老师和一同道谈及此文，他们均有同感。

改后的《论情感在文学艺术中的地位》一文，四川省社会科学院本已准备收入《艺术辩论法》一书中，因出版社计划更改，此书不出，故此文退回。《论审美活动中艺术的双重审美关系》被《文艺理论研究》以"字数太多，无法容纳"退稿[1]。

总结原因，师专老师同道指点我：一、趋时；二、字数要少；三、论题开口要小。可我有我的难处：一、本人仅具追求

---

[1] 此文在1987年9月考入华东师大研究生后投给该刊编辑部主任张德林教授，受到激赏，编为《文艺理论研究》1988年第1期头条。主编、吾师徐中玉先生最后定稿时调整为第二篇刊出，中国人民大学《文艺理论》全文复印转载。

真理之心，无逢合时势之意；事实求是的治学态度使我从不愿说假话；二、积蓄材料倘少，绝不为文，因积蓄材料多，故凡为文，均不少于6 000字（个别例外）；三、由于打基础的需要，本人现在看书着眼于面，不允许搞专题作家作品评述。所收材料，只能是宏观论述，开口小谈何容易。像下面要探讨的两个论题："论平淡"与"惟其是尔"——"谈内容与形式相称即美"，均不外乎此例。

说实在的，我做文章，确是为了对祖国某一方面的理论有所贡献，绝非仅仅为了"发表"。我们地区宣传部一位部长、一位年轻人为了"发表"文章，到处剽袭（有若干事例为证），文界人士均心知肚明，但他们照样优哉游哉，似很有名，我对此是深恶痛绝的。但你没东西发表，就定然要受苦。多么令人矛盾的现实啊！

《奋斗者的路》已托人带您。再作说明：您如果没空看，退我也行。不过，如果能尽力帮助推出去，对我感情的转机是有决定作用的。

还有许多话，不说了。我是努力不在您的面前流露心中的凄苦的。

　　祝
近祺！

志祥　拜
1984年2月20日

1984年3月12日，钱先生拨冗回函：

祁志祥同志：

你好！你的《刘勰论情感》一文，我拜读了，同时曾给敏泽看过，他认为浅了一些。不过正适合较为通俗的刊物，故此我就寄给了河南《美育》，想他们会同你联系的。

你的电视剧本，我翻看了一下，在这方面我是十足的外行。我知道这是你的写照，自然令人同情。这种题目、内容，很有基础，但要拍成电视，就要看电视台的胆量了。为结尾烧书一场似嫌消极一些。此剧如改成小说，我觉得更为合适，也更有把握，小说的要求比电视剧稍宽些。我现已寄给了中央电视台电视剧制作部试试。如不用，可改成小说。如他们找你商量修改，那真是莫大的欣慰了。

我们已集中党校，少则三个月，多则三个季度。祝好！

中文

1984年3月12日

考虑到钱先生近期集中于党校学习，收信不便，所以我减缓了去信频率。

二十六、爱情告捷

但两个月不给先生写信，对于我来说已经是很漫长了。恰好中央电视台将《奋斗者的路》剧本退回来了。我有必要及时告诉先生：

敬爱的钱先生：

多日没有写信与您，首先问您体安！

《路》剧已退回了，未说什么。暴露性作品的命运原是意料中事。因为要迎接来年考试，时间精力不能分散得太多，故暂不想改成小说，容后再说吧。请您谅解。河南《美育》暂无消息。该稿是两个半天完成的读书笔记，并无深度，略有些意见罢了，因此也不存希望。老师一再提携，无奈稿未尽善，一再有忝尊颜,很是过意不去。

这段时间一直在读书,也谈了恋爱。对象在上海师院英语系读书。情况进展良好。"五一"还约我到上海去了。她家里也不太反对。如果谈成至少到三年后成家。她人较稳重,重才德甚于地位,看来是可成的。这当然得助于您的扶持。成功之日,我们会向您拜访致谢的(她姐姐在北京中国政法大学教英语),特此告知,聊备一笑。请为我祝福吧,好吗?

有关"平淡"等专题积累工作,目前告一段落,材料甚丰,但为使立论更近公允、深刻,以期能拿出去使人人交口称赞,觉得还需读一些与之相关的外围的书。作文好比酿酒,越陈越醇厚,您说呢?

谢谢您曾把我介绍给敏泽先生。《说斜》一文,也曾寄给他听听他的意见,他感觉良好,转给了《文学评论》,近日退回了,但我只指望他对我有些了解便好。因为我想考他的研究生。今年贵室如果招古典文论专业的学生,请事先告诉我一声,以便与指导老师取得一丝联系,可以吗?

贵室编的《文学基础理论》进展顺利吗?老师近来身体、工作如何?念。

即颂

大安!

祁志祥　拜启
1984年5月16日

这后来,钱先生又有几次与我的赠书、寄稿的往返,我又写给钱先生几封信,其中一封如下:

敬爱的钱中文先生:

来信首先向您问好,并祝您身体健康!

自从《路》被退回后,我突然觉得很对不起您。回想以往两年,您给我推荐稿子有好多篇,但都未能录用。这当中,稿的质量不尽完善是主要原因。我觉得有两点是对不起您的:一、您辛勤为我看稿,给我辅导,但我却未有收获,辜负了老师的希望;二、您以您的名义给我推荐,由于稿子不好,影响了您的面子。请您相信,这种感觉是真实的。

　　因为这些原因,我从那以后没有寄稿给您。我希望把基础打打厚实,甚至要象柯罗连柯那样辍笔数年;要写,就要写出像样的东西向您汇报。甚至还梦想,最好出您不意,用成品向您汇报,让您有意外之喜。这就是我今年来很少向您寄稿及写信谈及学习情况的原因。我是不愿打搅您的。

　　这期间,我一直牢记着您"要甘于面壁十年八年……"的话,并把您过去给予我的栽培当做无形的鞭策,默默努力着。由于勃郁于中,禁忍不住,在上学期末,我还是写了两篇古代诗文美论的论稿:《论平淡——中国古代诗歌风格论》《论"辞达而已"——谈形式与内容的相称美》。二文拟作为初步设想的"中国古代诗歌美学纵论"中的两部分,待另外三篇成后再重新润色一遍一起寄出,但又拿不准,放在家里三个多月后,不久前,连同另一篇新作《后生好风花,老大即厌之——谈人的审美情趣的演变》合寄给您常提到的敏泽先生,并向他请教了关于"绘事后素"的义释问题,附信中抒发了对您的一片相思,请敏泽先生方便时转达于您,您不会介意吧?不知他可曾向您谈及此事?

　　今年来一方面设法做局领导的工作,密切与校领导的关系,一方面按计划和任务复习。中国文学批评史,我看了敏泽的、郭绍虞的,还有罗根泽、复旦的(二套均不全),专业方面感觉较去年有底。英语由于不舍昼夜,努力在有限的时间内多读些(两年多来,学了高中的一、二册,电大教材三册,《新概念英语》二、三册，许国璋英语教材三、四册，还有《EPT》练习题和历年试卷题），感觉突破这一关有信心（力争今年考过关）。前不久我得到县教育局局长和校长的许诺，今年我参加报名，大该是可能的。局长说，只要教学不受到影响。幸亏我工作平时没少做，对此校长是帮我讲话的（这学期我仍教两个班，校长对我感觉还好，前不久的一个晚上来我寒舍谈心，示意我打入党报告，可证）。

考什么地方呢？我的女友在上海，我自然也想到上海，但心中对您和您那里是久已神往的，只是这实在有些不自量力。但不知您室今年可有招"中国文学批评史"或"古代文论"专业学生的先生？

我恳望您能函告，如果不嫌弃的话。您有何希望亦请提出，我想我不会作出不得体的举动的。

曾说过，我与女友的事得之于您的帮助，这并不意味着，我曾向她夸耀过什么。这仅仅意味着，是您的指点与关心，激起了我追求她的勇气，也使她以为我并不是个傻瓜。她是听过我的课的学生，但这也并不意味着我天性罗曼谛克。子思讲"慎独"。对于您，我觉得，即使您看不见我的一言一行，但我的所作所为也应该对得起您。如果不是这样，我将受到自己的责备。请相信。

我的女友年龄不算大，学历比我高，条件比我优越，她之所以倾心于我，不是为物质享受，不是为的我一定能考上研究生，而是为的追求真正的心心相印的爱情，是为的给我奋斗提供精神的帮助与支持，以不至于潦倒终身。她说："你的东西社会不承认，我承认你。"她说过："我跟你恋爱决不是指望你考上研究生，即使考不上也不改初衷。"所以毕业后再分配到这偏僻的农村她也不会有怨言。她已经在行动上作出了若干表示。她的父母也很明智，对女儿的事并无过多阻挠，起初不大同意,后来通过接触也就认定了这件事。在今天的社会上,这样的姑娘算是个"特异"了,我感激她无私地给予我的爱情,正如同我对您的感激一样。

您也许认为我把这样的私事都告诉您会有点轻慢,不过一个人对自己衷心景仰与信赖的先生与长者是无话不谈的。

我对您无可馈赠,除了一颗心。您以及我的女朋友对我的情意,是我一生中永远忘不了的两件事了。

爱情的成功可以激发事业的斗志,但事业的奋斗绝不仅仅是为了恋人。为了不虚度此生,使生活变得有些光彩和意义,生当中华腾飞之际,我当不揣浅陋,铅刀一割,报效祖国,以谢同志、师长与亲友。

恭盼佳音。并请赐教。

此颂

秋祺!

学生:祁志祥　敬书
1984年10月24日

1988年祁志祥与妻子李婷合影

钱先生回信给我考研指导,并对我收获爱情表示祝福:

祁志祥同志:

你好!来信收读。你勤于积累,勤于思考,这样很好,到时水到渠成,瓜熟自然蒂落,是会有结果的。

明年我室只招基本理论专业的研究生。美学与中国古代文论都不招。我想你不必留恋我们这里,我倒想你不如考上海的文学研究所,但不知他们是否招收古代文论的研究生。此外,复旦、华东师大、上海师院、苏州大学都可考虑,但当然需要了解他们招不招。考学校的研究生,稍有一些麻烦,一般都先从应届毕业生中挑,外单位难于竞争,连我们也如此。录取研究生,学校对应届毕业生有个平时的了解。有时也有这样的情况,考试成绩不错,但实践能力不理想,结果还不得不录取分数高的人,今后可能会有些变化。从业人员投考,最好有发表的论文,如没有,也可交篇自己比较满意的论文稿。总之,要尽量让招收单位了解自己的水平。南京有江苏的社科院文学研究所,也可了解一下。

你在爱情上取得了对方的信任,这很好,愿你们相互的感情得到和谐的发展,并形成双方进步的推动力。

愿你诸事如意。

钱中文

1984年11月1日

祁志祥与上海社会科学院文研所陈伯海先生合影,摄于2018年元月

二十七、初次考研

这些天正在为报名的事奔波,总算有惊无险,顺利报考。可以填报两个学校作为第一、第二志愿,第二志愿是在第一志愿考得较好而未被录取的情况之下作为调剂的一个选项。我最终填报的第一志愿是华东师大中文系陈谦豫先生,第二志愿是杭州大学中文系蒋祖怡先生。有了结果后,我马上告知钱先生:

尊敬的钱中文先生:

您好!

您的来信早已收到。谢谢您的指点。因忙于为报名的事奔波,所以一直没有个安定的机会写信给您,敬请原谅。

曾跟您讲过,教育局局长曾许诺过我报考,但他们的心变幻莫测,报名时又附加了两个"土政策":1. 学校同意还不行,还得签上"如果考走,不向局里要人";2. 要县局人事股签字同意。我校共有3名考生,为了这件事我们来回奔波多次,愁苦过,绝望过,忍气吞声过,求过情,最后还是因为我校的一位考生通过父亲找了县委组织部长(也许还有其他考生的多方面活动),方于四号作出"大赦":凡符合条件者,统予报考。真是好险啊!

直到昨天,我体检结束,报考告一段落。按照您的指点,我查阅了有关学校,您提的几个学校中,唯有华东师大招中国文学批评史专业的考生。虽然研究方向(中国古代小说理论)与我过去的积累不甚吻合,非我所愿,但考虑到女友在沪的因素,我就报了名。指导老师是陈谦豫副教授。考试科目有两门业务课:中国古代文论、中国文学史;一门综合考试,外加两门公共课。第二志愿我填的是杭州大学蒋祖怡副教授,专业相同,方向是《文心雕龙》与《诗品》研究。当然,第一志愿倘若不如愿,第二志愿也是无望的。我将力争考取第一志愿。

回顾以往三年,我虽写了十万多字的文论稿,但长作均未有发表,加之学历低,心中颇有惶愧之感。据说,招生中名家的推荐有相当作用。我只希望能把外语考得尽可能好些,当然也摆脱不了得到先生推荐的奢望。但不知我是否与此相配,亦不愿差强人意,叫人为难。这都听凭您的意思办吧。

陈谦豫副教授的文章及著作,我没有见过,不知其人观点如何。先生可熟悉他吗?

敬爱的老师,我是《文学评论》的订阅者。前些时候,又在第六期上拜读到您的文章。我禁不住欢呼起来:一年六期,就发您三篇大作,这是不多见的。当时我又把以往的几篇重读了一下,感到受益不浅,很有启发。我知道作为作者,他也许希望听到他的文章的反响,或附和或批评,而也只有负责的读者才揽此份外事。当时我很想写信给您谈谈我的感受,但心情不安定,且考试在前,也不是谈的时候。再说,纸短言长,用信交谈,实在不便。现在,我要向您谈谈,因为我觉得您得有几个观点是很值得珍惜的:

第一,文学的特征是什么?仅仅是"形象"吗?蔡仪、以群、荒煤的本子均是这样说的。其实这并不十分令人满意,因为"在文学中,有相当部分的作品并不存在形象"。以往人们只用"医学、生物学著作也有形象,但医学、生物学并不就是文学"之类的话来驳斥文学的特征只是形象性,但都不如您所说的那样真切、痛快、大胆。这一点,我也早就深切地感受到了。"生命诚可贵,爱情价更高,若为自由故,二者皆可抛。"这有什么"形象"?有人曾为之辩解:说该诗也是有形象的,它的形象性在于读起来有音韵和节奏产生的音乐形象，这就是偷换概念、强为曲解了，因为音乐形象并不等于文学形象。

第二，否认形象是文学的特征，这也是失之公允的。因为生活本身是具有形象的，反映到文学作品中，也是有形象性的。只不过形象只构成文学的外部特征、形式特征，而情感或审美情感（有待进一步研究）构成文学的内部特征、内容特征罢了。可见，文学的特征不是单一的规定，而是复合的规定。就绝大部分场合来说，形象和审美情感共同规定文学的特征（当然，这个表达是否准确，还须斟酌）。这正如您所指出的那样："把形象作为理解文学特征的根本出发点，值得商榷"，但"形象确实又是文学艺术的根本特征，当然只是本质特征之一，所以这一特性还应放到适当的位置上加以探讨"。

第三，您肯定性地评述了波斯波洛夫对艺术形象这一特殊"形象"的性质的分析，这性质即："艺术形象是创造性的想象的产物"，这就避免了把艺术形象与生物挂图混为一谈，甚至以此来否定文艺的形象特征；艺术形象又是"表现作品内容的独立手段并具有感情性的特征"，这首先指出了形象与形式的关系、形象的形式方面的意义和价值，其次指明了艺术形象（乃至艺术作品）不是现实与自然的纯然客观的反映，不像科学著作或解剖图那样要尽力排除主观性以反映客观事物，相反，艺术形象恰恰允许和要求在反映客观事物的同时，融入主观精神、品价，给它倾注人的生命和意蕴。由此，我们可以明白，所谓对世界的"艺术的掌握"，实质就是对世界的审美把握或情感把握。

第四，您一方面指出文艺"是一种意识形态"，另一方面又指出，它"是一种审美的意识形态"，"文学艺术不仅是认识，而且也表现人们的感情思想"，这也是比较公允的见解。

忽视审美特性，只强调意识形态性，容易使文艺蜕变成非文艺；但反过来，矢口否认文艺的道德、思想意义和社会意义，也经不住许多文艺作品的检验。

第五，您承认形式美的存在，提倡"加强研究作品艺术形式的特征"，以补上我国文艺理论书籍对形式美探讨不足的空白，更是有不同凡响的意义。我们知道，在各门艺术中，纯形式的美是大量存在的，但不少著名学者却否认它，如洪毅然曾公开否认纯形式美，其他还有许多。其实"形式也是本质"，它有自身的本质，"按照其发展了的规定性来说，形式就是现象的规律"。如果我们多多研究一下文学作品中的音韵、节奏，绘画中的色彩、线条等"现象的规律"，看它如何才能构成美的形式，那该多好啊！

以上引用语，见《评波斯波洛夫的〈文学原理〉》《文艺理论的发展和方法更新的迫切性》二文。学生认为，这二篇论文中令人耳目一新的观点最多。可以期望，您和另外三人编的《文学基本原理》将会给文艺理论园地吹来新的空气。我期望能在这个重要的问题上深入下去。也许我没有资格这样对您说，不过这确实是我的愿望。

头已写得有些昏了，这次就到此处作结吧。说得不对的地方，请多包涵。

敬祝

身体安好！

祁志祥　敬拜

1984年12月7日

关键时候,钱先生马上回复：

祁志祥同志：

正想给你写信，就收到你寄来的挂历，实在感谢。其实，你不用花费钱去买这类东西,你的收入不多,而我也并不在乎相互馈赠什么。

  我想了解一下,你确定了报考的专业没有?报考谁的研究生?选择专业甚为重要,影响今后的工作道路。我上一封信里和你讲的,不知你有何想法?那次写信时,我还未最后确认招研究生,领导同我简单商量了一下,我的意见是我这一两年不拟招生,可是不久领导就断然决定要我明年招两名,报了上去,我也无法驳回了。照我对你的肤浅的了解,你的古代文论专业的知识似有一定底子,似报古代文论专业为好。我招的是马克思主义文艺理论,也即基本理论的研究生。将来如在这方面做出些成绩,仍要依据古代文论或外国文艺理论,从中吸取营养,得到借鉴,扩大视野,不断研究一些新问题。希望你郑重考虑,一旦决定,则需全力以赴。考期不远,祝你胜利。

  祝

好

钱中文
1984年12月13日

  考非母校以外的学校,不知道这些学校用的是什么教材,导师的观点是什么,答题时是吃亏的。我权衡再三,还是禁不住提出希望,请钱先生酌情决定能否依据对我的了解作一些力所能及的引荐。钱先生回信说:

祁志祥同志:
  二信均收到,谢谢你的贺年片。
  年底,我忙着一部稿子的结稿,随后病了几天,至今未痊愈,趁此空隙给你写信。

我得你12月7日的信后，知道你报考了陈谦豫和蒋祖怡两先生的研究生。一面很高兴，考取了有人指点，发挥你的才能；另一方面我有点为难，主要是我并不认识这些先生。我在我们这里担任一些小小的工作，给不认识的人写信，容易引起误会，认为我在压他们，引起对方的反感，结果反而不美。这种情况，你工作后就知道了。要是和他们是熟人，或者只有一面之交，那都好办，总归有个借口。因此反复考虑后，我未下笔，后打听同室是否有人认识他们，大都隔行如隔山，都说不了解，因此只好作罢。这要请你谅解的。至于他们的文章、著作，我都未留心过，估计这两人学校的学报上会有的。

你对我的几篇破文章留心阅读了一下，我十分感谢。你大体上是说得对的。在研究现实主义的过程中，我逐渐形成了自己的文学观念，这在我去年年底完成的《现实主义理论问题》的书稿中已有所体现，准备在今年要写的《文学原理》中加以发挥。在理论研究中，能够形成自己的一些见解，并贯穿各个方面，这实在是一种莫大的愉快，也使我无限向往。我虽未达到这一境界，但经过艰苦的挣扎（确实是挣扎）和努力，是可以不断接近的。愿我们共同努力。

最后祝你考试顺利，诸事如意！

钱中文

1985年元月17日

1985年2—3月间，钱中文赴法进行学术访问，假日期间参观了一些文化名胜地。这是在卢浮宫外

于是投入最后的复习冲刺中。尽管如此,我还按捺不住自己,在考前写了一信:

敬爱的钱中文先生:

今天拿到1985年第1期《文学评论》,欣闻您获优秀论文一等奖,特此致以衷心的祝贺!

您的这篇长文,据我猜测,或许是应邀之作。当时风声正紧,文坛上孕育着大张挞伐之气。而您在文章中,努力把政治批评寓于学术讨论之中,立足以理服人,而不以势压人,语言和分寸都把握得很准,体现了您铮铮的铁骨精神,深远的历史眼光,以及谨慎、严肃的治学态度和谦逊的治学作风。唯其如此,所以在"多云转晴"的今天,此文仍不失精光一片,继续受人好评。所以我觉得更可贺可敬者,是您忠贞的骨气。"词人者,不失其赤子之心也。"祝先生永葆此心。

通过最近的总复习,对古代重要作家及理论家的文学思想有了比较系统的理解,它弥补了我以前专题积累的不足。对文学史和文学批评的了解,基本能在脑海里留下个线索。准备在考试后写点文章,那用心还是在于为了让您看到您的心血没有白费。

上次信中冒昧提及一些我接触到的可供参考的文章著作,可能无轻重之分。若择重而论,刘梦溪的最值得一阅,叶朗、刘再复、郭豫适其次。文学理论专著自然最好成一家面目,然而对目前文艺理论研究的某些成果、某些渐趋或已经达成

1985年3月,钱中文与法国著名学者托多罗夫合影

1985年3月,钱中文摄于巴黎圣母院前

统一的意见,以学生愚见,大概以吸收过来为好。这好处至少有如下几点:1.弥补现行文学理论教科书之不足,不让某些似是而非的理论贻误他人,杜绝文艺理论界缠绕于此而进行不必要的旷日持久的论争;2.有助于把"自成系统"与"标新立异"区分开来,集众人之所所长,创公允之新说,得大家之首肯(这方面教训很多。如美学界蔡仪、李泽厚、朱光潜等诸说,均有可取之处,亦有所不足,若能放弃门户之见,携手并肩、共同探索美之奥秘,也许《美学概论》的水平要比现在这个样子好得多)。这就是我在读书学习时的一些想法。照实说来,如有冒昧,敬请原谅。

附:我们8号放假,2月26日上课。

祝

安好!

学生　志祥　拜
1985年2月5日

研究生考试是1985年2月举行的。考试结束后，我写了一信汇报考试的自我感觉：

敬爱的钱中文先生：

新年快乐！

此前曾去过二信。信后半部分述说了自己的一些粗浅意见。可能有不尽妥贴之处，我深信您是不会怪罪我的，是吗？

研究生考试已经结束。按理应将情况作一汇报。但现在说来是很难可靠的。本不想说，只怕于情于理不容，故只得稍作简述。这次考试，除了政治以外，余下几门还正常。四门中，又以两门专业课较为满意（其中有很多题是比较熟悉的），英语虽自觉可能过关，但到底是否能过关，还得看最后结果宣判。政治因多重主客观因素影响，能否及格也在不测之中。概括说来，正如鲁迅所讲：希望并不能说有，也不能说无。毕竟有无，还须听天由命。

考好后均希望早日得知考分，尤其在两可之间时。但华东师大我没有熟悉的人。假如您不介意，去一简信帮我了解一下，告诉我也好。我想中文系徐中玉教授您是熟悉的。我的准考证号码是8503218。导师：陈谦豫。附带说明一下，我的每一个请求均无强人所难之意。我深信只要有可能，您都会尽力帮助我的。如果您有难处就作罢，连说明也不必。我为我频频打扰您而抱歉。

考试在盐城师专。住宿是樊德三老师之妻（在师专医

20世纪90年代初祁志祥与儿时邻居丁亚平合影。丁亚平后来在中国艺术研究院工作，现为电影研究所所长

务室)帮我安排的。因而在空闲时得与樊老师等谈及您获奖一事,他们都对您表示赞叹。您的名气由于《文学评论》的多篇文章(此刊物流传最广,是文艺理论研究、爱好者必读之物)和这次获奖业已大振,我们期待着您的大部头著作出来。应当说,您在我们这已有许多敬慕者。

年初十前后,我的一位同乡和学友丁亚平将回京。他江苏师大毕业,去年考入北京广播学院,为肖凤现代文学专业研究生。他功底比我好多了,年龄比我小。他对美学、文艺理论也有较多涉猎。他也注意到您。我请他在方便时拜访您,转达我对您的深厚谢意和敬意。请多予关照。我想我还会在他给我的信中,读到对于您神情笑容的感性描述。这是我多么期望了解的呀!愿他的拜访使您快乐。

祝
身体健康,事业长进!

学生　志祥　敬上
1985年2月26日　新丰

考试结束后,天天等待复试通知。4月初华东师大复试通知已发,但我没有收到通知。这就意味着没有考中。于是我寄去一信告知这个结果:

敬爱的钱中文先生:

您好!

我曾表示过,争取作出质量比较好的一些文章向您汇报,以不枉您的提携。不久前寄给您二稿(一份是我寄的,另一份是通过女友李婷寄的,因为樊老师寄给我的打印稿只有一份,我又想让女友接触这方面知识,所以只能通过她转寄,望勿见外),不知可否遂此心愿,恳请于百忙中抽空指教。

我曾想，在给您的信中尽可能提供一些有益的意见供您参考，或许有"愚者千虑，终有一得"的可能，从而不致使读信对您来说完全是一种时间的浪费。上几封信话之所以说得多了一些，正是本着此愿而为的。但后来想了想，这或许会给人以指手划脚、不知高低之嫌，颇有悔意。祈望见谅。

华师大复试通知已发出，我未收到。具体分数尚未知。估计政治考差了，专业课也不是很理想，含愧告此。

《现实主义问题》出版否？出于何刊？

即此

颂安！

您忠实的学生　志祥

1985年4月16日

二十八、无锡相见

几乎同时，收到了钱先生的来信。他关心着我的考试结果，同时把他4月份来扬州开会并回老家无锡的信息告诉了我：

祁志祥同志：

你好！不知研究生考试结果为何？有没有参加复试？我想这次大概不成问题，可以如愿以偿的吧。

我于4月中旬到了扬州，参加文艺学方法论问题讨论会，4月22日会议结束，23日离开扬州去无锡逗留几天。开会地点在扬州西园饭店新楼。我估计你教学紧张，怕抽不出身来，而且路途也不便，因此踌躇再三，才写信与你。以后反正有见面机会的。

祝好

钱中文　匆草

1985年4月19日

1985年4月于扬州，钱中文参与"全国文学理论方法论研讨会"，与文学所文艺理论室部分同事在一起，有钱中文、王春元等

于是，我抓住机会，利用钱先生扬州会议结束后去老家无锡的机会，赶到无锡他弟弟家与先生见了一面，还抵足而眠过了一夜。我日夜盼望见到的先生终于见到了。喜悦欣慰之情可想而知。但考试未果，心情总高兴不起来。我感到除了政治，其他科目答得都不错。问题到底出在哪里呢？5月中旬收到成绩单。于是我把成绩单告知先生：

敬爱的钱先生：

您好！

无锡一见，转眼已是三周多，心中充满了对您的思念。谨此再拜谢。

上海方面寄来了分数通知单，政治50分，余下几门合格了，英语考62分。总的来说是不理想的，原因在于自己能力差。有负厚望，抱愧不已。

原挂号寄您的《论"辞达而已"》及《什么叫"但见情性，不睹文字"》想必收到了吧？我愿意在您的指点下"磨"出一两篇文章出来。不过这样太打搅您了。但愿我认识您不使您以为不幸。上帝保佑。

五月份,我想,您的《现实主义理论问题》一书一定是付印了吧?

即此

撰祺!

您的忠实学生　祁志祥　拜上
1985年5月19日

1985年4月,在扬州会议后,钱中文回到无锡,与祁志祥第一次见面。后回到故乡东北塘西浜村,旧时原有的水乡风光已荡然无存,此时正是蚕豆采尽、小麦疯长的季节

政治不像自己想象的那样糟糕,50分,正好达线;专业成绩也不像自己感觉的那么好,都是60多分,这就是考外校的劣势,见仁见智,答案难有定论;倒是原来最担心的英语,第一次考试就得到62分,比预想的要好。平均分过60了,也没有不达标的科目,理论上可以录取,但过线的人超过录取名额,加之毕业的高校缺少竞争力,我没有被录取。

尽管未被录取,但首次参考成绩并不那么惨,这为来年再考提供了经验和基础,所以心情并不那么沮丧,对来年考上研究生似乎更有信心。乘着考试结束后喘息的机会,我将《论"辞达而已"——中国古代文论中一条形式美标准的形成》及《"但见情性，不睹文字"说》等文抓紧完成后寄给钱先生求教。

二十九、触景伤怀

人的心理有起有伏。考试受挫，给我心情留下的阴影是存在的。一次触景生情，想了很多，于是给钱先生去了一信诉说心中的不安：

敬爱的老师：

踏着落晖，我来到宿舍门口。一个喜蛛蠕动在门上。一种说来好笑的念头，莫名其妙地涌上在我的心头：也许明天或者不久我就会收到您的信，那些带着令我喜出望外的好消息的信。

这是座古旧的房子。对于蜘蛛，却是很好的活动场所。有好几次开门时，我都看见了它。按本地人的传统看法，喜蛛是报道喜讯的，就像燕子是报道春天信息的使者一样。很自然的，我每次看它，心中都不由得升起一种美好的期待。也许，我不久就会收到编辑部用稿的通知。可是理智马上就否认了：这种可能性是极小的。如果说有点希望，就是寄给您的几篇稿子。于是每次，在接受了喜蛛报告的第二天，我就早早地到收发室去等了。等来了收发员，等来了信件，可是却不见您的那个白白的、大大的、纸质硬硬的信封……第三天，第四天……希冀的梦一日日凋零，而一种侥幸的心理仍驱使我跑到收发室，等待呀，等待……

痛苦常由于期待的焦切而加剧，而这种焦切的期待现在又恰恰是毫无根据的：一个不懂人事的蜘蛛，它能给人带来什么好消息呢？何必自寻烦恼呢？尽管我每次在等待之后这样对自己说,但现在看到了它,仍然不由自己的生起了这种蠢念。"死了这份心吧!"这样告诫着自己,我打开了门上的锁。

两张学桌拼成一个方桌,上面摆着书、台灯。挨着桌子的北边有一张椅子,离吃晚饭间还有点时间,再看点书吧。

翻到《大学语文》中庄子的章节。庄子是多么自在呀!像庄子那样生活多好呢!忘记功名吧!只有无欲,才能无忧。回首过去自己所走过的路,那种追求,那种围绕着追求所产生的种种躁动和不安、种种希望与失望、欢乐与痛苦、兴奋与沮丧、振作与沉沦,如果把它们表现出来,与那被人嘲笑迂腐的范进有什么两样呢?想来可怜,并且也可羞。瞧旁边的同伴,每天看看电视,打打牌,喝喝酒,无忧无虑,生活得多自在!一个月工资一个月花,不像自己要扣出几个钱去买书,比起自己的吝啬与要求来,人家显得是多么高尚!人生天地间,如白驹过隙耳,何必为一虚幻的名声去辛勤追求呢?

推开椅子——椅子后面就是床。且不说穷人"瞌睡"多,睡觉对我来说从来就没有个满足的时辰。一来是因为精力差,二来是由于用脑多。躺在床上什么都不去想,只贪个舒服。然而再一想,真的舒服吗?并不。永远这样"舒服"下去,意味着自己今后的一生永远就像现在这个样子:教教书,拿点钱过日子,生活永远是这样的呆板和枯燥,偶尔想起儿时的理想就汗不敢出。再说,我曾用理想点燃了女友的心,她期待着未来,自己能躺倒不干吗?

想起她就感到不安。为了我,她牺牲了自己最优越的条件。她为的是什么?为的是支持我事业上取得成功。我们接触两年了。起初,她对我是那么信赖。退稿如雪片飞来,她说:"社会不承认的,我承认。"一年过去,又是半年过去了,再一个半年过去了。我这边毫无动静。一篇篇稿子从我这儿出发，在中国的大地上转了个圆圈，又回到了它原来的出发点。这不是现实在嘲笑我，就是我自己在嘲笑自己。连我都对自己发生了强烈的怀疑，更何况是她！她近来渐渐对我失望了。但她仍掩饰着，怕让我伤心。我一点都不埋怨她。为了我，她做了一个女人所能有的最大的忍耐。本来，她以为我的成功近在眼前，现在她把日期放远了。"再等你，等到你35岁，哪怕40多岁。"多么好的姑娘！多么纯洁的心灵！多么崇高的期待！这期待是那样叫人难以推托，然而要实现它又是那样的不容易。我是箭在弦上，不得不发了。我这一生注定要和无所收获的奋斗结下不解之缘。

老师，人生充满了多少复杂的矛盾呀。意气风发时，找到一个志同道合的伴侣是幸福的。精神颓废时，又觉得找一个糟糠之妻才算合适。然而请不要误解，这里仅仅是个矛盾的心理，而非在爱情问题上心生二念。

这样，我又不得不从床上跃起来。这一跃，花了多少决心和毅力呀。还记得在无锡见面时的情景吗？那时，我是多么亢奋、坚定，虽言及悲苦，然终未露出半点动摇。但幽处独居时，却又如此颓废与沮丧。您也许不会想到吧？一想到发表稿件是那样艰难，原来许诺的宏愿就时常动摇。您会理解一个像我这样的青年人这时候如能发表一篇文章是多么快乐吗？发稿对于我来说似乎成了永远在彼岸的航灯。我经常反省，自己是不是有所作为的料。因为，自学的大忌在于设计超过自己能力的目标。有时我也常受到一些有识之士的肯定。但文章毕竟没有发表，他们的肯定是否只是客气话就不免值得我考虑。

平时，心中好像有许多话想要对您诉说，可是见面时，却一时不知从何说起。事后想来，还后悔我那次并未能够把与您见面的时间充分有效地利用起来。其间所提疑问、所吐之言及有些举动也许不尽可人意了;并且在不知道您第一天在无锡大学讲了许多、喉咙发炎的情况下,还让您谈了许久;并且由于我的到来,给您和剑云叔夫妇添了许多不必要的麻烦,等等等等,我心里很不安。如有冒昧失礼之处请多加包涵。

很想写封长信给您,描述一下自己种种心理,能够和您这样一个宽厚的长者谈谈心,确实也是一大幸福。我是多么想试着写点小说,可一想到发表上的困难,就不寒而栗了。言多不当,敬望谅解。

附陈伯海同志一信,请原谅。读了他获《文学评论》优秀论文二等奖的文章《民族文化与古代文论》,知其古代文论造诣颇深,知识面也广。故寄了《论辞达而已》和《什么叫"但睹情性不见文字"》二文。他退了稿,并提了意见。供参考。

即此
大安!

志祥　拜书
1985年6月16日　夜子时又半

三十、又获甘霖

也就在同一天,钱先生从北京发来了信,并表达了对所寄稿件的高度肯定:

祁志祥同志:

你好!来信收读。无锡一晤,十分高兴。只是当时我弟弟家正与房管局闹纠纷,住处十分狼狈。弄得我也没有情绪再多住一阵。

你的稿子我早已收到。5月下旬我读过两篇油印的稿子,像你与其他同志合写的"辞达而已"一文,我读后觉得写得很好,有见地,思路也清晰;《"但见情性,不睹文字"说》一文,也不错,都说出了一定道理。我将此二文推荐给了《文学遗产》中的熟人,一文给《文学遗产》,一文给《光明日报》(也由他们编)。最近又与《文遗》主编谈了一下,他说一定留意。不过目前尚无消息,待有佳音后我会很快告诉你们的。

另四篇稿子,我最近找时间才能看出来。由于最近正在搞评职务,其间琐琐屑屑之事你是可想而知的。我的研究生的稿子也拖了一段时间,今天才看出来。等我看完后,再作商量,如何?

祝好

钱中文

1985年6月16日

这封信对我来说无异于一片甘霖。我回信:

敬爱的钱先生:

您好!

收到我盼望已久的来信,一颗快要枯竭的心犹如得到一片甘霖的滋润,得到一定程度的复苏,我衷心地感谢您。

您的来信给我带来了愉快,一直在痛苦中蹒跚的我多么想放纵一下这种愉快,但是不敢,您知道,这样的消息对我已经不是第一次了。

文章被推荐了,发表的机会自然要大些,但距离真正发表,还有万里之遥。回顾当初在南阳,我接到您把《浅谈情感在文学创作过程中的作用》推荐到《社会科学战线》的消息时,真以为成功之果唾手可得;即使不能发表,也说明我的努力已离成功不远。没想到一搁就是四年。我想这有点类似跳高。一个新的高度跳过去了,但横杆每次都无一例外地掉下来了。有可能超过这个高度,但也有可能永远如此。

两篇拙稿,皆写于一时、得之千日之作。尤对《辞达而已》心中颇有美意,但何敢自以为是?没想到能得到您的较高评价。二文曾寄给陈伯海(原上海师院,现已调至上海社科院文研所)同志,他也较满意。但基于他并未推荐,窃自寻思,亦以为二作算我诸作中较好的了。如果再遭退回,我真不知那绝望之情该多么严重,今后的日子该怎么度过。

《文学遗产》也好,《光明日报》也好,能发出去,哪怕发出去一篇,都会对我的心情注入较大的安慰,如果两篇都发出去,那么对我目前的处境就会略有改善。您费力推出去了,还望再为过问。如果都能发出去,那我将是多么高兴啊!

《文学遗产》《光明日报》均大刊物,能发自然好,但也因其大,退稿的可能性更大。倘退到我处,我将是一筹莫展,其命运也会像《浅谈情感在文学创作过程中的作用》一样如同废纸一张,多年的辛劳又将会付之流水。因此,我提出一个较为大胆的期望,能否请您跟《文学遗产》的熟人讲一声,如果不能采用,稿子仍然给您?您如果认为《辞达而已》稿真有点贡献并珍惜它,那么就请您让它有一个问世的园地吧。让它自行毁灭,或许有些可惜吧?请原谅。

《文遗》曾来过来稿登记单,笔迹似乎是出自王芳老师。敏泽先生忙时,她曾代为回过信。我写了信给她,请她向您致谢。

丁亚平同志来信说他已经拜访过您了。谢谢您接受他的拜会。

致以深深的问候。

等候您的消息。

即此

再拜！

愚生　志祥
1985年6月21日

三十一、无望中的召唤

时间过得很快。来年的研究生考试12月就得报名。我一方面对付高三语文教学，一方面找差补缺，复习迎考。没想到半路上杀出个程咬金，因去年已考过了，今年教育局不再给报考资格。眼看着报考的时间一点点过去，却无能为力，欲哭无泪。

抹干眼泪，继续前行。新年到了，我总不能忘记问候先生：

尊敬的钱先生：

新春愉快！

听一朋友说您调到院部工作了。我没有看到有关消息，也不知是真是假。不过以往我寄过两封信到文艺理论研究室，没有见到回音。所以这次我就把信件寄往院部试试。上两封信不知收到否？

今年元旦是自我认识您起的第五个元旦了。我甚为珍惜您给予我的这段情谊。百折不挠，永远进取，能够写出质量不断提高的作品，就是新年到来之际，对您的最好献礼！

本着这样的想法，我抓紧改了论"平淡"的那篇文章，并请人打印了出来。在新年到来的时候，我把它献给您。请您在百忙中抽空过目。

当您过目时，您将会发现，这篇稿子是完全遵照您的意见来重新改写的。但究竟改写得成功与否，还要等候您和他人的鉴定。

我追慕道家的超名利和放达,但自己却不能做到。时而放达以自我解嘲,时而又被功名心绞缠得很苦。一个小人物要想在大刊物上发表长文所遭到的磨难和痛苦,常使我要穷愁潦倒,躺倒不干;然而,摩搓到您过去给我的宝贵的信件,想起我们之间的那一段动人的交往,再而面对同学、朋友、兄弟、姐妹的进步,瞻望人生的前途、意义和价值,一种再接再厉、继续奋发的劲头又上来了。学术厅堂大门虽然神圣,我虽然是个村夫俗子,但我一定要敲开这扇大门。不敲开这扇大门,永远不善罢甘休。

我对我去年5月寄给您的两篇稿子的粗疏感到惭愧。我对我常常由于功名心的躁动而失去心灵的平衡感到惭愧。愿它们在您温柔敦厚的心胸中得到宽释。

最后,祝您在新的一年里,工作旗开得胜,事业续写辉煌!

学生:祁志祥　敬拜
1986年元月10日

钱先生对《"平淡"探奇》一文评价更高些:

祁志祥同志:

你好!你的《"平淡"探奇》一稿,我已读完,获益不少。问题提得好,逻辑性强,理论上也有见解,这是努力不懈的结果,惟觉得"结语"是个累赘,但这无碍大局。这样的稿子拿出来,应该不大会有问题。我想投稿试试看。酒香不怕巷子深,总会有出路的。

前两信我都收到。你写到许多不如意的事,我想对你来说,无论生活中的忧和喜,都会化作动力,果然如此。其实年轻人除了奋斗不息，下苦功夫，才是真正的"别无选择"，才能找到自己的位置。我相信你功到自然成，会出现豁然开朗的境界，到时就会获得自由，美不胜收。当然，这是相对的，过了一个时期，又会不自由起来，然后再不断充实自己，再获得自由。

1986年4月，钱中文在天津南开大学参加文学理论问题讨论会

我的学识浅陋，古代文论方面是个门外汉，因此对你带动不大，十分抱歉。你其实可同陈伯海同志多联系，估计他不会拒人于门外，这样可以得到真正的指点。得到一些实际指点后，我想总会如愿进步的。

祝诸事如意，并贺春节好。

钱中文

1986年元月27日

我回信感谢钱先生的鼓励：

尊敬的钱老师：

您好！

来信是在假期中收到的，当时一直没有个安定的心情。现在，假期过去了，一切又走上了常轨，可说是目定心安了，所以赶紧给您回信。

首先，我要感谢您这么快就给我来信。您知道，您是我无望中的希望，颓唐中的召唤。您的扶持对我来说是多么珍贵。其次，我要感谢您对我的褒扬和鼓励。其实，我的拙作是很浅薄的,但是,您却总是从鼓励、肯定入手,给我打气,因此我感谢您。再次,我要告诉您,今年我的报考又被教育局卡住了。不过我仍不死心,不过明年假如再报考不了,也许就只有等到婚后了。

写好《"平淡"探奇》一稿,竟然感到有些"黔驴技穷"了。是的,能独立成章的材料几乎用尽了,以后的去处有二:一、修改原作;二、积累新的材料。也许我要沉默一个时期。

《平淡》一稿,有何消息,我会及时函告于您的。

陈伯海先生那儿,我尚未联系。以后或许试试。

顺告,我又拜读到《文艺理论研究》上您的论艺术描写的假定性的文章。

祝您在理论的天地里获得自由!

愚生 志祥 拜
1986年2月18日

三十二、天 道 酬 勤

功夫不负有心人。经过不懈奋斗努力,《"平淡"探奇》终于被中国艺术研究院主办的名刊《文艺研究》1986年第3期采用。虽然砍掉了许多,但这对于我来说仍然是极大的喜讯。我把这个喜讯在第一时间告知先生:

尊敬的钱中文老师:

您好!

拙作《"平淡"传奇》已被《文艺研究》第三期采用,《文学评论》那儿您不必再考虑了,特此说明,望谅。

《文艺研究》删去三四千字,发六七千字。不过对于我,已是万幸了。无论对来年的考试,或对今后的发稿,都有些益处。这是在您的指点和鼓舞下取得的成果。吃水不忘打井人。作为启蒙老师和恩师,您在我的心目中永远是至高无上的。

"五一"节拜访了陈伯海、刘叔成二位。似不出您所料,陈老师大概没有拒我于门外的意思。

波斯彼洛夫和威勒克·沃伦的《文学原理》中译本在上海、南京的大书店均无陈列,想必尚未出版?

有何佳作可供我拜读呢?

即颂

教安!

学生:志祥　拜启
1986年5月8日

《文艺研究》编发我这个普通中学教师论文的编辑是袁振葆编审。我后来拜访过他,一位很朴实、很纯粹的编者,与后来见到的那些满嘴择优用稿、实际上满脑花花肠子、把刊物编得像肉案的办刊人何啻天壤之别!

三十三、美 学 思 考

这期间收到了钱先生寄赠的自己新出的大著。我回信致谢,并大胆谈了自己的一些学术思考:

敬爱的钱老师:

您好!寄赠的书收到,可谓雪中送炭。谨此衷心致谢。您每一次寄来书、信,都无疑给我莫大的感召和鼓舞。您知道这种感召对我来说是多么宝贵。与此同时,看到您的荣誉与日俱增,我心里也有一种说不出的骄傲和欣慰。

第三期《文学评论》拿到了，仔细读了贵室诸位就刘再复同志的文章展开的讨论文章。"五一"在南京，听省社科院一同志谈到刘的文章受到了胡乔木同志的批评。从讨论文章来看，似乎事出有因。此间，您未发表意见我以为是高明的。据我所知，老同志对于刘的文章感觉不好的居多，而青年人则相反。就我而言，刘的二重组合论的多数文章我都看了，对他探索的勇气、敏锐的思维和才气，我是佩服的，他对新知识的汲取和融汇，他兼容并蓄、不依傍门径的治学态度，他博而不失为精的知识功底，他丰富而细腻的美学感觉，以及对作品形象的深刻理解和剖析，我也深表赞赏。他的大部分观点，我觉得是可以信服的。

在此期间，我先拜读了您的"读蔡仪《美学概论》"那篇文章。应该说，您的文章是饶有趣味的，遣词立论，不带感情色彩，都经过仔细推敲，又不咄咄逼人，且"知之为知之，不知为不知"，实实在在。所以，我能见到的您的每篇文章，都一字一句地读了。文中提到您的观点："美在客观，不在社会性（实践）。"这与我的美学思考是吻合的。蔡仪美学在承认美是物的客观属性这一点上，比任何美学都更能给自然美、形式美提供更令人信服的理由；所谓"自然美在物的社会关系"，不外是说，自然美是为人而存在的，这和黑格尔的言论，以及美在主客观合一论在本质上有何不同呢？蔡仪批评李泽厚的此论是朱光潜的观点或唯心主义美论的变种，至少在这一点上是击中要害的。只不过朱来得老实，李来得有点"狡智"罢了（原谅我这么说，这是实话）。

然而，美学问题倘若如此简单，也就不会有今天这么多没完没了的争论了。就我目前的体会，我觉得美有三种。一种是客观的美，它存在于形式的规律或特质中，它不依赖于人

(如人的本质、人的联想情感)而存在,它是在人类产生前就有的,也不会因人类的毁灭而消失。蓝天白云,流水小桥(小桥之美不因人生而生),清风明月等等。这类例子能举出好多。另一种是因为人而存在的美,它们好像存在于物中,但并非物的一种属性,而是对象化了的人的本质。对象化的美,联想的美,移情的美,都属于这一类。一条斜线之所以会给我们带来动感,亦是一例。这里,美是主客观合一的产物,是联系主客二体的中介物——直觉。在这个意义上,李、朱以及高尔泰的说法又是有力的,除非我们不承认对象化的人本质是一种美。第三种美是善的形象,也就是说是道德善的表现,如武松醉打蒋门神的动作,或者表现善的思想的言词等等。这里,使人感到美的原因不在纯形式的特质和规律之中,而在于内容的善。而一个物体是否善,在不同的人看来又有不同的评价,所以这种美也就因人而异了。F·W.拉克斯提尔(Ruckstull)把美分为"客观的美,半客观的美,主观的美",指出"客观的美只是大体上引起了眼睛的好意","半客观的美……部分是对眼睛而言,部分是对身体而言,部分是对心灵而言,而主观的美仅仅是对心灵而言。"(朱狄《当代西方美学》第212页。)我以为把美区分开来研究是好的,更高的哲学概括必须建立在这个基础研究之上。而这几种美的划分又不只是从形态上,而且是从产生美的原因上去划分的,想要在这些原因各不相同的美的现象中寻找一个统一的原因,这在逻辑上是否可能,是大可疑虑的。

　　于是问题产生了:要不就只承认客观的形式美是美,其它都不是美。因而,康德把形式美视为纯粹美、自由美,把道德善的形象视为附庸美是有道理的。

　　但是,确确实实是那"人的本质的对象化",那"善的形象"使人们普遍地产生了愉快的感觉。能够说那引起几乎人人美的感觉的事物不是美吗？何况即使这种美不是物的特质，不允许作名词用，也可以做形容词用，来形容一种感觉、感情呀！

此外还有更为棘手的一点，就是即使在上述那种客观的纯形式美中，那种美虽然不依于人而存在，却只有人才能感受得到。这种情况，正如同臭淤泥对人不美，而对鸭子、龙虾就很美一样。并且，这种美，虽然是客观的属性，却又不能通过科学仪器、科学实验反映出来。这与"真"不一样，倒与糖的甜一样。甜用仪器检测不出，甜只能为人而存，是对人才有的一种品质。因此，即便在自然的纯形式美中，美是否完全能够离开人而存在，美是否是完全客观的，也有待进一步探索。

就是在这些方面，蔡仪美学回答得不够有力。我以为，除了您在文中讲到的一些不足之外，这些问题似乎也是有待蔡仪美学进一步思考的。

当然，就其体系的完整和严密来说，我以为，当今的中国美学流派也许还没有哪一家能抵得上蔡仪，李、朱均如是。王朝闻主编的《美学概论》只是本"艺术论"，美学特色不足。

以上所说，悖谬很多，即使有错误，我想您也不会介意的。时间紧张，这封信花了我两个小时，我就不再誊写了，谅。

祝

万安！

愚生：志祥
1986年6月10日

三十四、高考夺魁

此后不久，又寄去两篇文稿和信件，告知所带高三班语文高考成绩全县夺魁的消息：

敬爱的钱老师：

您好！

今寄上一份西方文论稿《审美主体对艺术的双重美学关系——谈西方文论中的一个美学原理》。它是按照您的指点，长期积累、多次修改而成的。不知是否满意。特寄上，望能于百忙中抽空赐教。

因为去年没让考，加上我又有些较他人充足的理由，所以局长、校长，均承诺让我年底报考。为了迎接这次极其宝贵的机会，我抓紧在暑假中改了几篇稿，有篇《马克思恩格斯悲、喜剧理论述评》不久将打出，我很希望该稿能够得到您的指教。至于其他古文论稿，我就不想麻烦您了。这万请您谅解和支持。

《平淡——中国古代诗苑中的一种风格美》一文在《文艺研究》发出后，很想寄一本给您，因为这是您辛勤培育出来的第一朵花朵（在我身上）。然因寄给我的刊物不多，我又想寄两本给报考老师。考虑到《文艺研究》您可能也有，就没寄。我想您不会介意吧！顺便说一句，《文艺研究》所删改的地方颇不尽人意，但我又如何好去说？

人们常说，不想当将军的士兵不是好的士兵。在一流的刊物上发表论文，这就是我奋斗的目标。因为有了您和一些名家的指点与帮助，我这种信心更加坚定了。

此外还值得奉告的是，今年我教的高三班级在全国高考中的均分超过87.58（理科班），在全校、全县均名列第一（我校第二名82分多，最后一名分78分多，大丰县中学理科班均分78分多），超过省理科均分8分有余。（每年，敝校均有好多学生考上高校，清华、北大、复旦等都有。）

今年我教两个高一班语文。这是用沉重的代价跟校长换来一次明年报考研究生的资格。

不知您近来如何？

此颂

教安！

学生　祁志祥　拜书
1986年9月05日

三十五、忙中偷闲

不久又去一信，报告紧张的考研复习中忙中偷闲写作论文的情况，因为我抑制不住思考写作的冲动和激情。

敬爱的钱中文先生：

您好！

《马克思恩格斯悲、喜剧理论述评》一文已打印出来，较长，15 000字。这方面您是专家。本拟听听您的意见，因考虑到您专业研究、行政工作、带研究生等诸事几乎把您全部时间和精力占去，十分繁忙，我不应再麻烦您，使您为难，所以我就不寄给您了。上次我寄了一稿及一信给您。那是一篇修改稿，时间虽过去了多年，然而新接触的材料并未改变原有的观点，只是把它理论化、完善化了。这与您原信中提的意见不尽相合，想必您不会介意。从我愿望上讲，很希望得到您的教正，但平静下来一想，深感您很忙，我不应一再打扰您。因此，若无时间，搁在一边算了。此稿我已投了几个刊物去试试。如能有好消息，再告诉您。

为了迎接87年考试，在暑假中我忙中偷闲，还改写了《论"辞达而已"》(15 000字)、《"但见情性，不睹文字"说》(9 000字)，新写了《弗洛伊德的精神分析学与艺术创作》(2 000字)。《论"辞达而已"》初稿，本来是应《淮北煤师院学报》编辑部之约誊写(因原复写稿字迹不清，有个别讹错)，我利用新材料、新思考改写、扩充了一下,连注释16 000字,没想到编辑部以无法安排版面为由退稿了。

在订阅的《文艺理论研究》上,拜读到您的大作《最具体的和最主观的是最丰富的》,立论公允,见解新鲜,颇多教益。读了部分波斯彼洛夫的《文学原理》,深感此书不同凡响,比我国现有的《文学原理》书似乎高出一筹。你们能把这样的书介绍过来,是有见识的,也是值得感谢的。

今年我教两个班。课务是大的。为了争取年底能报到名,我目前正在对相关人士做工作,颇费精力。通过陈伯海老师认识了华东师大中文系齐森华主任,他是研究中国古代戏剧理论的。他及时将该系明年的招生计划告诉了我。遗憾的是没有古代文论或文艺学专业。因他希望我考他校,我基本选定该系万云骏教授的中国古代文学(宋元明清)专业。查人民大学复印资料,看来他是搞宋词的。这毕竟有点改方向了,因此目前要看的书不少。国庆期间,我将去华东师大拜访他,听听他的指点。如不如人愿,我将考江苏教育学院吴文治教授(原中国人民大学教授)古代文论专业研究生,不过目前还未与他取得联系。

从我主观方面讲,是不寄希望于侥幸的,而是立足于苦苦多读多思多写。然因与导师不熟,无从对导师的学术观点有多少了解,也无从对其他阅卷老师的观点有多少了解,加之考场上诸多生理、心理因素影响,再加之临时改方向,因而不能排除考不中的可能。作为我,只好作两手打算,同时抓紧有限时间复习,力争考取。否则真有愧于您的期望。

专此即颂

秋安!

愚生　志祥
1986年9月24日

三十六、钱师之贺

10月,收到了钱先生的回信,也收到了他的祝贺。

祁志祥同志:

你的两信一稿都收到了。迟复为歉。

你的《平淡》一文出来后,我看到了广告,后收到了杂志,真是不容易的,应该向你祝贺,虽然迟到了。

你的《论审美主体……》一稿我还未拜读,主要是我躲起来写东西去了(明年要交稿),收到时已隔了不少日子了。你来信说已给了几家杂志,如有佳音,就早告我。10月我抽空看一下。《学习与探索》,不知你投给它没?你的稿子给杂志,可能长了些。万事开头难,开好了个头,下面就好办多了,人是需要奋斗的。

你的专业方向做了改动,有利有弊,也许弊会化利。你可去拜访万(云骏)教授,了解他的一些学术思想,可能有利于入学考试。考试并不能测准水平、成绩,但目前又无好办法。最好是定向招生,看准了要人,但领导又怕中间出现徇私,也难办。不过我觉得后一办法好。或者是推荐考试,并与平时成绩结合。祝你这次成功。

我今年不招研究生,明年可能有名额。

我仍在忙我的任务,争取明年出初稿。去年交给人民文学出版社的一部书稿,今年底或明年初可出来,给他们拖了一年的时间,让人着实恼火。

11月初,要去苏州开"文学观念学术讨论会",要花掉我一些时间。

再次祝你获得成功!

1986年11月 于苏州，钱中文参与并主持"全国文学观念研讨会"，左起为姚鹤鸣、钱中文、范伯群、胡经之、范培松等

钱中文

1986年10月9日

三十七、最后一信

1987年1月，我收到了钱先生的最后一封信：

祁志祥同志：

10月接你信件，一直未复。现考期已近，不知你报考上没有？报考了谁的研究生？请告我。

我和徐老还好，但无甚深交。和陈老师也不认识，他是黄世瑜同志爱人，我才知道。可惜去年11月黄老师未去苏州。我可以试试（做些推荐），但主要看你当时给人的印象。

你的稿子我转与了《学习与探索》。油印稿一般是不大重视的。不知你还寄了哪家杂志？有何结果？

祝你顺利，并祝

春节好！

钱中文

1987年1月23日

为了获得第二次考试资格,我到处找人、托关系。考虑到我女朋友在上海,伯父在台湾,是统战对象,县教育局就同意我一个人去考研究生。这是最后一次机会了,不成功,以后就别想再考了。于是我全力以赴。一方面努力把自己的本领打得更过硬,另一方面,通过钱先生认识了上海社科院文学所所长陈伯海先生,他向时任华东师大中文系主任的齐森华教授作了推荐。我报的第一志愿是徐中玉、陈谦豫二位的中国文学批评史。考试结束后,我马上写信给钱先生:

敬爱的钱先生:

您好。

考前接到您的信。因不想影响考试情绪,未即作答,望原谅。

这次大丰教育局就放我一人去考。我报的第一志愿是徐中玉、陈谦豫二位的中国文学批评史,第二志愿是南京师大中文系吴文治的文艺学。目前考试已经结束,自我感觉基本发挥正常,比上次要好,就不知是否合导师口味了。所考科目是"文学理论""批评史",共四大题,每题25分;"写作"在规定字数内写一篇读后感,一篇评论性文章,前者40分,后者60分。不敢估计太高,等批改出来再说。也许有点希望。

正如您所说,录取与否,主要看考分如何。别人的推荐只起辅助作用,当然有名人推荐情况要好很多。齐森华主任来信说,他在和徐先生去浙江千岛湖开会途中,曾将我的情况向徐"郑重作出推荐"。徐先生说:"等考下来再看。"陈伯海先生也曾表示过,他有机会碰到徐、陈二位时也会顺便说说。我想，我认识他们俩，都由于您的建议。而他们二位对我了解毕竟不如您多。是您，激起了我考研究生的勇气，是您一步一步培养指点我取得了一点一滴的进步。毫不夸张地说，没有与您的相识，就没有我的今天。对于我的智力、知识、精神等方面的优点和弱点，您较他们二人也许更为了解。作为一名举足轻重、深孚众望的大家，我尤其望能得到您的一点实实在在的简介。当然，我烦您的太多。如果您感到为难，我将为我曾经提出过的请求负疚。

徐、陈这次招4名，另外招代培生。

暑假中写的一些文章，除一篇《盐城师专学报》1987年第2期将采用外，余皆无望。也许考上后，发稿更容易些。

对于"中国古代文学原理"，我一直在潜心探索。平生誓志为此目的奋斗。不辜负您的希望和栽培，争取作出成绩报答您、报答此生，就是鼓舞我前进的内在动力。"人生到老谁无死，留取成就照汗青！"

请接受我真诚的一拜。

拙作承蒙转与《学习与探索》。谢谢您看得起。

Your faithful Student
祁志祥
1987年2月16日

三十八、圆 满 结 局

4月16日，华东师大中文系徐中玉先生拨冗给我一信，告知我苦苦期盼的考研结果：

志祥同志：

来函都收。因俟教委统一录取要求，今才有所决定。你的成绩合格,静候正式通知可也。

匆祝

成功

徐中玉
1987年4月16日

1989年华东师大中文系研究生毕业时与导师徐中玉、陈谦豫及答辩委员会专家合影。从左至右为萧华荣、陈谦豫、齐森华、徐中玉、郭豫适、曾伟才(研究生)、祁志祥、朱桦(秘书)

我立即将这个好消息告诉钱先生:

敬爱的钱老师:

您好!

昨接徐中玉先生一信,知考试合格,录取有望。他说:"静候正式通知可也,并祝成功。"看来录取之事有几分把握,故来信向您报告。

这五六年来,您在繁忙的事务当中不断赠书来函给我指教,给我打气。可以说,没有您,我就不会改搞理论,我就不会萌生出考研究生的信心和勇气。我之所以能有今日,全归功于您。我曾想,若这次考试再失利,我还有什么面目见您呢?老师,我是个自尊心相当强的人。我说出的话不能实现,会自个儿给心灵背上沉重的包袱。总算还好,这次考试没出意外。

我也可坦然地将结果告慰于您了。

前不久接《文史哲》一信,拙作《马克思恩格斯悲、喜剧理论述评》一文可能录用。因稿挤等原因,尚需等一段时间。原文长了,须改在7 000字左右。我已经改好送去,仍多1 000字。题为"马克思恩格斯悲剧理论述评"。

老师近来极忙吧?身体可好?

敬祝

夏安!

愚生:志祥 拜书
1987年4月21日

从1981年底到1987年7月,一路跋涉,风风雨雨。钱先生付出了很多,将我从一个英语只有初一水平[1]、学历只有专科的基层中学教师带进了研究生大门。这样,六年来一直背负我前行的他就可以不再管我,自己歇歇脚、喘口气了。而我也通过锲而不舍、不折不挠的奋斗,在完成了中学教学任务、写了好多论文习作的同时,终于考上了名校名师的研究生,这也是对钱先生辛勤付出的最好回报,否则我将无颜以对。

20多天后,收到钱先生惠赠的大著,作为对收到我考中研究生消息后无言的回复。我即刻回信:

敬爱的钱老师:

您好!

您惠寄的著作收到。衷心感谢。您在繁忙的行政事务中潜心学术,在不长的时间内拿出如此有分量的著作,实在可敬可贺。

---

[1] 我考研究生时英语是从初二课本开始复习的。

昨天我刚刚复试回来。复试较简单。就是问问你读过哪些理论著作,为何想搞古代文论。原本招4个,复试的只有3个,都是外地的。如果发通知,一般在7月初。如无意外,到时候将函告。

近来又接到一用稿通知,《古文论中"辞达而已"形式美标准的形成》(约8 000字)将于《汉中师院报》今年第2期发表。

为不负您的栽培和希望,我将艰苦奋斗。

近况好不?

愚生　志祥　拜书
1987年5月12日

三十九、三 十 而 立

接着又写了几封信告知钱先生一些动态:

敬爱的钱先生:

您好!

我于7月中旬拿到研究生录取通知,九月初我将去华东师大读书。

因今年东南片就有复旦、华东师大、南京师大、安徽师大四家招古代文论专业研究生,故这次报考徐先生的考生较去年少些,据悉是19个。按计划原想招4名,另招代培生。但合格者不多,复试时就只有3人,估计全取。

孔子说"三十而立",我今年刚好虚岁三十。我总算"立"起来了。我之所以能考上研究生,从而改变我今后一生的命运,寻起根来,确实要归功于您。我早说过,如果不是认识您,我就不会考研究生,而这些年我也就无法捱过来。千言万语，不足以表达我对您感激之情之万一，您是我永生不忘的恩师。

当然，今后的路并不轻松。我将始终为达到较高的目标而刻苦努力。研究生只是取得成果的一个手段，它不应成为目的而躺倒不干。

《马克思恩格斯悲剧理论述评》一文因近来气氛较紧，《文史哲》只好退回。从来信看，编辑对它是费了一番苦心的。研究什么课题，如何研究，同一稿子什么时投最合适，这些都受政治空气影响，文艺工作者的命运总是由政治家决定，这不能不说是可悲的。

据王启忠同志不久前来信说《审美活动中的双重美学关系》一文初审还满意，他准备将此稿呈领导审阅。

据丁亚平讲，您可能带博士生了。祝贺您。

丁亚平分在中国艺术研究院当代文学研究室。

对象李婷分在黄浦区市六中学。

这个暑假，我在家忙着打家具。我们想今年寒假办婚事。

顺便寄上一点对虾给您尝尝。太少了，略表寸心罢了。

9月后来信请寄上海华东师范大学中文系87级研究生信箱。

问您全家好。

愚生　志祥　拜启
1987年8月9日

祁志祥与女儿合影，摄于2017年10月。女儿祁雪莺为英国注册会计师，现在美国通用电气公司上海总部供职，同时在上海交通大学高级金融学院读硕士

敬爱的钱先生：

您好！

我已来沪。师大于8号开学，

一周后才开起课来。本学期徐先生开读书指导课,陈先生开批评史课。此外还有英语和哲学。因有英语课缠着,第一学年可能比较忙。

今年本专业招了3人,全系招生计划未能完成。

有些情况,在之前给您的信中已经说了,此不赘言。

我住在第一学生宿舍128室。我很盼望日后您到上海来时能光临这里,或者让我去找您也行。

愚生　志祥　拜书
1987年9月17日

亲爱的钱先生:

您好!

来信收到(未见保存)。来校后曾拜访过徐先生一次,他谈起您为我写过信给他。我很感动,因为这事您对我只字未提。您总是这样,帮助人,却不需求别人报答。虽然现在我们见名人已多,也觉得平常,但对于您,我总是十分敬重,您在我心中永远是偶像。

英语我是想把它学好的,但因为原来基础不好,这里学习时间也只有一年,要想熟练地掌握它很不容易,我只好尽力而为。加之,学习资料虽不算少,但外国文艺理论资料毕竟不多,第二年要求我们翻译一篇专业论文,当然最好是外国的中国古代文论研究文章,但不好找。这直接影响到英文水平的提高。我想读二年级时试着做些翻译。先生主编外国文艺理论译丛,如有这方面的论文,可望寄点给我试试吗?

进校后接到一用稿通知,拙作《"但见情性,不略文字"论》(一万字)将发表于《古代文学理论研究》第15辑。估计要等年后才能出来。

愿在上海见到您。

愚生　志祥　拜
1987年10月14日

考虑到钱先生有信必复，六年来他在我身上花费了大量心血，而他自己太忙，有自己的工作、任务、事业要做，在我考上研究生后，有了新的专职导师做指导，同时我也想利用研究生的平台作出成绩向他回报，所以1988年以后就没再给他去稿，去信也很少（电话、电邮逐渐方便起来）。然而毫无疑问，如果不是钱先生诲人不倦的来信给我注入的巨大精神动力，我就不会有那么大的信心和勇气去考研究生，我的人生之路就会是另外一种样子。

四十、六年中钱中文先生惠赠的著作

六年中钱中文先生惠寄给我的著作主要有：《果戈里及其讽刺艺术》，钱中文著，上海文艺出版社1980年版；《列宁论文学与艺术》，中国社会科学院文学研究所文艺理论研究室编，人民文学出版社1983年版；波斯彼洛夫《文学原理》，王忠琪等译，钱中文序，三联书店1985年版；《现实主义和现代主义》，钱中文著，人民文学出版社1987年版；《文学原理——发展论》，钱中文著，社会科学文献出版社1989年版。其后寄赠的著作有：《文学理论流派与民族文化精神》，钱中文著，吉林教育出版社1993年版；《新理性精神文学论》，钱中文著，华中师范大学出版社2000年版；《钱中文学术文化随笔》，中国青

2007年夏在北京初次见面，22年后钱中文与托多罗夫再度会见

年出版社2000年版;《钱中文文集》一卷本,上海辞书出版社2005年版;《钱中文文集》四卷本,黑龙江教育出版社2008年版;《桐影梦痕》,钱中文著,北京师范大学出版社2013年版;《文学理论:求索与反思》,钱中文著,中国社会科学出版社2013年版;《文学的乡愁——钱中文自述》,河南文艺出版社2017年版。

四十一、六年中请教的文章后来全部发表

六年中我向钱先生请教的文章,经过最终改订后,大部分以单篇论文发表。如《审美主体对艺术的双重美学关系——西方文论中"化丑为美"的一个美学原理》,载《文艺理论研究》1988年第1期,中国人民大学复印资料《文艺理论》1988年第2期全文转载;《平淡——中国古代诗苑中的一种风格美》,载《文艺研究》1986年第3期;《古代文论中"辞达而已"形式美标准的形成》,载《汉中师院学报》1987年第2期;《文学情感特征的系统透视》,《内蒙古大学学报》1989年第3期;《"但见情性,不睹文字"说》,载《古代文学理论研究》第15辑,上海古籍出版社1991年版;《刘勰论情感》,载《文史知识》1994年第2期;《马克思恩格斯悲剧观新解》,载《河南大学学报》1994年第3期,中国人民大学复印资料《马列研究》1994年第5期全文转载;《中

祁志祥与同届徐门师弟、华东师大民俗学研究所所长田兆元教授合影,摄于2018年元月

国古代诗歌中的线条美》,《贵州社会科学》2000年第4期。未发表者,全部收入《美学关怀》论文集[1],复旦大学出版社1998年出版。该书由钱中文先生作序。有趣的是,钱先生在我学术起步时帮助推荐但一再退稿的《社会科学战线》和《学习与探索》,若干年后成为我发表文章的重要园地。我的多篇重要论文,都是在这两家刊物发表的。其主编那晓波,责编张利明、修磊成了相处默契的朋友。

研究生毕业以后,我后来辗转在上海大学、上海财经大学、上海政法学院从事教学、研究工作,并在文艺美学学科拿了三个国家社科基金项目、一个教育部项目、一个上海市哲社课题、一个上海市高校服务国家重大战略出版工程项目,其学术基础和方向其实都是在与钱中文先生当年的通信中奠定的。

四十二、两部大书的构想最早在通信中提出

我曾经出版过不少书,其中有两部很为重要。一部是关于中国古代文学理论体系的建构,一部是中国美学史的书写。前者是1987年通信中提出来的,但完成较早。后者是1983年通信中提出来的,但成书较后。

先看第一部书。1987年2月16日,我在给钱先生的通信中说:"对于'中国古代文学原理',我一直在潜心探索。平生誓志为此目的奋斗。"1987年9月至2000年7月在华东师大读研期间,我一方面在做《民族文论与宗法文化》的硕士论文,另一方面酝酿用文学概论的方法,利用中国古代文学理论的资料,写一部《中国古代文学原理》。该书从研究生三年级完成硕士论文后开始动笔,毕

---

[1] 唯一遗憾的是最早的一篇,也就是与钱中文先生建立上联系、得到他好评、在他指导下修改、获他推荐、辗转了好几家刊物的《浅谈情感在文学创作过程中的作用》底稿却遗失不见了。

业后在上海市宝山区广播电视局从事新闻工作之余花一年多时间完成，1993年7月由学林出版社在"青年学者丛书"中推出。2006年，该书申报普通高等教育"十一五"国家级规划教材《中国古代文学理论》，通过教育部组织的专家评审，2008年由山西教育出版社出版。2011年11月获上海市教育委员会颁发的上海市普通高校优秀教材奖二等奖。

再看第二部书。1983年2月28日，我在给钱先生的通信中说："就我视野所见，中国古典美学似乎有许多未开垦的处女地。堂堂中国，没有一部中国古代美学史，岂不羞乎？"当时中国确无一本中国美学史专著。后来陆续出版了一些，但都感到不如人意。一是美学史聚焦的美本质观念难以令人信服。当时流行的观念是"美是人的本质力量的对象化"。以此聚焦中国美学史，它的书写就变成了"人的本质力量对象化"的历史，而人的本质是什么，是一个争论不清的问题；如理解为"实践"，那么必然造成美学史的书写大而无当。二是美学史的范围问题。美学史不能仅局限于文艺理论史，还应当充分兼顾人们从不同的哲学世界观出发对艺术之外的现实美的看法。在中国美学史中，就应当重视儒道佛玄等哲学学派的审美观。三是对中国古代美学精神的把握。中国古代对美的看法与西方美学既有共性，又有自身的民族特性。中国美学史实际上乃是以中国古代美本质观为代表的中国古代美学精神的运行史。四是对中国古代两千多年美学史时代分期的看法。已有的美学史的时代分期缺少有效的根据，或失之太疏，或失之太随意。其实，如果确定了中国古代美学精神，就确定了中国美学史分期的有效依据。这就是中国古代美学精神在不同的历史时期运动演变所呈现的整体特征。这些认识是在长期的积累思考基础上形成的。2005年，我申报"中国古代美学史的重新解读"课题获国家社科基金项目立项。该项目结项成果为三卷本《中国美学通史》，150余万字，由我独立完成，2008年由人民出版社出版。2012年12月，该书获上海市第十届

2002年12月30日复旦大学博士论文通过答辩后合影。从左至右为王振复、杨明、孙逊、齐森华、章培恒、陈伯海、黄霖

哲学社会科学优秀成果著作类三等奖。2013年3月22日,又获教育部颁发的第六届高等学校科学研究优秀成果著作类三等奖。目前,本人在此基础上主持的2016年上海市高校服务国家重大战略出版工程项目——五卷本、270万字的《中国美学全史》也已完成,2018年由上海人民出版社出版。

下篇

果挂满枝：
钱中文、祁志祥代表作

从1981年扬帆出征到今天,37年过去了。我们都进入了人生之秋。我们为逝去的时光感伤,也为秋天收获的果实欣慰。

钱中文先生后来历任中国社会科学院博士生导师,国务院学位委员会第3届、第4届中国语言文学学科评议组成员、召集人,全国哲学社会科学中国语言文学学科规划组成员,中国中外文艺理论学会会长、国际文学理论学会副主席,现为中国社会科学院荣誉学部委员。他在学术上贡献的主要学说,是新理性主义文学论和文学审美意识形态说。

2001年4月在讲学中

祁志祥1990年7月从华东师大研究生毕业后分至上海市宝山区广播电视局从事新闻记者工作。1997年5月引进至上海大学文学院,先后在上海大学、上海财经大学、上海政法学院执教。2002年在复旦大学获得文学博士学位;2009年在上海财经大学人文学院遴选为博士生导师。现为上海政法学院国学研究所所长,兼任上海市美学学会会长、上海市学位委员会第四届学科评议组成员、中国文艺理论学会常务理事、中国中外文艺理论学会常务理事、中华全国美学学会理事。在文艺美学上的主要贡献,是中国古代文论体系建构、乐感美学原理重构、中国美学通史书写。

2001年济南舜德大厦511室祁志祥与钱中文先生在宾馆合影

一、钱中文：
文学艺术价值、精神的重建：新理性精神

1. 寻找新的立足点

今天，一些人文知识分子正在寻找一个新的立足点，重新理解与阐释人的生存与文学艺术意义、价值的立足点，新的人文精神的立足点，这就是新理性精神。

20世纪是文学艺术不断花样翻新的时代。现实主义文学艺术时时更新自己的手法，拓展生活的广度，深入开掘人生，而19世纪的批判精神至今一脉相承，余韵犹存。现代主义文学中不同派别的一些优秀之作，倾情于20世纪初的人的生存的艰辛与伤痛，恰如悲怆的交响曲一般，令人回味无穷。

随后，现代主义又受到指责。那些在语言哲学与语言论哲学思潮流行中出现的诸种形式主义并受其影响而产生的作品，在发现与运用语言自身逻辑、能指方面，发展到了极致。语言能指功能的自由运用，可以使作者自如地组织话语，随心所欲地结构句型、使用叙事形式，从而使艺术形式不断出新。如"新小说""新新小说""活页小说"即类似于扑克牌式的小说，页码可以自由穿插，故事可以任意连接；此外还有"不可解的"小说等。另一方面，由于这些文学新品种将文字自身逻辑的变化视为艺术目的，在理论、写作原则上的极端化，使得其创作目的趋向于游戏，文化意义受到排斥，艺术的终极追问遭到放逐而陷于解体。这类作品的出新，是作者任意书写的任意形式，和艺术价值的淡化与消解是共生一体的。

美国学者丹尼尔·贝尔说,一些作家(指外国的)由于拒绝对生活的美学证明,结果便走向对本能的完全依赖。"它以解放、色情、冲动自由以及诸如此类的东西,猛烈打击着'正常'行为的价值观和动机模式[1]。"人在自我失落中自我娱乐,而鉴赏趣味则无需挑剔! 于是另一方面,在20世纪的不少作品中,被压抑的性本能、原始欲望,有如挤破了潘多拉的铁盖,争相释放出来,演出了许多离奇古怪的乱伦、性倒错、性疯狂的故事来,特别在大众文艺中尤其如此,显示了文学艺术贬值、堕落的一面。

20世纪80年代上半期,我国文学艺术的探索,是摆脱旧有的束缚、标举着一种人文精神,恢复自身的价值,走向创新之路的运动。随后这一探索,深受西方各种社会哲学、文化艺术思潮的影响。令人眼花缭乱的是,当这些思潮如潮水般涌来之时,也正是我国市场经济举步入轨之日。80年代中期,不少人文知识分子突然发觉,自己已被抛入了物的世界,现今一切都飞速地围绕着物与权在旋转,一切都为实利目的所侵袭。现实生活的冲击是最基本的,人们长期为生活中的假大空的连篇谎话所困扰而被弄得晕头转向。昨天看来分明是光华四射的神圣之物,今天却发现不过是一堆俗不可耐的腐朽与霉烂。现实中的深沉卑污,使信仰黯然失色,它无情地嘲弄了自己。理想的解体是现实自身的解体。它使不少人也使不少作家四顾彷徨。一些作家走向世俗,面向底层,描绘普通人的生存的尴尬与卑琐的生活状态,拓宽了创作的领域。有的作家则躲开崇高,在嘲弄虚妄的崇高的同时,调侃任何崇高,甚至调侃羞耻与良心,这就走向了虚无。有的投入"叙事策略"的追寻。他们以语言能指的自由挥写、叙事形式的多样变幻为创新目的,写得认真,玩得投入,一时有如在文坛上吹过一阵新风。但是

---

[1] 丹尼尔·贝尔:《资本主义文化矛盾》,赵一凡译,99页,北京,三联书店,1989年版。

意义的消解和形式构成的自由性,削弱了审美的生成,给阅读带来了困难。80年代中后期开始,中国文坛上不少作家表现了对人的自然本能的崇拜与激赏。在这方面,一些原本写作严肃的作家竟也未能免俗。穿插于小说中的大量性事描写,一时使京城纸贵,显示了严肃文艺中的颓唐一面。有的评论家今天以优美的辞藻赞扬那种灵肉随时随地获得满足的粗俗快感,明天又在报刊上大唱作家的社会责任感应如何如何的高调,表现了文艺批评两面性的实用主义姿态。至于在大众文艺中,以颓废情绪为基调制作出来的书籍,更是处处可见,表现了文学艺术的反文化的一面。

文学艺术意义、价值的下滑,人文精神的淡化与贬抑,是一种相当普遍的现象,虽然它并不代表文学艺术的全部精神。看来,20世纪文学艺术意义的日益失落,与人的生存质量、处境密切相关。今天,一些人文知识分子正在寻找一个新的立足点,重新理解与阐释人的生存与文学艺术意义、价值的立足点,新的人文精神的立足点,这就是新理性精神。

2. 信仰完全失去了吗?

"上帝、国王、父亲、理性、历史、人文主义,已经匆匆过去,虽然在一些信仰园地中余烬犹存。我们已杀死了我们的诸神。"

新理性精神将从大视野的历史唯物主义出发,首先来审视人的生存意义。一百多年来,人在生存中所遭受的挫折感不断弥漫,从东方到西方,由西方而东方。一种是有形的人的生存的挫折感。例如列强的侵略压迫、掠夺屠杀,使被压迫者的生存处于水深火热之中,它给人们留下的伤痛连绵不绝,至今犹存。由于某东方的侵略者失败后未受应有的惩罚,所以他们的后裔至今未有公开的认罪感。一种是无形的人的生存的挫折感,它由社会环境促成,人身上深层的精神生存的挫折感。它几乎无处不在,显得持久而震动人心。

西方学者说,西方人经历了上帝之死,父亲之死,知识分子之死,作者之死,一直到人的主体性之死的灾祸。"上帝、国王、父亲、理性、历史、人文主义,已经匆匆过去,虽然在一些信仰园地中余烬犹存。我们已杀死了我们的诸神"[1]。随后又出现了后现代主义。法国学者利奥塔德在1979年发表的《后现代状况:关于知识的报告》一书中指出:后现代就是"对元叙事的怀疑态度"[2]。何谓元叙事?即西方启蒙运动后形成的崇尚"同一性""整体观"的思辨哲学,那些倡导自由、平等、博爱、科学求真的基本话语。后现代主义者还认为,叙事与科学范式不可通约。这无异是说,过去的思想、理论全都受到怀疑。"现在我们一无所有,没有一样东西不是暂时的、自我创造的、不完整的,在虚无之上我们建立我们的话语。"上帝死了,信仰崩溃了,人嘲弄了自己。那18世纪曾被宣扬一时的理性与理性王国,原来不过是乌托邦的幻影,理性、崇高变成了欺骗。人突然觉得无所依附,而至于一无所有;无不都是过眼云烟,茫茫虚无。精神的失落,给人带来了巨大的痛苦,这就是精神性生存的挫折感。卡夫卡在1910年12月15日的日记中,写到他所体验过的那种生存的绝望:"我就像是一块石头,一座自己的墓碑,那碑上既没有怀疑也没有信仰,既没有爱情也没有憎恨。既没有勇气也没有怯懦,只有一个模模糊糊的希望。然而,就是这希望也不过是碑上的铭文而已。"12年后他又写道:"……我的内心只有绝望的幻象,尤其我在那里(希望之地迦南)是芸芸众生中最痛苦的人间。"[3]这种没有希望、没有出路的情绪的人,就

---

1 伊哈布·哈桑:《后现代的转向》,刘向愚译,279—280页,台北,时报文化出版企业有限公司,1993年版。
2 利奥塔德:《后现代状态:关于知识的报告》,见《后现代主义文化与美学》,26页,北京,北京大学出版社,1992年版。
3 弗·卡夫卡:《日记》,法兰克福,1984年版,转引自古斯塔夫·勒纳·豪克:《绝望与信心》,李永平译,20页,北京,中国社会科学出版社,1992年版。

像一个步入死胡同的落魄者,欲前无门,突围无力,所谓走投无路即是,使人不胜凄惶。在20世纪西方的哲学中,特别是存在主义的哲学中,人的焦虑被作为人的一种生存状态而成为一个热门话题。生存的焦虑源于人所处现实社会的分裂、破碎与它的不确定性。这种不确定性,使人在其生存选择中难以预测自己的命运,他不明白何时会被什么灾祸所吞没。布洛赫说:"当焦虑超出生物学的范围,只是作为一种人的存在方式,尤其作为焦虑之梦呈现出来时,它在本质上就是以自我生存本能受到社会障碍为基础的。事实上,这是唯一毁灭性的,甚至把愿望转向其反面的内容,它最终使焦虑变成绝望。"[1] 焦虑大面积地弥漫与不断深化,而演化为绝望,使人成为空虚的人,扁型的人。

其次,当哲学家、文学家写到因上帝死去而留下难以弥补的空缺时,物的挤压则如排山倒海之势随之而来,而且随后这种挤压愈演愈烈。诚然,人要生存,需要衣食住行,需要不断提高、改善它们的质量。人在对物的需求中,形成一种物欲,它一面激发人的热情,使财富不断被创造出来,使人不断获得物的满足与享受,这是不容争辩的。然而对物的无尽的追求的内在规律是,造成了对人的挤压,物的阴影遮蔽了人。物欲的发展不断转化为对金钱权力的追逐,使自身成为一种异化力量,使人变为物的奴隶。首先,这力量是物质的,当它与权结合,一夜之间就可造就成千上万的暴发户与亿万富翁,在物质上掠夺另一些人,人被物挤兑。于是我们见到在尤内斯库的满舞台的"椅子"中,不见了人。其次,这力量又是精神的,它使社会时弊丛生,贪污盗窃、损公肥私层出不穷,甚至利用公众的失语与无言,变本加厉地进行,使社会普遍需要的公德、伦理蒙上血腥的污秽。人间的羞耻、良心、血性、同情、怜悯、诚

---

[1] 弗·卡夫卡:《日记》,法兰克福,1984年版,转引自古斯塔夫·勒纳·豪克:《绝望与信心》,李永平译,14页,北京,中国社会科学出版社,1992年版。

实、公正、正义等,进入了新的衡量秩序,即要以斤两来计算它们。人们可以围观人的死亡过程,可以容忍光天化日下的污辱,可以逼人嫖娼,把不从者当众扑打致死。物的挤压使不少人的人性泯灭,使人的兽性恶性膨胀;而对于那些洁身自好、无所依傍的人来说,物的挤压使他们陷于清贫,给他们造成巨大的精神伤痛。不少人由此失语,失去批判和反抗的能力,从而孳生了各种各样的宿命思想与悲观主义。在这物化的时代,历史、现实都可以用谎言替代,一切都可以进行机械复制,动用美容手术,从物质到精神;一切都可以假冒,一切都被弄得真假不分,一切都优劣难辨。物的挤压,制造了大量在精神上污秽的人,失去灵魂的人。这在文学作品中已描写得很多,莫里亚克小说中的人物,卡夫卡小说中的人物,荒诞派文学中的人物,在在皆是。他们或是毒如蛇蝎,或是形同枯槁,或是状如幽灵,徒具人形。

属于这一类型的还有平庸的人。高级消费、电视广告,时时提醒人什么是"美满生活"的象征,它们刺激人的需要,教导人如何模仿电影明星,装演员姿势。它们劝导人关心享乐,打破旧禁,放纵情欲,及时行乐。它们影响社会舆论,改造文化。上述情况不仅外国有,在我国也是如此,在文艺中也属常见现象。在电视中,天天有人开导你如何吃喝,买出皇家气派,装出贵族风度;要不,就是一批批教授、学者、经理、演员、明星,被节目主持人哄得满台乱转,猜猜普通常识,猜不出的做出怪相,逗人一笑,玩玩排排坐、吃果果、玩过家家式的游戏。

再次,科技进步的复杂影响,造成人文精神的下滑,制造了无数渺小的人。科技的发展,无疑是人的认识、创造能力无限可能性的体现。科学家对自然、宇宙奥秘的深入探索,理应使人的认识与理论具有更高的敞亮的品格。但是对于不少人来说,甚至不少科学家来说,却并未在精神上摆脱神秘主义的束缚,而陷入哲学上的怀疑论与极端的相对主义。对事物认识的相对性是必要的,但把相对观点极端化,必然会在对待万事万物上形成一种亦此亦彼、什么都行的思维方式,导致对价值、真理的怀疑,最后放弃终极追问。在后现代工业社会,科技高速发展,信息媒介已进入千家万户。科技带来物质繁荣的同时,却不断建立起了自己的霸权地位,几乎形成了对人的绝对统治。在知识激增的时代,人们"听见被人说过的东西是如此之多,并发现关于万事万物的看法可以自圆其说,因而他们感到对一切都毫无把握[1]",没有一种解释可以独霸称雄。加之,人们的教学方式也发生了变化,即在接受知识的过程中,人文因素急剧减弱,因为如今人们只需坐在终端机前就可获得必要的信息和知识。于是传统的人文科学受到强烈的挑战,这使人感到人文科学日渐失灵。同时在一些技术官僚看来,人文科学简直不屑一顾,因为它们不能创造物质财富,无法带来经济实惠。这样人文科学也就被逼放弃自己的合法化地位,而被悬置起来。但是人文科学的悬置与失灵,正是人文精神淡化的表现,正是使人何以为人的人文精神的下滑与堕落。于是我们在不少作品里看到,一切都动摇了,好像人人都是百万富翁,但觉得所有人却一无所有,住所陈设豪华闪光,而个人的精神愈益匮乏、贫困,似乎谁都没有忘记自己的突然贬值,因为它太令人痛心疾首。于是"自然的趋势是去寻找比自身价值更少的东西"。

20世纪由于社会的频繁动乱,使不少人在失去信仰、理想之后,变得内心惶惶,成为扁型的人。20世纪由于物的极大丰富,普遍地追求物欲,而使不少人道德沦丧,成为精神上丑陋的人、平庸的人。20世纪由于科技霸权的建立,使不少人失去理智的澄明,而成为不能正视自己力量渺小的人。人的价值的低落,贬值,促成了他的精神生产的自虐性的堕落。那么希望何在?古茨塔夫·勒纳·豪克在其《绝望与信心》一书中谈到人的悲观绝望的处境,只

---

[1] 转引自查尔斯·纽曼:《后现代氛围》,见王岳川等编:《后现代主义文化与美学》,151页,北京,北京大学出版社,1992年版。

是他的一个方面。人还有另一方面,即信心的一面。他认为这信心的一面,恰恰来自人的自身:"希望之所以转化为信心,是因为他们看到了褊狭的先定的意识形态(无论是种族的、阶级的、国家主义的还是民族主义的)的普遍消除……各民族之间尽管还存在着对立,但是他们在精神上和经济上却在相互接近。艺术具备了世界主义的特质[1]。"他认为,无论是焦虑与绝望还是希望和信心,都根源于生物生命的自身。"在今天的文学和艺术中,如果我们只表现焦虑之梦和绝望的歇斯底里,而不去表现希望和信心,乃至……确信的情绪,那么毫无疑问,这是表现了'自然'生命的一半。"[2] 豪克对人、世界表现了乐观主义的态度,值得赞赏。但其具体观点看来不能完全让人同意。例如说到意识形态的普遍消除,这并非现实的事。例如,各国人民在精神、经济上有所接近,但文化隔膜至今很深;不少人在宣扬世界主义艺术,但是他们心目中的世界主义

1986年6月,参加蔡仪先生从事美学研究工作60周年纪念会,前排左起为何西来、钱中文、王燎荧、余冠英、蔡仪、吴世昌、王平凡、刘再复、马良春、乔象钟等

---

1 古茨塔夫·勒纳·豪克:《绝望与信心》,李永平译,4页,北京,中国社会科学出版社,1992年版。
2 古茨塔夫·勒纳·豪克:《绝望与信心》,李永平译,63页,北京,中国社会科学出版社,1992年版。

艺术不过是科技发达国家的某种艺术标本而已。又如他寄希望、信心于人这个"生物"与"自然"生命本能的另一面,但是毫无疑问,人只有作为"社会"生物时,他的理想与信心才能成为他的本质面。

3. 高扬文学的人文精神

> 人文精神就是对民族、对人的关怀,对人的生存意义、价值的追求与确认。表现为人文知识分子修身自立的品格,坚持人格尊严,个人对社会的责任感,历久不衰的忧患意识。

新理性精神难以力挽狂澜于既倒,但它绝不会去推波助澜。它要在大视野的历史唯物主义的观照下,弘扬人文精神,以新的人文精神充实人的精神。

新理性精神坚信人要生存与发展,人要理解自己的存在。人的生命活动不仅是为了维系其自身的生命。人通过其自身的实践活动,总是指向什么而被赋予目的性,形成其活动的意义与价值,改造自己的生存,实现自我,超越自我。人有肉体生存的需要,要有安居的住所,因此他不断设法利用自然与科技,创造财富,改善与满足自己的物质条件。而同时他还有精神的需要,还要在其物质家园中营造精神安居的家园,还要有精神文化的建构与提高。人与社会大概只能在这两种需要同时获得丰富的情况下,才能和谐与发展。在人的精神家园里,支撑着这无形大厦的就是人文精神,就是使人何以成为人,要成为什么样的人,确立哪种生存方式更符合人的需求的那种理想、关系和准则。人文精神就是对民族、对人的关怀,对人的生存意义、价值的追求与确认。人文精神作为精神文明底蕴,首先具有普遍的人类意义。各个国家、民族的成员,告别原始森林而步入社会群体,必须找到共同的相互人际关系的契约式的准则,如从动物脱胎出来最先形成的羞耻感,随后在共同生活中形成的相互同情、怜悯、血性、良知、诚实、公正、正义感、等等。各个国家民族进入到今天现代化的阶段,上述使人何以成为人的精神,仍然是共同应予遵守的契约式的准则,这是人文精神最基本的方面。

其次,人文精神是一种历史性现象。例如爱国主义精神,历来都是指对自己的国家、文化遗产的爱,不同时期指向相同,但其内涵是不断变化的,特别在多民族国家里。又如每个社会的统治阶级,都会将上述具有普遍意义的人文精神,纳入自己的阐释,赋予其阶级、集团本身利益的色彩与意义。当统治阶级处于进步的阶段,它对人文精神的阐释,往往有利于促成社会精神的建设,它甚至还可能以本阶级、本集团的理想品格,来丰富与扩展人文精神,形成新的人文风尚,甚至时代精神。当这个统治阶级走向没落,念念不忘于一己之私利与权力,就会使社会颓风流行,使反人文精神、反文化现象迅速抬头。就西方社会来说,这个世界早就物化,金钱权力支配一切,理想幻灭,灾祸不断,那些使人成为人的最基本的准则,受到蹂躏,无数学人都深感在绚丽多彩的物质之后精神的贫乏。至于我国,有一段时期由于把阶级斗争看成是社会发展的唯一动力,一味斗争,以达私利,从而严重地造成了人文精神的畸形发展而至毁灭。有时,文艺中那种失去了历史感,张扬不分正义、非正义的同情、怜悯、良心的现象,也是存在的。但是几十年来的批判,造成了良心、同情的泯灭。上述那种艺术描写,可能正是一种迷惘的反弹。20世纪80年代中期以后,商潮勃兴,无疑会对人文精神的形成,提供一些新的积极因素,并在今后逐渐显露出来;但是商潮的消极面与腐败面,正裹挟着整个社会生活,从而使刚刚苏醒过来的人文精神,在社会生活的许多方面,再度失衡与沦丧。

再次,人文精神具有强烈的理想风格,在不同国家、民族的人文精神共同性的基础上,又各具自己的传统的理想色彩。有着几千年文化传统的我国,人文精神表现为对人际关系的重视。"观乎人文,以化成天下";表现为中国历史上人文知识分子修身自立的品格,坚持人格尊严,个人对社会的责任感,历久不衰的忧患意识感。"先天下之忧而忧,后天下之乐而乐"(范仲淹),"为天地立心,为生民立命,为往圣继绝学,为万世开太平"(张载)。在近代西方思潮的影响下,我国现代知识分子又提出"赛先生""德先生",甚至近时又呼唤"莫先生"(道德);提出知识分子的价值是"与天壤而同久,共三光而永光"的"独立之精神,自由之思想"说。自然,这是一种理想与追求。在"文革"中,中国几千年积累起来的而后不断遭到唾弃的中国知识分子的人文精神残余,在那场腥风血雨中洗劫一空,荡然无存!人文精神的失落,让中国人一时觉得做个人都困难,让社会残暴到真正发生人食人的地步!如果说,中国知识分子的人文精神传统,重在个人修身自立,与人际、社会关系的相互协调,那么在西方,就近代来说,人文精神的着眼点则是以个人为本的,如自由、人权、平等、求知求真等。特别是自由与人权,它们关乎人的方方面面。这种人文思想,发生过积极作用,作为理想,仍然有其光辉。但作为现实的人文精神,几百年来并不那么美妙。人权、自由本来是人生存的精神需要。但是,极端化了的人权、自由,却把对他人的侵扰与伤害,都当成天经地义的事。

新的人文精神的建立,看来必须发扬我国原有的人文精神的优秀传统,在此基础上,适度地汲取西方人文精神中的合理因素,融合成既有利于过去不被允许的个人自由进取,又使人际关系获得融洽发展的、两者相辅相成互为依存的新的精神。

面对人的扁型化、空虚感,人的大范围的丑陋化、平庸化,与自我感觉的渺小化,文学艺术应该揭起人文精神的这面旗帜,制止文学艺术自身意义、价值、精神的下滑。

文学艺术是营造人的精神家园的一个重要手段。历史、现实中流传的文学艺术,毫无疑问有语言形式方面的因素,同时语言、文体的变革造成了与读者的新关系,这是文学人文因素的一个方面,但是还有内涵更为宽厚、深刻的人文因素的方面,而且是主要的方面,即对人的价值、命运的关注,为生民立命的热诚的一面。

西方学者说这也死了那也死了,但仔细想想,这些警世之言,有的说对了,有的说对了一半,有的说错了。在20世纪,一切都被否定了,一切都无望了。我知道,不少作家并不如此对待问题。例如,在50年代前的充满灾祸的西方社会里,海明威、雷马克小说中的人物,被东追西逐,飘零迷惘,挣扎死亡。这种失落的情绪在《永别了,武器》《生死存亡的时代》《凯旋门》里,让人感到最为揪心。50年代初,海明威在《老人与海》中进一步宣告:"……一个人并不是生来要给打败的","你可以把他消灭掉,可就是打不败他"。这种铮铮鸣响的语言,充满了对人的同情与崇高的景仰。而几乎就在同时,当人们为战争的阴云所困扰,福克纳大声宣告:"我不想接受人类末日的说法……人是不朽的",作家的"特殊光荣就是振奋人心,提醒人们记住勇气、荣誉、希望、同情、怜悯之心和牺牲精神,这就是人类昔日的荣耀[1]"。人的生存的挫折感是真实的存在。在人遭受苦难陷入迷惘的时刻,看来只有那些具有海明威、福克纳精神力量的作家,才会给人们以鼓舞,勇敢地生存下去。

当西方哲学家宣布这也死亡、那也死亡,无疑相应地在文学艺术中也掀起了一股非理性主义乃至反理性主义思潮。理性主义受到了非难。过去人们崇尚理性,排斥非理性。但是从人类心理、认识史的演变来看,非理性比理性更为古老。在欧洲,那隐潜的非理性在18世纪哲学中突变为非理性主义,从此一发不可收拾;19世纪通过叔本华、尼采等人学说,形成了非理性主义思潮。非理性主义哲学抓住了理性主义避而不谈和难以阐明的隐蔽的现实现象,开拓了人类心理、思维、认识的新领域。但当它排斥理性,企图用非理性主义的种种学说来从整体上阐述世界时,这不仅突出了非

---

[1] 李文俊编译:《福克纳评论集》,255页,北京,中国社会科学出版社,1980年版。

理性主义的谬误,而且转向了反理性主义。非理性主义在过去的文学艺术中作为潜流而存在,如今深入各种艺术的形式,它们一面拓展艺术创造的机遇,更新人们的艺术思想,另一面它们又往往走向极端,无所顾忌地否定一切,特别是悲观地来阐释人的发展。它们见到了人的困境,描绘了人生的尴尬,以为这就是人的唯一存在形式。于是整个世界似乎都被焦虑、荒诞所充塞了,人的生存进取的意向被阉割了,使人沦为扁型的人。在我看来,诉诸人们感悟、心灵的文学艺术,不仅要描绘人的生存艰辛和不妙处境,同时也应像福克纳、海明威那样传达出人的自豪的声音。尽管反理性主义的白日梦尚未结束,但是新理性精神将把人的心理、认识的重要一面——非理性,与非理性主义、反理性主义区别开来。它将充分重视偶然性在历史、精神乃至文艺创造中的特殊作用。偶然性是新的人物创造基础。但是新理性精神不认可把非理性绝对化,使其走向反理性主义,反对用反理性主义阐释人生,解释世界。同时,反理性主义也可以从理性主义衍化而来。20世纪以来,理性主义的发展,一再因其极端而走向反面。理性与非理性一样是人的心理、认识的特有能力,它规范知识、自然、道德、社会。理性的阳光给人类的发展带来发展与繁荣。在漫长的发展过程中,理性演化为成套学说,并渐渐变为规律自身,致使人变成了它的工具。理性主义的绝对化,不仅主使人主宰自然,而且掠夺自然,制造形形色色绝对化的准则与规律,使之异化为"绝对观念""绝对意志",企图导致对社会的绝对统治。被唯理性主义化的绝对意志,曾给一百多年来的近代社会带来无数混乱与灾难。它同样使人陷于失去理想和信仰崩溃的痛苦之中。结果竟是唯理性主义走向了极端的反理性主义。

4. 走向新理性精神

  新理性精神是一种以现代性为指导,以新人文精神为内涵与核心，以交往对话精神确立人与人的相互关系，建立新的思维方式，包容了感性的理性精神。这是以我为主导的、一种对人类一切有价值的东西实行兼容并包的、开放的实践理性，是一种文化、文学艺术的价值观。

新理性精神主张以新的人文精神来对抗人的精神堕落与平庸。当今一些文艺作品的写作，已使人严重地失去了羞耻感，失去了良知与同情，丢失了血性与公正。一些误入文学"歧途"的人掉头而去，更有一些人大肆制作污秽的东西；当然也不乏作家高扬文学艺术的信仰与理想，虽然目前势孤力单，但必会获得广泛的同情。上述情况在西方国家的文艺中也同样存在。因此我以为，当今的文学艺术，要高扬人文精神。要使人所以为人的羞耻感，同情与怜悯，血性与良知，诚实与公正，不仅成为伦理学讨论的课题，同时也应成为文学艺术严重关注的方面。以审美的方式关心人的生存状态、人的发展，使人成为人，拯救人的灵魂，这也许是那些有着宽阔胸怀的作家和艺术家忧虑的焦点与立足点。人文精神在当今社会还有别的要求。但是如果不能唤起使人所以为人的羞耻感，不能激起他的血性与良知，诚实与公正，在精神上使人成为人，其他要求再高、再好，也是枉然。自然，最基础的与更高形态的人文精神，两者并不矛盾，相辅而相成。文学艺术无力拯救世界，但它可以在一定程度上调整现实生活的失衡。

同时，文学艺术也要强化人文精神的批判精神。近几十年出现的一些文学艺术流派，特别是受语言哲学、语言论哲学影响的流派，在文学回到自身的嘈杂声中，纷纷把注意力投到语言形式方面去了。语言表达的形式变化了，艺术形式更新了，文学好像回到了"自身"。但是它内涵单薄，审美因素不是丰富而是削弱。至于公众关注的问题，他们的焦虑与忧愁，不少人把它们当作社会学的对象而高傲地抛开了。这样的文学艺术，被圈入了狭小的同人范围，只好相互欣赏各自的"叙事策略",而对公众无所言说。这点后面将专门论及。文学艺术给人愉悦,同时以其强烈的人文精神的批判力而招引读者。在当今我国经济转型期间,现实中的腐朽与反人文精神一面,较之人们在中外古典小说中所看到的图景,只有过之而无不及。不少作家在社会邪恶面前不求承担责任,以减少写作的挫折,即生存的挫折,这也是环境使然。但是人文精神的萎顿,怎能使自己深入时代的深层?怎能使创作走向博大、精深?刘鹗在《〈老残游记〉自序》中说:"《离骚》为屈大夫之哭泣,《庄子》为蒙叟之哭泣,《史记》为太史公之哭泣,草堂诗集为杜工部之哭泣,李后主以词哭,八大山人以画哭,王实甫寄哭泣于《西厢》,曹雪芹寄哭泣于《红楼梦》。"如果作家不能全身心地投入使人何以成为人的关注,对人的良知、血性的关注,如果不"玩玩"深沉,何来这种渗入灵魂的忧患感和人文精神?同时,如今不少作家加强了民主意识,十分谦恭,愿和读者站在同一水平之上,不愿别人说作家是社会良知。的确,在这知识普泛化的时代,不会再有先知,可是良知与平等对待读者也不是一回事。就像从事科学研究的人中间,会产生有杰出贡献的科学家一样,在文艺创作中,也有那种关怀人的生存、说出别人深有感觉而又说不出来的那种人生感悟的震动人心的人。不可能个个作家都能成为社会良知,但成为社会良知的作家还是存在的。

20世纪的科技霸权主义以及其他形式的霸权主义,使无数人成为渺小的人。要使渺小的人成为真正的人,借助于文学艺术精神家园的营造,也是一条途径。这里必然要涉及创作的主体性问题。作者的主体性体现着他本人的人文精神的品格,他对人文精神有多高的理解与体验,决定他在创作中站得多高。主体性曾是现代主义所竭力争取的,以致使得他们把写作当成了自我表现,或专注于作者自我的内心活动,或以变形的艺术形式来体现这些活动。现代主义创作倾心于揭示社会剧变中的灾难感,人的焦虑与压抑,悲惨的世界图景与精神的荒凉,人的无能为力与悲剧命运,失去拯救、命中注定与万劫不复。它的格调,在对人的关怀中,充满伤痛与悲怆的味道。作家的主体性在创作中表现强烈,但调子无望而低沉。它的人物的主体性,则呈现破碎、失去完整、和谐,表现了迷惘、不安、焦虑、无力,被不可知的力量任意摆布,无法抗拒,最后走向悲剧的死亡。后现代主义作家竭力贬抑作家的主体性。他们在作品中描绘的,多半是不具主体性特征的客体,所以这类小说也被称作"客体小说"。这类小说叙事角度确很客观,小说文本表现了一种叙事的多视角特征。这时作者在作品中有如物化的机械一般,以所谓零度感情去描绘静物和人物,起到了一架多镜头照相机的作用。他甚至会以零度感情去描绘那些令人发指的罪恶暴行。于是在字里行间透露出来的那种客观,实际上正好显示了他的缺乏人性的一面。我们看到,小说形式似乎更新了,但人物被淡化乃至替代了;他的主体性特征扭曲了,而最终人文精神被抹去了。由此人的渺小化,不仅为科技霸权主义压抑所致,同时,这也是一些作家有意使文学艺术人文精神自身贬值的结果。要使人摆脱渺小的感觉,在文学艺术中改造作家与人物的主体性,弘扬人文精神看来也是十分重要的一面。

  新理性精神将站在美学的、历史社会的视角上,着重借助与运用语言科学,融合其他理论与方法,重新探讨审美的内涵,阐释文学艺术的意义、价值。因为审美曾被庸俗社会学消解过,也被所谓使文学回到自身的语言科学和诸种形式主义理论弄得相当混乱。语言科学的运用,曾把文学理论引向新的境地。各种形式主义理论与主张,原本在各自的片面中,不同程度地说明着文学作品中某一方面的课题。但是它们的全面僭越与操作,却使它们声称,艺术作品本身并没有什么价值,如果有价值的话,那只存在于它的操作方式与过程之中。于是我们看到,小说便成了无说之说,叙事成了无事之叙。而当语言变为自为体时,那种能指无节制的扩张,则使文学批评趋向于智力游戏。

语言来源于人的表达的意图,来源于人对世界的思考,而意图与思考就是语言的内容与指向。没有无意图、无指向的语言。语言的意图和指向的表达,形成话语的意义和价值。人的语言指涉人的自我,然而本质上更涉及对象,指向现实生活。如果语言失去表达人的感情思想的功能,人就将失去语言而退入原始森林。很难设想存在着一种纯粹是为了进行自我表现的语言。语言一旦成为社会性的语言、集团性的语言,它诚然对人具有制约性,甚至出现语言说人的现象。但只是一种假象,因为实际上这不过是隐蔽了的社会、集团的规则、关系的显现而已。

现代主义的兴起,引起了文学语言的变化。作家们看重语言的多变、奇异化、变异感,以引起艺术感觉的更新。语言的更新,促进了艺术形式的更新,也促进了艺术本身的更新。但是这一更新,并未完全使文学失去自身的目的性、中心思想、体裁界限、深层含义、可读性、确定性,甚至是模糊的确定性,虽然这种种因素已开始发生变化。"现代主义最初是出于对社会、秩序的愤恨,最后出于对天启的信仰,这一思想轨迹,使现代主义运动具有永不减退的魅力和持续不衰的激进倾向。""但是回到艺术本身来看……这种寻找自我根源的努力,使现代主义的追求脱离了艺术,走向心理:即不是为了作品而是为了作者,放弃了客体而注重心态[1]。"后现代主义一反现代主义的艺术目的,它借助"话语膨胀",把现代主义的逻辑推向极端。所谓"话语膨胀"即对语言能指的崇拜,对语言能指功能的无限扩大。语言能指的分离与运用,原是有助于语言形式的更新。但是看来应有一个度,即以有利于艺术的更新为限,即要使艺术成为艺术。语言能指功能的过度扩张,会导致言语的失控,造成组合词组、句子、叙述形式的随意性。在这里,变异、多样,成

---

[1] 丹尼尔·贝尔:《资本主义文化矛盾》,赵一凡译,98页,北京,三联书店,1989年版。

了变幻不定,最后反客为主,由表述的角色变为无所不能的新的造物主。语言成了一切之源,它所产生的本文就是一切,本文之外一无所有。这种把语言能指功能极端化的结果是,使本文出现了众多的新特征。如哈桑所指出的那样,有本文的不确定性,分裂性,非神圣化,无我性,无深度性,不可呈现性,不可表现性,反讽,杂交(即不同体裁混用),混成模仿以及内在性,即"心灵通过符号概括自身的能力[1]"以"重建宇宙"。哈桑把不确定性与内在性作为其两大主要特征,这是很有概括性的。

语言能指无节制的膨胀,形成本文的自恋与语言的自我运动。这种语言运动,到底是语言的自身运动,还是以人为主导,是人与语言的共同的运动,是不言自明的。后现代理论家、作家宣布了作者的死亡。"谁在说话,又有什么关系","谁在说话,有何差别?"福柯说,"这种无所谓的冷漠表现了当今写作的基本伦理原则之一。"这样当代写作就从表达的范围中解放了出来,"写作只指涉自身","这就意味着符号的相互作用,与其说是按其所指的旨意,还不如说是按其能指的特质建构而成。"于是写作就像一场游戏,"不断超越自己的规则又违反它的界限并展示自身","从而创造一个可供书写主体永远消失的空间"。于是写作者的个人特征消隐,"书写主体消除了他独特个人化的符号,作家的标志降低到不过是他独一无二性的不在场(或非在、隐在),他必须在书写的游戏中充当一个死去的角色。"[2]这样,后现代主义理论家就宣布了作者的彻底的死亡。不过在这里,作者之死只是在纯粹的写作的意义上说的,完全是一种策略,其目的不在于彻底清除作者,而在于强化语言能指和叙述的自由度。但是,又要说作者死

---

[1] 伊哈布·哈桑:《后现代的转向》,刘向愚译,265页,台北,时报文化出版企业有限公司,1993年版。
[2] 米歇尔·福科:《什么是作者?》,见王岳川等编:《后现代主义文化与美学》,287、289页,北京,北京大学出版社,1992年版。

了,叙述可以自由活动,这种策略不过是为了消解写作中的一系列其他成分而说的,我们还会在下面看到。作者提供的只是语言的自身运动的方式,也即他的文字码字方式。作者完全存在于这种方式之中,同时也存身于这种文字游戏的背后,只是策略性地宣告他的不在而已。

后现代主义消解了现代主义同现实的关系,甚至还有现代主义自我表现的原则。由于迷信写作的纯语言性质,由于只重视语言的自我指涉性,以致只能使现实与历史置身于语言之中,现实、历史倒成了语言的产物。于是这就切断了文学与外界的多种联系。这是现代主义所倡导的文学自律性的极端发展。文学的自律性运动是文学自身发展的一种自觉过程,问题全在于人们把握这种自律运动的分寸。在谈及这种文学自律性运动的无节制的发展时,甚至像纽曼都认为太过分了。"我坚持认为,这种摆脱任何相互关系倾向的自律观的当代时尚,是一种欺骗[1]"。在这种情况下,讨论文学的真实性问题就纯属多余。如果认为真实性还存在的话,那不过是由作家完全虚构出来的一种自我感觉。

外国学者指出,有种被称作"生成性小说","本质上是非联系性的",从相互关联方面来看,"生成者与外部社会的、地域的、心理的或其他方面的观点没有联系,它是从自身逐渐发展起来的"。又有一种被称作"未来的文学",这是"一种与外部现实相隔绝的文学[2]"。这些小说纷纷割断了与现实的联系,同时在那些描写历史的作品里,所谓历史自然不过是作者随手拈来的语言衍生物,所谓历史的真实性,自然不过是作者虚构的自我感觉的真实性,无需多作讲究。虚构与事实的混同,发生了"历史被种种媒介剥夺

---

[1] 查尔斯·纽曼:《后现代氛围》,见《后现代主义文化与美学》,155页,北京,北京大学出版社,1992年版。
[2] 勒·缪萨拉:《重复与增殖》,见《走向后现代主义》,160、161页,北京,北京大学出版社,1991年版。

了真实而变成了偶然事件"。这种语言的自身展现,似乎脱离了创作的主体意识,离开了现实、历史的真实,那么它想说明什么呢?它什么也不想说明,它只想满足语言能指的自我扩张。因为在它背后的作者,认为一切出于偶然,无可求索,世界万物都处于无序之中,不可理解,难以沟通。于是意义、价值,或意义的生成、价值的生成,全都成了解构的对象。意义是主体在对客体的把握中不断生成的认识,价值则是在人对满足他需要的外界事物的关系中产生的,没有主体的需要就无所谓价值。既然主体已消亡,客体已幻化,于是去追求意义本身就变得毫无意义,价值本身也无所谓价值。后现代主义作品拒绝对人的生存意义价值的终极追问,因为在它看来人的生存本身本来就是一种幻觉,而幻觉之后仍是渺茫。那些终极追求,不过是故作深沉,自寻烦恼。今天已沉沦于万劫,何能再相聚于明天?

　　意义、价值的解构,导致叙事的不确定性。这种本文的不确定性,表现为含混、不连续性、异端、变态、变形。而变形又表现为反创造、分裂、解构、离心、位移、差异、分离、消失、分解、解定义、解秘、解总体性、解合法化,等等。"上述符号凝聚着一种要解体的强大意志,影响着政体、认知体、爱欲体和个人心理,影响着西方论述的全部领域。在文学中,关于作者、听众、阅读、书籍、体裁、批评理论甚至文学观念都突然变得靠不住了。"[1]

　　新理性精神极端重视审美,但不是所谓"纯粹的审美"。纯粹的审美是可能的,但其意义、价值有限,甚至可能是一种语言游戏。新理性主义重视"语言论转折"的重大成就,语言论引入文学理论,使文学理论流派不断发生更迭,不断出新。但是不难看出,文学理论中的语言论的渗透与演变,到后来也自成牢笼,成了消解意

---

[1] 伊哈布·哈桑:《后现代的转向》,刘向愚译,155—156页,台北,时报文化出版企业有限公司,1993年版。

义、价值的手段。问题在于发挥语言能指功能可能性的同时，要找到一个适量的度，使其结束自戕的游戏，同时又能使理论真正丰满起来。

新理性精神自然要审视传统，因为传统是文化艺术之链，是精神之续。在中国几十年间，传统曾被贬得一钱不值，最后导致人性的泯灭，道德的沦丧，促成了今天的人心的裂变。这种后遗症不知还要延续多少时间，20世纪80年代它又遭全面否定。但是人们刚从历史的灾祸中脱身而出，明白利害，所以未受多大影响。90年代传统又在恢复，恢复什么，如何恢复，是原封不动地保存传统，还是在现代精神下更新？在欧美文化中，传统常常遭到革新者的激烈否定。每个学派几乎都声称自己是对传统的决裂。诚然，它们抓住了传统文化、知识的弱点，力图改变人的思维方式，都有不同程度的创新而有所突破和丰富，甚至包括解构主义在内。但是这种决裂感的渲染，往往使人失去对传统的良莠之分、渊源之别，使人脱离了自己文化的土壤、文化之根，使人感到脱离了根的枝枝叶叶很快萎枯，使人产生文化的无所依托感，从而是使人走向精神的虚无与飘零的重要原因。确实西方的精神危机，相当程度上是与对传统持虚无态度有关的。传统既然被切断了，于是与过去切断联系而产生的"最终空虚感"随之而来，失去信仰后的"在劫难逃感""世纪末感""天下大乱感"，油然而生。精神家园到处是断垣颓壁，一片残败景象。人作为短命的历史化身，有如沙滩上的足迹，经海浪一冲便荡然无存的转瞬消逝感，也到处弥漫。20世纪下半叶来，各种思潮，似乎都面临解体，意义、价值、中心全面消解，世界从此进入无序，一切任其自然，一切失去准则，一切只见差异不具同一，一切只有平面而不具深度，一切都不可确定，一切似乎都面临世界末日的审判。一部分人徘徊无依，零落彷徨；一部分人颓唐下去，信仰本能。对传统采取全面颠覆的态度，一脚把它踢开，那实在是一种反理性主义。文化传统是人类几千年间积累起来的精神成果。传统就是过去,然而不是纯粹属于过去的东西,它是通向未来、构成未来的过去。它包括许多旧的东西,然而生根于民族文化深层的东西,即使是旧的东西,也是最具持久力的东西,最具生命力的东西,因此否定它们就是铲除自己的历史立足点。文化传统具有极强的惰性,但完全可以给予改造,使之参与新理论的建设。自然科学的发展会对人文科学起到促进的作用,但并非任何科学方法都适用于人文科学。在科学霸权主义的威慑下,用激进的手段不分青红皂白地颠覆以往的一切哲学、知识积累,在一片荒原之上进行玩过家家式的语言游戏,把人逐出自己的精神家园,使人踯躅于茫茫的虚无——这种学说虽说启人思索,但最终不免彻底地消解自己。

  新理性精神在文化交流中力图贯彻对话精神,文化交流应在文化的对话中进行。文化交流是一种文化比较,它会显示不同民族文化各自的异质性与共同性,它们的长处与短处,从而在一定程度上形成文化的冲突。文化冲突实际上是不同文化异质性成分的冲突,它的积极一面是,可以促成人们在比较中产生取长补短的心理,努力汲取新东西,利用其他民族文化中有用的异质性成分,以补续、充实自己;或是用其激活本民族文化,使之产生新的转机,实现更新与重建。在中西文化的交流中,中国"输出"的"逆差"极大。相对来说,在思维方式上,中国学者较之西方学者更具开放性。西方少数学者深感有与东方学者进行文化交流的必要,而大多数人仍处在欧洲中心主义的阴影下。异质性文化成分中是存在绝然对立的东西,相互排斥的东西的,求同存异的方法是必要的。没有大范围的文化冲突,就不能产生文化的激荡,就不能激起本土文化的取长补短的愿望,就没有汲取与融合,就没有推陈与创新,就没有大范围的文化重建。文化冲突中也存在各种对抗性的冲突。文化中的异质性成分,一方面是不同文化传统中长期形成的东西,不具对抗性质;另一方面则是不同社会制度、意识形态的文化积淀。发达国家的后殖民主义及其策略,在国际交往中必然引起文化冲突。它们通过经济、文化手段,输出它们的制度文化、意识形态,干预别国事务,这时对话就是唯一的途径。但是,正如我们在生活中所看到的那样,这样的对话可能会随时中断。纯粹的文化冲突不可能导致战争的冲突,不应是亨廷顿所说的那种文明冲突。因为就文化性质而论,中国文化是一种以中和为本的平和的理性的文化,是一种和而不同、求同存异、兼容并包的文化。如果东西方都只以文化交流为目的,持有互通有无、促进各自文化更新的愿望,那何来战争之说?如果由文化交流、冲突而果真导致战争,那只能是西方十字军东征式的、或鸦片战争式的"文化冲突"。

新理性精神就其文化精神来说,将是一种更高形态的综合。在未来的文化艺术中,各民族的文化艺术将以其民族独创性而自立于世界,但是又会不断走向综合,吸取其他民族文化中的新东西而走向融合。由综合而至融合,并非使所有文化走向一体化。科技文化也许容易接近,趋向一致,而文化艺术只有局部或某些方面,在科技飞速发展的时代,会融合成真正一致的东西。真正使人仰慕不已的、流传不朽的文化艺术,将是具有民族独创性的文化艺术。它将会在综合与融合中获得新质,形成新的文化艺术形态。在理论形态上也是如此。在首先承认各民族文化艺术的独创性获得充分发展的前提下,综合与融合将成为21世纪的一股潮流。

总之,新理性精神意在探讨人的生存与文化艺术的意义,在物的挤压中,在反文化、反艺术的氛围中,重建文化艺术的价值与精神,寻找人的精神家园。因为人一旦丧失精神家园,他就会彻底变成物的奴隶。他就会与孤独、焦虑、无聊、失望、绝望、荒诞为伴,就会在"无意义"中踯躅于精神荒原,浪迹天涯,失去创造的活力。人生来就是为了生存与创造,生存的创造与精神的创造。在科技如此发展的时代,不少人仍在生存的艰辛中挣扎,特别在精神上感到孤独与失望。可一些人却说生存本身就是虚无,这一切岂非都是荒诞!如果文化艺术果真失去了"是什么""为什么"的追问,它们本身还有什么意义?人的生存本身还有什么意义?他还能寄希望于明天么?

这是2002年12月22日"多元对话时代的文艺学建设与钱中文文艺理论研究学术讨论会"的与会人员的照片。有钱中文、童庆炳、曾繁仁、朱立元、包明德、刘烜、陈传才、程正民、李衍柱、王宁、王岳川、王一川、方汉文、陈炎、许明、祁志祥、吴思敬、徐岱、周宪、黄鸣奋、王德胜、汤学智、陆贵山、章安琪、胡亚敏、张开焱、龙泉明、周均平、杨守森、萨永武、廉静、王保生、高建平、金惠敏、党圣元、张首映、陈晓明、金元浦、吴子林、黎湘萍、靳大成、陈燕谷等

二、钱中文：
新理性精神与文学理论研究

1. 新理性精神是一种新的文化价值观

新理性精神的提出，是以当今人的生存状态、文化、文学艺术的实践与发展为基础的，也可以说是一种新的实践理性。

从整体性的角度来阐明新理性精神，是需要进行专门的研究的。这里先就其历史、现实与逻辑的角度做个简要的说明。

理性走过了漫长的道路。理性是人类不断认识自身的能力，是人类树立自身各种生存理想、调节与规范自身的欲望与行为的能力，是调控人与社会、人与人、人与自然、人与科技之间相互关系，规范社会、政治制度、道德准则的智性思维力量。这种智性思维力量，既表现为科学理性，探索宇宙自然奥秘，研究社会形态的兴衰丕变，又表现为人文理性，关注人的生存状态，人的命运，人的价值与人文品格。理性是精神的，又是实践的。它指导创造各种文化价值，形成各种理想与学说，又策动构建人们的各种行为准则、道德规范以及各种社会制度。

当今文学艺术意义、价值的下滑，人文精神的淡化与被贬抑，是一种普遍的文化现象，一种世界性的文化现象。这与19世纪下半期特别是20世纪人的生存条件、人的生存质量与处境密切相关。理性的旗帜曾经鼓舞西欧不少国家在现代化方面突飞猛进，但是由于其不断走向唯理性主义，以为理性万能，于是由科学理性逐渐变为极端化的工具理性、实用理性，理性显示了自身的独断性。人文理性在唯理性主义、实用理性的影响下，受到贬抑而变得残缺不全。理性并未实现它的美妙的千年王国的许诺而受到了质疑。一百多年来,人的生存不断遭到挫折,20世纪这个世界多次毁灭了理性,灾难频发,致使人们普遍地理想失落,或使信仰神化,进而引发出种种深重的精神危机。

19世纪,谢林、叔本华在哲学上转向了非理性主义;尼采宣布"上帝死了"。随后出现"国王死了",20世纪中期,卢卡契提出了"理性的毁灭",对种种非理性主义进行了批判。

开始于19世纪下半期、高涨于20世纪的非理性主义、反理性主义哲学流派蜂起。弗洛伊德主义、唯意志主义、生命哲学、存在主义哲学,纷纷在生命、生命创造、本能、无意识、感性、意志、孤寂、迷茫、焦虑、绝望、死亡、非理性、反理性以及主体性等基础上,筑起自己的理论。这些哲学思潮的兴起,从不同方面暴露了理性主义的独断性、单一性与片面性,人类丰富的感性、价值、主体的能动性与人的尊严,被漠视、压抑乃至被否定了。因此可以说,这类极具人本因素的非理性主义哲学思潮,极大地拓展了人类的认识,使人类加深了对自己的了解。但是另一方面,它们又往往走向极端,从而又导致了对理性的否定,即以非理性的人文理性贬抑了理性的人文理性与人文精神。科学主义哲学在20世纪同样获得了重大的进展,像实证主义、分析哲学、语言哲学及其引起的转向,生动地推进了人们的认识,但是人文精神却又不在它们的视野之内。出现了"新感性""交往理性",力图从不同方向来解释社会生活现象,构想人类的新关系。接着又出现了后现代主义文化思潮,它一方面解放了人们的思想,促进了人们思维方式的改造,另一方面又消解了以往文化遗产的价值与精神。正如有的学者所说的:"上帝、国王、父亲、理性、历史、人文主义已经匆匆过去,虽然在一些信仰园地中余烬犹存。我们已杀死了我们的诸神[1]。"随后还有人宣布

---

[1] 伊哈布·哈桑:《后现代的转向》,279页,台北,时报文化出版企业有限公司,1993年版。

知识分子之死、作者之死、人的主体性之死。人们不断暴露自身的粗俗、卑琐、无奈与虚无。

我们还要谈到科技。20世纪的科技、信息技术日新月异的进步与创造力,显示了人的认识与改造世界的无限伟力,创造了物质的丰富。但是高科技在传授丰富的知识的同时,它又挤去了人的人性品格的培育与教练的时间与机会,表现了非人性的消极的一面。最为明显的是人的自然环境愈来愈遭到破坏,人如何生存下去成了问题。爱因斯坦说:"我们切莫忘记,任凭科学与技艺并不能给人类的生活带来幸福和尊严。"在经济全球化的发展趋势中,一些富国在物质上获得了极大的丰富,但在总体上并未解决大多数穷国的贫困,这些国家的大多数人,依然在饥饿、死亡线上挣扎。同时,今天崇尚财富的时尚,以及无限地追求物的欲望与享受,形成了物对人普遍的挤压,使人情日益淡化,以致使不少人成为失去人性的人,使人在精神上变成了空虚的人,平庸的人,丑陋的人。在形形色色的"钱性权"这类恶棍横行肆虐的今天,嘲弄崇高与人文精神曾成为时髦;或是把人文精神与大众文化完全对立起来,宣布前者为"最后的神话",认为人文精神纯属子虚乌有。在恶俗横流、不少人失去生存理想的景况下,人们崇拜自然本能,激赏感性享受,人的精神趋向多元而又凸现了一片混沌状态。在文学艺术创作中,一些人追腥逐臭,对粗俗、恶俗、腐烂的东西趋之若鹜,这极大地削弱与消解了文学艺术审美的生成。

但是人类必须生存下去,尽管前途明摆着诸多凶险,他理应在精神上获得健康的发展。因此,看到千百年来特别是一百多年来旧理性走向衰落这一情况,看到各种非理性、反理性主义思潮消极面的无度的张扬,一些人文知识分子正在寻找自己的立足点,一种新的理性的立足点。"新理性精神"是一种文化价值观,它主张用大视野的历史唯物主义、哲学人类学,来审视人的生存意义,重新阐释与理解人的生存、文化、文学艺术的价值。需要郑重说明的是,新理性精神不过是一些趣味类似的知识分子,在对待人的生存状态、现实状态与文化、文学艺术现象时所持的观点与立足点而已。它并非一时的心血来潮,随风起落的应景时尚,更非朝三暮四的理论游戏,而是较长时间思考的结果。半个世纪以来,就我个人来说,经历了20世纪50年代既有积极也有消极影响的种种教育,六七十年代严酷的生存拷问,八九十年代学术中的风风雨雨,各种文化思潮与文学理论时尚的洗礼,把它们综合一起而有所悟。在这意义上说,新理性精神实际上是一种生存的感悟。

"新理性精神"作为一种对于文化、文学艺术内在的精神信念,是对旧理性的扬弃。为了避免旧理性的覆辙,在对待非理性主义、反理性主义的各种思潮的极端化与虚无主义时,新理性精神需要在对它们进行现代文化批判的基础上,汲取它们的合理因素,从几个方面,确立自身的理论关系:这就是"现代性""新人文精神""交往对话精神"、感性与文化问题。这些提法就其单个方面来说并非独创,有的论题,已经讨论过几百年了。我这里基本上是借用,但对它们做了改造,即力图给以自己的阐释,并从历史、逻辑的角度,将它们综合成一个理论的立足点。当今是综合创新的时代[1]。实际上,综合可能是一条创新之路。

2. 新理性精神的构成因素

1)在现代社会里,现代性实际上规范着人们对现代社会、生存处境、文化、文学艺术的看法。看法不同,形成了不同的出发点。新理性精神将以"现代性"为指针,以推动现代社会、文化、文学艺术发展的现代意识精神为其理论组成部分。有各式各样的现代性,这里说的现代性,是新理性精神的现代性。

新理性精神把现代性看作是促进社会进入现代社会发展阶

---

1 钱中文:《主导、多样、综合———一种趋势》,《文艺报》1986年3月8日。

段，使社会不断走向科学、进步的一种理性精神、启蒙精神，一种现代意识精神，一种时代的文化精神。这种现代意识精神，时代的文化精神，作为一个尺度，是我们建设新文化、新的文学艺术需要长久地遵循的原则。现代性是引导人们进行文化建设、精神创造的思想，这是一个人类"未竟的事业"。我们不能像某些西方现代主义者那样，把现代性仅仅看作是出现了反理性之后形成的东西，以为反理性才是现代性的表现，现代性只能是现代主义文化与文学艺术的特征，这是不符实际情况的。其实，其他具有现代意识精神而并不反对理性的优秀的文化与文学艺术，不仅同样表现了现代性特征，而且还丰富、维护了现代性。同时我们也不能像后现代主义者那样，声称"现代性"已经终结[1]，当今是后现代性统制的时代了。其实，目前我们只是想做现代的知识分子，那些"后知识分子"并不切合实际，虽然在我们这里确实存在着不少"后现代状态"，必须进行研究。

新理性精神把现代性本身看作一个矛盾体，应当看到它的两面性，以避免使其走向极端。例如，忽视人的感性的需求而走向文化的唯理性主义，或是走向非理性主义与反理性主义，忽视人文的需求而走向工具理性主义，走向它的反面，从另一方面走向反理性主义。历史、现实中不乏这类情况，这种情况一旦发生，必然会给理论与生活实践带来危害，反之亦然。因此既要批判旧有的文化，也要批判现代性自身所具有的消极面。当今，极端实用性的工具理性主义横行，这是由于社会科学与人文科学在一个时期内走向反理性主义、走向反面而形成社会灾难的结果，是人们对社会科学、人文科学丧失信心使然。所以，在一个时期里，诸多复杂的种种现实关系，只能靠工具理性来处理，用简单、划一与实用的量

---

[1] 转引自王治河为大卫·格里芬编《后现代精神》中译本所作代序，中央编译出版社1998年版，第19页。

化办法来解决了。同时,新理性精神把现代性的功能视为一种反思,一种文化批判,一种现代文化的批判力,也即一种思想前进的推力。需要坚持现代性的这一功能,使其自身处于清醒的现实主义状态,使其自身具有不断清理自身矛盾的能力。要使社会科学与人文科学走到它们自己的正路上来,需要的是对于历史、现实的不断的深入的反思,拒绝批判是无济于事的。新理性精神既反对隐瞒历史事实,搅浑历史事实,随意打扮历史、现实,使用实用主义的话语霸权,同时也反对把历史与现实视为一种虚拟与虚构,我们不能因为一些人虚构历史,而对一切历史持虚无主义的怀疑。话语并不能任意创造历史,话语行为是需要以现实、历史事实为依据的。

新理性精神主张现代性是在传统基础上建立起来的现代性,又是使传统获得不断发展、创新的现代性。这里有两层意思。一是,必须保护传统、继承传统。文化传统是过去的创造,是新文化创造的出发点与先决条件。我们无法绕开原有的文化传统,而必须继承传统。继承传统,自然必须保护传统、清理传统。学者清理传统文化、总结传统文化,展示传统文化的原有风貌,十分必要而自成学问。不过我们保护传统文化、清理传统文化,不仅仅是为了维护传统、保护传统文化的原状。继承传统,并非就是面对往昔、迷恋过去,继承的目的在于吸收它的优秀成分。在传统文化中,实际上不仅有着过时的东西,惰性的东西,妨碍进步的东西,需要不断给以剔除的东西,同时在传统文化中,还存在着属于未来的东西,全人类的东西,这正是传统文化的真正价值所在。正是这些成分,在"长远时间"中能够发挥其价值与作用,并且积极参与新的文化建设,体现着我们民族文化的价值与精神。漠视传统,中断传统,否定传统,标新立异,很是痛快,但到时还会重新发生有关传统问题的争议,给传统以新的科学的审定和定位,现在我们就面临这一局面。这样,我们需要充分了解我们过去的传统文化的价值。

不少人一谈起传统文化,至今仍然持有不屑一顾的态度,这是令人悲哀的,不少著名的外国学者却并不如此。伽达默尔说:"中国人今天不能没有数学、物理学和化学这些发端于希腊的科学而存在于世界。但是这个根源的承载力在今天已枯萎了。科学今后将从其他根源寻找养料,特别是从远东寻找养料。他不知不觉地又重复他的预测,二百年内人们确实必须学习中国语言,以便全面掌握或共同享受一切[1]。"

二是,继承传统,其更高的目的在于创新,清理、总结传统是需要的,但并不是停留在原有的传统文化之上。人类必须不断更新,创造自己的新文化。传统是我们创新的过去,创新是传统的未来。因此创新应是传统之续,它脱胎于传统,又走出传统。继承是为了更新传统,创造新的传统。传统与创新,实际上是一个奇妙的联结体,这个联结体在其不同的孕育方式中诞生新东西。在这一孕育过程中,过分地倚靠传统或是过度地离开传统,都会使新生的文化出现畸形现象。同时,作为联结体的传统与创新,又是一个动态的过程。我们进入自己的传统,理解自己的传统,把握自己的历史与现实;作为创造的主体,同时我们又不断选择传统、改造传统、更新传统、创造新的文化传统,自然在更新、创造中,也包含了某种必要的断裂的因素。在当今新文化的建设中,需要通过现代性,对优秀的文化传统进行定位与选择。有三种文化传统,三种文化资源,即我国古代、现代以及外国文化传统。当代文化建设,只能以现代文化传统为基础与出发点,以现代批判精神对现代文化进行批判与改造,明确其行之有效的部分,吸收中国古代文化与西方文化中的有用成分,使之融会贯通,建立新的文化形态。

从历史进程来看,现代性是一种被赋予历史具体性的现代意识精神,一种历史性的指向。在各个发展阶段,现代性的内涵有着

---

[1] 洪汉鼎:《百岁西哲寄望东方》,《中华读书报》2001年7月25日。

共同之处，但又很不相同；因此，我国的现代性诉求与外国的现代性的趋向，也是各有不同的。完全以外国的现代性准则来代替我国的现代性诉求，这实际上是西化思想，在历史、现实中证明是行不通的。但是现今看到不少的论者，实际上都把我国文化、文学，置于外国现代性的诉求之下进行的。我们把自身置于国际背景、世界进程，并不是我们就要"向西看齐"，并不是以外国的现代性来替代我国文化、文学的现代性，一旦发现了两者之间的差异，就对我国的文化与文学艺术嗤之以鼻。这种西化式现代性讨论，不能不导致现代性阐释的失误。可以吸取西方学者论述中的有启发性的因素与长处，但不能用他们的论说，来替代我们对我国文化自身问题的阐释。至于后现代性，我以为可以吸取它的某些合理的因素，如我国文化、艺术中难得存在的怀疑精神，它的反对绝对的权威性，反对学术上的大一统、单一化、主张多元化，接受中的多义性等。但是应当拒绝它的虚无主义，即由于对语言能指的崇拜由此而产生的极端的解构主义倾向。因此，我以为要以现代性导向，来推动我们文化、文论建设的这一未完成事业。

在当今全球化的氛围中，发生着全球化与本土化的文化冲突与融合。现代性应在文化建设中确立自己的独立自主精神与进取精神，也即独立、进取的文化身份。独立自主就是确立自主的主体意识；进取就是为我所用的主导意识，识别并吸取他人的长处，不断用以激活并更新传统。文化冲突与融合，是一种客观的存在，要努力消弭冲突，积极地走向融合。具有我国特色的新文化，只能在融合中复苏并获得发展。

2）新理性精神将把"新的人文精神"视为自身的内涵与血肉。近百年来，由于科技的发展，物质的不断丰富，人受到排山倒海而来的挤压，物欲使人不断转向对金钱与权力的追逐，使人变为物的奴隶，人失去难以弥补的精神需求而变得精神空缺，并使自身成为一种异化力量。在现代主义的文化、文学中，人的精神家园已成为一片废墟。现代主义的文化与文学暴露了人的触目惊心的精神伤残感,它们为人的价值、人的精神的摧残而深为伤痛。后现代主义则宣布,"原叙事"被怀疑,崇高的"同一性"被否定,叙事与科学的范式不可通约,"我们现在一无所有,没有一样东西不是暂时的、自我创造的、不完整的,在虚无之上我们建立了我们的话语[1]",这无疑陷入万劫不复的茫茫虚无与绝望了。20世纪90年代上半期我国学者关于"人文精神"的讨论,本来是个切中时弊的题目,但是讨论很快就情绪化了。一些论者以为提倡文学需要"人文精神",是旧思潮的东山再起,于是认定人文精神是欧洲文艺复兴的产物,中国从未有过人文精神,何来人文精神的恢复之说?有的历史学家也来进行考证,认为当今所说的"人文精神",就是欧洲的"人文主义",我国历代文献里,没有"人文精神"之说,可见文学的"人文精神"之说,纯属子虚乌有,这真有些像黑色幽默了。有的论者认为,一些人提出文学的"人文精神",是为了企图获取话语的垄断权。实际上,这是害怕人们妨害他们的自由心态,以及惟恐人文精神的话语,可能会妨害他们对后现代话语的垄断权,因此人文精神被说成是一个"最后的神话[2]"了。

人文精神是针对现实生活中的非人性与反人性而说的,是针对物的挤压、人的异化而说的,是针对当今现实生活中大大小小而极有威力的钱性权式的这类恶汉的暴力而说的,他们的暴力既是物质的,又是精神的,是针对文学艺术漠视人的精神伤残而说的。在社会转型、价值转换的时代,一些人在嘲弄旧的价值观念的同时,却同时嘲弄了人的应有的价值与精神,在批判伪崇高的时候,却同时又否认人的崇高的情操与品格,这是令人万分惋惜的。当身为人文知识分子的人,如果缺乏同情人、爱护人的阔大、宽厚的

---

1 伊哈布·哈桑:《后现代的转向》,时报文化企业有限公司1993年版,第279—280页。
2 见王晓明编:《人文精神寻思录》,文汇出版社1996年版,第106、131、137页。

情怀,还在贬抑人文精神,这使人原本所处的非人的生存境遇的氛围,就显得更加阴沉而浓重了。

新理性精神要在大视野的历史唯物主义、人道主义的观照下,弘扬人文精神,以新的人文精神充实人的精神,以批判的精神对抗人的生存的平庸与精神的堕落。所谓人文精神,就是在人与社会、人与自然、人与人之间、人与相互关系中,一种对人的生存、命运的叩问与关怀,就是使人何以成为人,要成为什么样的人,确立哪种生存方式更符合人的需求的那种理想、关系和准则的探求,就是对民族、对人的生存意义、价值、精神的追求与确认,人文精神是人的精神家园支撑,最终追求人的全面自由与人的解放。我国旧有的文化与文学之中,是充盈着深厚的人文精神的,这不是旧有的封建性十足的伦理道德,四维八纲,这是对人的生存命运、处境的关怀,一种对家园、邦国命运的深厚的忧患意识。这类思想,不能因为在几百几千年前,没有被标上"人文精神",就不是人文精神了。我国文化、文学中的人文精神与西方的人文精神中进步的有用成分并未过时,缺乏人文精神、糟蹋人文精神的文学艺术是存在的,这是低级消遣的、粗俗的文学艺术,它们经过媒体的炒作而卖点看好,但无益于人的精神的健康与成长。而维系着一个民族生存、发展的部分文学艺术,总是充溢着人文精神的。新的人文精神的建立,必须发扬我国原有的人文精神的优秀传统,适度地汲取西方人文精神的合理因素,协调人与人、人与社会、人与自然,人与科技之间的相互关系,融合成既有利于过去不被允许的个人自由进取,又使人际关系获得融洽发展的两者相辅相成、互为依存的新的精神,并使新的人文精神成为文学艺术的灵魂。

3)新理性精神努力奉行"交往对话精神"。需要确立人的生存是一种对话的生存,人的意识是一种独立的、自有价值的意识的思想,人与人是一种相互交往对话的关系。把人与人视为一种交往对话关系,并把它作为新理性精神的组成部分,目的在于要在人与人之间、个人的思想与思想之间,确立起一种新型的平等的交往对话关系,以促成学术界的一种普遍的追求真理之风,提倡自由的思想,独立的精神。学术界不能没有这种新型的平等的交往对话关系,不能没有这种思想与精神,否则学术的个性是很难形成的,而学术的进步总是建立在众多的、不同的学术个性上的,同时在此基础上,希望改造人们长期以来形成的、走向极端的思维方式,那种好就是绝对的好、坏就是绝对的坏的非此即彼的二分法。这种思维方式与思想方法,在评价历史文化现象时,给我们带来了许多极端情绪化的、不讲学理的和不切实际的消极影响。

要在历史现实、文化遗产的评价中,提倡一种可以去蔽的、历史的整体性观念,一种走向宽容、对话、综合、创新的包含了必要的非此即彼、一定的价值判断、总体上亦此亦彼的思维,这种思维对于振兴我国学术思想,是会有积极意义的。同时提倡走向对话的文化理论、文学理论。对话即发问、诘难、应答与比较。任何一种有价值的文化理论,都是在它的特定条件下的文化传统与反传统、不同的社会与文化的思潮的不断撞击的基础上形成的。一种文化理论一旦被引入另一国家的文化进程,就必然会给以鉴别,人们会科学地判断它的得失,确定它的价值取向。有鉴别就有真伪的判断,有分析就有偏颇与价值的识别,有取舍就有侧重与扬弃,有创新就有不同程度的改造。创新,就会有必要的"误差"与偏离。在对话中可以发现本土文化与外来文化各自的长处与局限,并要用外来文化中的有价值的东西激活自己。对话理论旨在促进现代的理论创新。

4)感性与文化。旧理性、唯理性主义以为理性万能,它们忽视人的感性,压抑人的感性,它们通过盲目的政治迷信,或是宗教的信仰主义,遏制人的感性的显现,扼杀人的人性的发展、个性的形成以及人的创造力。新理性精神并不是唯理性主义,它崇尚感性,因为生活本身就是感性的表现。人的感性的需求、生理需求是必须获得满足的,这是人类生存的基本条件。不过,即使是人的生物性的需求,它与动物的生物性需求也不是完全相同的,而是受到一定文化因素制约的。至于更为宽阔的人的感性生活的需求,应是人的文化的需求,即具有文化内涵的感性的需求。文学是人的感性生活的审美反映,同时也显示人们的理性认识。在人的感性生活中,非理性、反理性是普遍存在的,它们是人的生命、生存的组成部分。新理性精神承认非理性乃至反理性的存在的合法性,它们具有思想的、现实的特殊的创造力,这在文学艺术中尤其如此,所以需要吸取它们的合理性方面,成为自身的组成部分。但是,新理性精神反对以反理性的态度与反理性主义来解释生活现实与历史。极端的非理性、反理性主义,蔑视对人的终极关怀、对人的命运的叩问与人文需求,无度张扬人的感性和特别是人的生理享乐的本能,解体了人的感性。现今的一些所谓文学艺术、地摊文化,迎合市场的粗俗需求,贬抑并且鄙视人的文化、精神与价值,这就必然把人的生物性的需求当成人的唯一的感性需求,当成写作与表现的主要对象,使感性的描写变为滥情的展示,或是尽情地宣泄各种性经验与性幻想;加上媒体的肆意炒作,以致流向恶俗,走到反文化、反人文精神的地步。在生活与文学艺术中,从不同角度和需求,整合感性与理性的关系,正是重振人文精神的必由的途径。

  新理性精神也不同于国外的"新感性"及类似新感性的说法。这些学者认为,艺术与审美具有改变旧的感受世界的方式,创造新感性与新的主体的政治功能,实现人性与其本能结构中的革命与政治实践,从而成为预示社会转折的政治因素。这无疑夸大了感性的意义和作用,走向审美乌托邦了。

  综上所说,新理性精神是一种以现代性为指导,以新人文精神为内涵与核心,以交往对话精神确立人与人的相互关系,建立新的思维方式,包容了感性的理性精神。这是以我为主导的、一种对人类一切有价值的东西实行兼容并包的、开放的实践理性,是一种文化、文学艺术的价值观。

新理性精神的基本观念，在我看来，对于当今的人文科学来说，我以为也是适用的。

一百多年来我国的人文科学，在世界文化思潮的冲击下，总是左顾右盼，处在不断的动荡之中，既有犹豫、徘徊，也有自强、进取。从20世纪50年代初到70年代末30年间，我国人文科学受到严重的破坏。原来十分诱人的现代性，逐渐走向"文革"的反动。对于人文精神，人们则有一种伤残之痛，人与人应有的平等对话的关系，变为"文化大革命"的暴虐。噩梦虽然已经结束，但内心的创痛犹存。在近20多年中，不少学者在介绍西方的文化、文学艺术思想时，又把西方学术思想奉为圭臬。一些学者的观念令人捉摸不定，今天这种观念时髦，就按这种观念著文，明天那种思想风行，就按那种思想立说。一些学者则经历了痛苦的反思，经历了新潮文化、文学艺术与文学理论的洗礼以及对它们的思索。如前所说，这种"立足点意识"，开始是不自觉的，继而渐渐走向自觉。这使他们既反对不分青红皂白、一味否定传统文化与文论，用西方最新学说来定位我们的文化和文学的现象，也反对那些只能在名人导师语录中专事说文解字、数黑论黄的现象。对于传统文化与文论，我们需要否定的只是那些落后的东西、不科学甚至反科学的东西，而现代文化、现代文论传统中的那些经过实践检验的有用成分，则应当给以肯定，而且要把它们看成是创造新文化、新文论的出发点，转而融会中外文化、文论传统中的合理因素，在此基础上，走向求新、求变与创新。脱离传统而创新，往往是没有基点的创新；过不多久，这座创新的大厦就会颓然倒塌。正是在这种境遇中，我把新理性精神看作反思人文科学与建设人文科学的立足点。

新理性精神作为思想开放的实践理性，只是想在吸取以往多种思想原则长处的基础上，走向新的综合，确立一些原则，给自己一个新的立足点。它自然承认其他的思想观念、多元的文化思想与多元的文学观念。

1995年我提出"新理性精神"后,次年阐释新理性精神的论文被介绍到了国外。2000年,我出版了《新理性精神文学论》一书。我把在新理性精神观照下提出的文学主张,称之为"新理性精神"文学论。在开头不很自觉到后来比较自觉地寻找、确立"立足点意识"的过程中,我于80年代提出了一些后来我不断进行阐释的理论范畴,这就是前文学与文学、文学是"审美意识形态"、创作过程是一种"审美反映"说、我所理解的"文学本体论"、文学发展的形式、文学的更迭与非更迭现象、以创作原则代替创作方法、民族文化精神以及对文学文化关系、把文学视为文化的组成部分的强调等。我想是否可以这样说,这仅是新理性精神文学观念的一种形态。

3. 文学观念与文学研究

1）文学是"审美意识形态"说与作为创作过程的"审美反映"。

1982年笔者在《论人性共同形态描写及其评价问题》一文中提出,文学是一种"具有审美特性的意识形态",但那时不很自觉。1984年,在文学是什么、不是什么的讨论中,笔者又提出文学是"审美意识形态"与文学创作是"审美反映"说[1]。后来得知,认为文学是一种"审美意识形态",俄国批评家沃罗夫斯基曾在1910年的一篇论述高尔基的文章中就曾提及;苏联美学家布罗夫在1975年出版的小册子里曾提出艺术是"审美意识形态"说,但都无阐释。而"审美反映",卢卡契在其《审美特性》一书中就作过专门的讨论。笔者在提出这些术语方面,后来觉得与他们有一种契合感,但在阐释上是很不相同的。

关于文学是审美意识形态,笔者认为审美是文学艺术的根本特征,无审美特性则无以言文学,但文学作为审美意识形态,则是

---

[1] 见拙文:《文学理论的发展与方法更新的迫切性》,《文学评论》1984年第6期。

在其漫长的历史发展中得以显现出来的。先民无文学,但先民在其自身的发展过程中,形成一种思维能力,即神话思维。神话思维作为人普遍地把握世界的方式,是一种混合型思维,审美本性是这种思维的根本特征,是人自身本质特征的确证。先民的审美本性表现在审美意识的不断形成。审美意识体现在原始的歌谣、仪式巫唱、先祖的神话传说、民间故事之中,它们流传于先民口头,成为文学的萌芽与文学的前形式。随后神话思维有了分化,比如作为认识的意识从混合型的思维中分离了出来,而文学性的语言又大为发展,从劳动游戏、歌谣巫唱中逐渐生成韵律,艺术手法不断丰富,赋、比、兴成了前文学向文学过渡的审美中介,在文字、话语不断完善的基础上,诗歌呼唤着形式。在进入渐渐成熟的社会形态中,前文学通过文字、话语的审美结构而获得实在的形态,并且在其历史发展中不断完善自身,成为现代意义上的"审美意识形态",现代意义上的文学。文学作为审美意识形态,以感情为中心,但这是感情和思想的结合;它是一种自由想象的,但又具有特殊形态的多样的真实性;它是有目的的,但又具有不以实利为目的的无目的性;它具有社会性,但又是一种具有广泛的全人类性的审美意识的形态。作者把文学审美意识形态、审美意识形态性看作文学的基本特征,视为文学研究系统的最高层次的问题。

关于"审美反映"说。笔者认为,应把文学创作与文学批评中的简单的反映论与能动的反映论区别开来;不做区别,很可能导致新的庸俗社会学。从反映论观察文学,文学的某些本质特征方面,可以得到阐明;也可以使用其他层次的方法研究文学,但不好把反映论直接移植于文学创作,阐释创作应以审美反映论代替反映论。审美反映论有其自身结构,它是由心理层面、感性认识层面、言语形式层面和实践功能层面组成的统一体。审美反映中主观性的创造力表现为现实改造,现实呈现为三种形态:现实生活、心理现实与审美心理现实。心理现实中主客观时时产生双向转化,客观因素的主观化,主观因素的对象化。侧向主观的审美倾斜,可以形成创新,也可能失去沟通。审美反映的动力源,来自主体的审美心理定势,审美心理定势的动态结构(格局)形成一触即发的内驱力,不断要求主体去获得实践的满足。审美心理定势的不断更新,使审美主体不断走向审美反映的新岸。不存在没有表现的审美反映,自我在表现中找到归宿。审美反映的无限多样,一是现实的无限性,二是主观性是一种不断更新的动力。凡是主观性不强的审美反映可能是失败的审美反映。创作个性是主观性的最高要求,是创造的极致。最丰富的是最主观的和最具体的,这一命题实际上已超越了审美反映。

2)文学本体论。笔者把文学本体论作为探讨文学研究系统的第二层次。

文学本体探讨的是文学存在的形式,它的存在的方式。笔者吸收了韦勒克以及接受美学的经验,并给以改造,提出文学的存在由3个层次构成,组成文学本体论:即语言结构的审美创造系统;主体的审美创造与审美价值的创造系统;阅读接受的审美价值的再创造系统。作者认为,要把形式主义、新批评、结构主义学派所排斥的多种因素,如文学作品所描写的现实、历史、社会关系、社会意识、人的心理现象,即文学所描写的一切,归到文学本体范围。新批评派所说的文学本体论,实际上说的是作品本体论,探讨的如谐音、节奏、格律、文体、意象、隐喻、象征、神话、小说叙事模式等,只是作品的形式构成因素,作品的存在方式。

3)文学发展,是文学研究系统的第三层次,要探讨文学本体的发展。相对于文学是语言结构的审美创造系统,要研究文学的体裁的历史的生成与演变,它的生成的规律性。相对于文学是审美价值的创造系统,要研究创作主体的个性、艺术风格(风格的生成结构与审美中介)与流派(它的深层结构)、思潮的关系,创作原则的选择等问题。相对于阅读接受是审美价值的再创造系统,要研究文学在不同时期的接受的历史,对不同时期读者群的影响及意义、价值的生成与再生成。文学作品的意义是由这三个层面互为影响的结果。笔者不使用并不十分科学的所谓"创作方法",而代之以创作精神、原则或原型。认为文学发展并不是一般所说的是一种文学替代另一种文学,如现实主义文学替代浪漫主义文学,现代主义文学替代现实主义文学。实际上,在文学的发展中,存在着更迭与非更迭现象。文学中的更迭的、替代的实际上是创作思潮、流派,而非创作精神与原则,创作精神与原则一旦形成,也即创作思维形成类型,就具有相对的独立性,成为不可更迭的现象而长久存在,可以不断进行丰富,但没有什么东西可以替代。这就是为什么现实主义文学繁荣期,浪漫主义文学仍在发展,现代主义文学得势时,现实主义文学照样繁荣的缘故。而人们往往把创作原则、精神与艺术思维类型,以及创作流派、思潮相混了,形成了文学发展论说中的一股替代之风。

4)但是文学是一个国家文化的组成部分,文学的发展是在文化这个大系统运动中进行的,文学不能不受到诸多文化因素的制约与影响。民族文化在其长期发展中,形成了它自身的思维特征、心理结构和它的价值系统,在这些因素的综合作用下,形成了"民族文化精神"(一般提民族精神,但缺乏中介因素),这是民族文化心理的历史的积淀,它的潜在形态的强弱兴衰,有形无形地制约着民族文学的发展。一个国家的文化给予文学影响的,正是由这个国家千百年来历史地形成的民族文化精神。民族文化精神作为民族的深层心理结构,影响着文学观念的形成。民族文化精神进入文学艺术,将会转化为相应的文学艺术性的观念;作为创作的深层心理结构,使艺术思维方式成为一种富有民族特性的审美把握方式,并在创作者的气质中表现出来。自然,民族文化精神不是一成不变的现象,它不断受到现代意识精神即现代性的选择,以及外国文化中的优秀成分的影响。

在这里,笔者将文化分为审美文化、非审美文化与介于两者之间的文化形式。审美文化即包括文学在内的其他艺术门类,如音乐、绘画、雕塑、舞蹈、书法、影视艺术等。非审美文化如政治(包括体制)、历史、科学、道德、哲学、民俗等。介于两者之间的文化形式如宗教。文学就是吸收了众多文化的潜在的精神因素、作用而表现了其民族文化精神的。文学理论对于众多的文化因素与文学的关系进行系统的研究,就是文学的文化研究或文化诗学。

文学研究系统的最后层次,是文学史的研究。作者在1989年出版的《文学原理——发展论》一书中,比较了各种文学史类型,提出撰写文学史的一种优化的选择方式,即审美的、文化历史的方法,使用这一方法,可以使文学史研究达到理论形态与历史形态的高度融合与相互浸润,而走向新的高度[1]。

这是在新理性精神思考下的一种文学理论形式。不少有成就的学者大体上具有类似的思维方式、思想与方法,但其著述各有特征。其中既有与我同辈的学者,也有一些中年的学者、青年学者。他们思路开阔,知识面宽,视角新颖,理论阐述有深度,学风良好,多有创新,成绩卓著。他们的具有学术个性的著述,形成了文学理论中的色彩斑斓的风景线。我想21世纪的我国文学理论研究,将会开创一个更为宽阔、富有活力的新局面。

后记:"新理性精神文学论"提出后,在文学理论界产生了较大影响。2001年秋,于厦门召开了"新理性精神与文学研究方法论全国学术研讨会"。会议期间,新理性精神这一观念,受到过一些学者的质疑,特别是它的理论根源方面,同时也得到不少著名学者的肯定。2002年《东南学术》设有杨春时主持的专题讨论:"文学研

---

1 钱中文:《文学原理——发展论》,社会科学文献出版社1989年版。

究与新理性精神",刊有钱中文、童庆炳、王元骧与徐岱等人阐发新理性精神的专文。2002年12月,在京召开了"多元对话时代的文艺理论建设——新理性精神与钱中文文艺理论研究"学术讨论会。在这次讨论会上,不少学者肯定了"新理性精神"的意义,认为这是中国学者对社会的关怀、审美理想和文本叙述的立场、观点、方法的综合性倾向。新理性精神的核心是新人文精神,并以这种精神改造社会和人。它在物质的维度上,容纳了感性和正当的欲望;在精神的维度上,它以新人文精神为核心;在批判的维度上,它以批判一切不符合人文的和反人文的东西为武器;同时它又具有理想的维度,用理想来烛照现实,是对时代的恳切的回应与超越。新理性精神文论正确处理了本土化与全球化的关系,具有鲜明的立足于中国民族文化土壤的文化身份和独立自主性;又充分地吸取了西方文化,特别是西方美学和文艺学的若干精华,具有极大的理论开放性。2003年,《学术月刊》第4期在"当代中国学派建设"的标题下,设有"钱中文的文学理论"栏目,发表了钱中文、童庆炳、朱立元与祁志祥论述"新理性精神"的一组专文。朱立元分别在2003年第4期《学术月刊》发表《试析"新理性精神"的内在结构》,在2003年第5期《河北学刊》发表《钱中文"新理性精神"的内在结构》两文。2004年与2006年,张艺声先生出版两部专著:《比较与超越》与《比较学理论》,其中都设有关于"新理性精神"的专章。其间,童庆炳、曾繁仁、朱立元、王元骧、许明、王宁、徐岱、杨春时、黄鸣奋、祁志祥、顾祖钊、李世涛、吴子林等学者纷纷发表专文或专章,初步梳理并揭示了人类思维的发展趋势、改造的可能与需要,探讨了理性、非理性、反理性等多种哲学与新理性的关系,感性与文化的关系,历史地、逻辑地丰富了新理性精神。由于新理性精神是一种开放的理论的自觉,所以,即使一些同行认可了新理性精神的原则,但在文学观念的具体阐释中,也是有同有异,互为包容、互有特色、互为丰富的。

2006年后我国文学理论界不少著名学者出版了多种有关我国近30年来文艺理论发展的研究专著,其中较为重要的有朱立元主编的《新时期以来文学理论和批评发展概况的调查报告》(2006年)、《学问有道——学部委员访谈录》(2007年)、《学问人生——中国社会科学院名家谈》(2007年),曾繁仁著《转型期的中国美学》(2007年),王宁主编的《文学理论前沿》(2008年),丁帆等主编的《中国高校哲学社会科学发展报告》(1978—2008)文学卷(2008年),朱立元等著的《马克思主义文艺理论中国化研究》(2009年),李世涛《钱中文先生文学理论研究述评》(《文学评论·学人研究》2009年第2期),高建平主编的《当代中国文艺理论研究》(2011年),童庆炳主编的《20世纪中国马克思主义文艺理论研究》(2012年),刘文斌主编的《中国新时期文艺理论家研究》(2012年),王文革等主编的《当代文艺理论家如是说》(2015年),童庆炳著《中国当代文艺理论的经验、困局与出路》(2015年)。这些著作都就"新理性精神文学论"设立专章或专节,做出了学术性的、肯定性的评价,认为"新理性精神推进了中国当代文论形态的思考和研究,是20世纪90年代文艺理论的一个重大突破和创新,是当代文艺学多元发展中最为系统、最有影响力的收获,也是马克思主义文艺理论中国化的重要实绩"。21世纪以来,"新理性精神"成了多篇学位论文的选题。

三、祁志祥：建构具有民族特色的中国文学理论体系

在文学理论领域中，中国古代文论是一个重要的组成部分。可是长期以来，古代文论只是作为零星的点缀出现在一般的文学理论著作中，常常和西方文论乃至马列文论一锅煮，用来说明普泛得大而无当的文学原理。其实中国古代文学理论渊源自成系统，自有神理，亦有自己的解释对象。随着古代文论研究的深入，我们是否可以在此基础上纯粹用中国古代文论资料，写一部文艺学著作，建构具有民族特色的文学理论体系呢？20世纪80年代，这曾经成为中国文艺学界和中国古代文学理论界学人的共同心愿。20世纪90年代以来，中国的文学理论界曾掀起了一波古代文论现代转换的讨论、研究热潮，人们试图从现代学理、规范和逻辑出发，系统阐述古代文论，发掘它的现代意义。笔者1993年出版的《中国古代文学原理——一个表现主义民族文论体系的建构》就是这方面的成果之一。2006年，"中国古代文学理论"明确列入高等教育"十一五"国家级规划教材指南类项目，表明新时期以来在古代文论现代转换和中国古代文论系统研究方面取得的实绩已得到广泛认同。笔者有幸主持、承担"十一五"国家级规划教材《中国古代文学理论》的撰写工作。本书在具有民族特色的文学理论体系的建构中采取的叙述结构如何？揭示的内在逻辑怎样？这里试作简要论说，以就教于方家。

1. 中国古代文学理论的逻辑构架

中国古代文学理论有自己的一套话语系统与思想系统，可它

并没有以严密的逻辑体系和理论形态表现出来。就是说,中国古代文学理论并没有现成的理论体系。因此,按什么结构、框架来全面阐述古代文学理论,就成为建构民族特色文论体系首先必须面对的一个棘手问题。

如果按照现代文学理论的科学、逻辑要求去阐述古代文论思想,势必肢解古代文论的浑融性和原生态,招来"以今格古"之诟;反过来,如果照顾古代文论的原生态和浑融性,又势必肢解文学原理著作所必备的科学性、逻辑性、系统性,给人"以古说古"之嫌。考虑到上述结构方式各有所长,也各有其弊,《中国古代文学理论》依据古今相兼的原则,按观念论、创作论、方法论三大块,从古代文论中选取30多个范畴或命题来网罗中国古代文艺思想,并按其主导涵义用现代文论话语加以释义。笔者设计的构架如下:

一 中国古代文学观念论
　　1."文学以文字为准"
　　　　——中国古代的文学特征论
　　2."文,心学也"
　　　　——中国古代的文学表现论

二 "德学才识"说
　　　　——中国古代的文学创作主体论

三 中国古代文学的创作发生论
　　1."文本心性"说
　　　　——中国古代的文源论
　　2."心物交融"说
　　　　——中国古代的艺术观照方式论

四 中国古代文学的创作法论
　　1."虚静"说
　　　　——中国古代的构思心态论

2. "神思"说

——中国古代的构思特征论

3. "兴会"说

——中国古代的灵感奥秘论

五　中国古代文学的创作方法论

1. "活法"说

——中国古代的总体创作方法论

2. "定法"说

——中国古代的具体创作方法论

3. "用事"说

——中国古代的诗文创作方法论

4. "赋比兴"说

——中国古代的诗歌创作方法论

六　中国古代文学作品论

1. "文气"说

——中国古代的文学生命论

2. "文体"说

——中国古代的文学体裁论

3. "文质"说

——中国古代文学的形式内容关系论之一

4. "言意"说

——中国古代文学的形式内容关系论之二

5. "形神"说

——中国古代文学的形式内容关系论之三

6. "意境"说

——中国古代表现主义文学特征论

7. "情景"说

——中国古代诗歌意境形态论

8."真幻"说

——中国古代的文学真实论

9."变通"说

——中国古代文学的继承革新论

七 中国古代的文学风格论

1."文类乎人""雅无一格"

——中国古代文学风格成因、形态论

2."平淡"说

——中国古代的阴柔美论

3."风骨"说

——中国古代的阳刚美论

八 中国古代的文学形式美论

1."辞达而已"说

——中国古代文学的"合目的"形式美论

2."格律声色"说

——中国古代文学的纯形式美论

九 中国古代文学的鉴赏论

1."知音"说

——中国古代的批评主体修养论

2."以意逆志"说

——中国古代的文学鉴赏方法论

3."好恶因人""媸妍有定"说

——中国古代的审美主客体关系论

十 中国古代的文学功用论

1."观志知风"说

——中国古代文学的认识功用论

2."劝惩美刺"说

——中国古代文学的教育功用论

3."神人以和"说

——中国古代文学的宗教功用论

4."趣味"说

——中国古代文学美感功用论

十一 "三不朽"说

——中国古代文学价值论

十二 中国古代文学理论的方法论

1."训诂"

——名言概念的阐释方法

2."折中"

——矛盾关系分析方法

3."类比"

——因果关系的推理方法

4."原始表末"

——历史发展的观照方法

5."以少总多"

——思想感受的表述方法之一

6."假象见义"

——思想感受的表述方法之二

  这个理论框架分为三块。第一章是一块,它从总体上介绍了中国古代文论"文学是什么"和"文学应是什么"的基本文学观念。第二章至第十一章是一块,它按照文学创作发生的自然顺序,逐一阐述古代文论在创作过程每一环节上的主要思想,可视为文学创作论。最后一章是一块,它探讨了中国古代文论自身的方法论特征,并借以说明为什么中国古代文论思想上有系统而理论上无系统。这三块之间有着紧密的内在关联:中国古代的基本"文学"观念规定了古代文学理论作为文章学理论或者叫广义的文学理论的特征,奠定了中国古代文学原理的表现主义基调;而古代文论的方法论又渗透、体现在对文学创作全过程的各种文学现象的理论思考中,渗透、体现在表现主义文学观念中。第二块作为全书的主体,它的每一章乃至每一章下属的每一节既环环紧扣、彼此照应,又独立自主,互不重复。

范畴是认识对象之网的"网上纽结"。在按照观念论、创作论、方法论阐述中国古代文学理论时,笔者尽量从古代文论中具有代表性的主要范畴入手,如"虚静""神思""兴会""活法""定法""用事""赋比兴""文气""文质""言意""形神""意境""情景""真幻""变通""平淡""风骨""知音""趣味""训诂""折中"等。如果相应环节缺少合适的范畴,就在从古代文论中选取精要的命题去补充替代,如"文学以文字为准""文,心学也""文本心性""心物交融""辞达而已""观志知风""以意逆志""好恶因人""媸妍有定""原始表末""以少总多""假象见义"等。主要的范畴、重要的命题好比是"纲",它们可以吸附、连缀一系列的范畴命题群和相关思想细胞,只要把它们各自的流变、内涵及其相互关系阐述清楚了,中国古代文学思想之"目"也就不言自明了。这就叫"纲举目张"。

系统建构中国古代文学理论,质言之即把古代文学理论的重要范畴、命题组合成一个大系统。不言而喻,"系统"的方法,或者叫"整体"的方法应当成为《中国古代文学理论》结撰的重要方法。所谓"系统"的方法,是指在阐述某一个古代文论范畴、命题时要有全局的视野,注意前后左右的照应和顾盼,不要把某一范畴、命题的重要性推向极端,将其涵义说得包罗万象,而为其他范畴、命题留下表述的空间。古人说:"不谋全局者,不足以谋一域。"正是此意。

在将古代文学理论的重要范畴、命题组合成一个大系统时,古今相兼尤为重要。曾见一些讲述中国古代文学理论的论著,纯粹从古代文论范畴出发编织纲目,令今天的读者不知这些范畴究竟论述的是什么文学理论问题,应置于文学理论逻辑的哪一个环节。也曾见过另一类论著正好相反,单纯从现代文学理论著作的逻辑框架出发讲述古代文论思想,但从纲目上却看不到古代文论范畴、命题的原貌。因而,《中国古代文学理论》的纲目设计遵守古今相兼的原则,力图各取其长,各去其短。

在古今兼顾的格义中,"整合"的方法便显得必不可少。由于古代文论范畴、命题往往具有浑融性,常常横跨文学理论逻辑框架的诸多环节,今天我们按照现代文艺学论著所要求的逻辑结构去阐述它们,势必得以古代文论范畴、命题的主导思想为考量标准,搁置其他次要涵义,将其整合在合适的逻辑环节,同时对其他次要涵义在行文中加以交代。如"文,心学也""诗言志",既是文学观念论,也是创作发生论,还是文学作品论等等。不过按其主导涵义,笔者觉得放在"文学观念论"中论述更合适。又如"比兴"范畴不仅指创作方法,而且指内容寄托。我们依据"比兴"说的主导涵义,把它纳入"创作方法论"环节,而对它的其他涵义则在行文中加以交代。所谓"整合",就是这个意思。

要厘清几十个古代文论范畴、命题产生发展的历史流变及其积淀下来的内涵,一切从零开始是不可想象的。新时期以来,学界在古代文论思想范畴的资料类编与专项研究中取得了丰富成果。这为《中国古代文学理论》的系统建构提供了综合的基础。综合既是对前贤成果的尊重和继承,也是对研究现状的超越与飞跃。某种意义上可以说,《中国古代文学理论》是对古代文论资料汇编与专题研究的深度加工。"综合"是融会贯通,它应当以自己的长期积累、深入思考作基础,才不致人云亦云、七拼八凑。用表情达意的"表现主义"作为主线去贯穿、统辖诸多古代文论命范畴命题,就是笔者在长期潜浸涵濡的基础上对中国古代文学理论民族特征和文化品格的概括。

为揭示中国古代文学理论的自身特点,还需要用比较的方法,与西方古典文论作比较。如果说西方自亚里斯多德至黑格尔、别林斯基的古典文论是建立在"摹仿"说基础上的再现主义文论,中国古代文论则是建立在"言志"说基础上的表现主义文论。它们在文学创作的各个环节都有所体现。笔者反对过去的文学概论著作将古代文论与西方文论一锅煮的粗疏,但并不拒绝中西文论的比较。恰恰相反,只有时时注意以反映客体的西方文论为参照对象,中国古代文论表现主体的特点才能得到彰显。

中国古代文学理论的民族特点是由中国传统文化决定的。依据对古代文论范畴、命题的筛选、梳理,系统阐述中国古代文学原理固然不易,但如果仅仅停留于就文论阐述文论,则未必切中肯綮。只有深入到中国古代文论特色文化成因的底里,才能令人信服,也能增加读者的阅读兴味。因此,用文化学的方法来考察中国古代文学理论民族特色的文化成因,就成为《中国古代文学理论》的另一方法。古代文论与中国文化的联系,主要体现在与中国古代的精神文化,主要是儒家文化、道家道教文化、佛教文化、宗法文化、训诂文化的联系上。因此,《中国古代文学理论》不只标志着中国古代文论走向系统研究,也标志着中国古代文论走向文化研究。

中国古代文学理论不仅能帮助今天的读者更好地理解中国古代文学作品,而且具有一种现实的穿透力。中国古代文学理论作为表现主义文论,它理应较再现主义文论更能有效地说明表现主义作品,特别是西方现代主义文学作品。西方文学自19世纪末以来,愈益向主体表现方向发展。在这些作品中,现实不再成为生活真实的反映,而蜕变为徒有其形、不反映生活本质规律的"幻相"(朗格语),成为象征"情感"的"形式"(朗格语)、表现主体的媒介。这类作品中"文字""现实""主体"的关系与中国古代文论中"言""象""意"的关系或"文字""景物""神情"的关系何其相似！当中国当代文学创作受西方文学影响日益向主体表现的方向发展时,中国古代文学理论作为"以意为主"的文论就有了有助于解释西方现代文学作品和中国当代文学作品的意义和价值。

2. 中国古代文论的主体表现特色

系统阐述中国古代文学理论的难处,不仅在于应有一个妥善的叙述结构,而且在于这个叙述结构的诸环节之间还须有一种相互联系、一以贯之的有机性和逻辑性。贯穿在中国古代文学理论叙述结构中的这种有机联系或者叫内在逻辑是什么呢?我认为就是"言志""达意"为主的"表现主义"。

所谓"表现主义",是现代西方文论中与"再现主义"相对的一个概念。西方古典文论强调文学是现实的"摹仿"、是客观外物的"再现",一般称作"再现主义"。西方现代文论强调文学是直觉的"表现"、主体的"象征",一般称作"表现主义"。这里借用这一约定俗成的概念,作为对强调"文以意为主"的中国古代文论民族特色的概括。

21世纪初与徐门师兄张建永合影。张建永后任湖南吉首大学党委副书记,现为湖南省旅游文化协会首席专家

什么是"文学"或文学之"文"呢？晚清以前，一直没有人作出明确的界说。但历代《文选》一类作品集、《文心雕龙》一类的文论著作不断涌现，从入选及所论作品的体裁、范围来看，"文学"的外延是极广的，不仅包括美文学与杂文学，而且包括簿记、算书、处方一类的文字，如果说它们之间有什么共通点而统一叫做"文"，那就是它们都是文字著作。所以晚清章炳麟在《国故论衡·文学总略》中总结说："是故榷论文学，以文字为准，不以彣彰为准。""文"即"著于竹帛"的"文字"著作，不一定以"彣彰"、文采、美为特征。

然而，这只是古人对"文"的不带价值倾向的认识，或可视为古人关于"文"的哲学观念、知性界定。当价值观念掺杂进来之后，对"文"的认识则出现了新的变化。这个价值观念是什么呢？也就是"内重外轻[1]"。这是宗法文化形成的特殊价值取向模式。宗法社会以"国"为"家"，以人为本，故"治国平天下"最终归结为"齐家修身"，"正心诚意"。所以古人治国，尤重个人道德修养。而道德修养的方式，就是"吾日三省吾身"，"反身而诚，乐莫大焉"；为政向往的"仁政"理想，就是"正心诚意"了的国君以"已所不欲，勿施于人"的方式去对待臣民。一句话，无论上下，均应以治心为本，治心为贵。于是心外物色则成为无足轻重的东西。这就叫"内重外轻"。当它历史地积淀为一种价值取向模式并浸染到文学观念中来时，便出现了"文，心学也[2]""文以意为主[3]"之类的文学表现论。这种把文学界说为心灵表现的文字作品的观念，可以说是关于"文"的价值界定，是文学观念中的价值论。

这种"文以意为主"的表现主义文学观念，是中国文学乃至中

---

1 刘熙载：《古桐书屋札记》，清光绪十三年刻本。
2 刘熙载：《游艺约言》，《古桐书屋续刻三种》，清光绪十三年刻本。
3 杜牧：《答庄充书》，《樊川文集》卷十三，《四部丛刊》本。

国艺术之"神",是统帅中国古代文艺理论的一根红线。

让我们先来看古代文论中的创作主体论。中国古代既然认为文学应当是心灵表现的文字,则作家的心灵素质在创作中的作用和地位自然倍受重视。故古人喋喋不休地强调:作家要有"德",以保证作品中的"善";作家要有"记性""作性""悟性",以炼就"学""才""识",创造出富有"材料""见识"和"辞章之美"的文学作品。

再来看古代文论中的创作发生论。

创作发生关联着两方面。一是创作的对象本源,一是作者观照世界的方式。前者偏重于客体,后者偏重于主体。古代的文源论,其形态有四:一、"人文之元,肇自太极。"二、"感物吟志,莫非自然。"三、"六经之作,本于心性。"四、"六经者,文章之渊薮也。"其实质则一:"文本心性。"在中国古代文化中,"太极"即是"吾心","天道"即是"人道"。故"文肇太极"即"文本心性"。"物"是"太极"所生,"经"是"道沿圣而垂文"的产物,故"源物""渊经"二说亦可归为"文本心性"一说。这可看作表现主义在文源论中的渗透。

古代论作家艺术家观照现实的方式,不是单向的由物及我,而是双向的"物我双会","心物交融"。为什么呢?因为在古人看来,事物的美,不在事物自身的形质,而在事物所蕴含的人化精神。所以许慎《说文解字》释"玉"之"美",是"美有五德"。邵雍教导人们"观花不以形",因为"花妙在精神[1]"。这样,对象精神的美,就只能是为人而存在,就有待于"由物及我"后"由我及物"的能动创造。这种双向交流的审美观照方式,即"我见青山多妩媚,料青山见我应如是"式的观照方式,是一种表现主义的审美观照方式。

---

1 邵雍:《善赏花吟》,《伊川击壤集》卷十一,《四部丛刊》本。

再次,我们来看古代文论中的构思论。

古代文论构思论大抵由"虚静"说、"兴会"说、"神思"说组成。由于古人习惯于"返观自身",所以对文学创作中的构思状况有颇为清醒的内省认识;由于古人重视创作主体的地位和作用,所以对文学创作的主体心态有更多的要求。而表现主义的特点也在构思论中显示出来。"虚静"说是对构思心态的要求。古人认为,文学构思是一种高度专一、集中的思维活动。为保证这种思维活动顺利进行,构思主体在"运思"之先,须"虚心""静思"。"虚心"就是使心灵虚空无物;"静思"就是使各种杂虑停止运动。通过"虚心",心灵从"有"变成"无",其目的还是为了变成"有";通过"静思",心灵从"动"变成"止",其指向还是归于"动"。这就叫"虚心纳物"(物:构思中的意象)、"绝虑运思"(思:艺术构思)。这是有无相生、动静相成的辩证心灵运动,是艺术构思的必经环节,结果是为艺术构思营造所需的心灵状态。

当挪出了"虚静"的心理空间后,文学构思就登场了。"神思"说就是古代文论对文学构思特征的论述。"神思"即精神活动。这个概念本身昭示了表现主义文学构思的特点:它是一种外延广泛的心灵运动,可具象,亦可抽象,未必为"形象思维"。然而按中国古代"温柔敦厚""主文谲谏"的审美传统,表情达意不宜直露,最好托物伸意,即景传情,故"文之思"又经常表现为"神与物游"的意象运动、形象思维。这种思维分"按实肖像"与"凭虚构像"两种[1]。就"凭虚构像"一面讲,它可上天入地,来去古今,大临须弥,细入芥子,在空间上达到无限,时间上达到永恒。同时,它可离开物象,但须臾不可离开语言作孤立运动,所谓"物沿耳目,辞令管其枢机"。这里,它又时常流露出文学作为广义的语言文字著作这一文学观念的烙印。

---

[1] 刘熙载《艺概·赋概》,上海古籍出版社1978年版。

"兴会"即兴致之钟会,也就是灵感。"兴会"说对文艺构思中的特殊状态——灵感现象的特征和奥秘作了深入剖析。"文章之道,遭际兴会,抒发性灵,生于临文之顷者也。然须平日餐经馈史,霍然有怀,对景感物,旷然有会,尝有欲吐之言,难遏之意,然后拈题泚笔,忽忽相遭,得之在俄顷,积之在平日,昌黎所谓'有诸中'是也[1]。"灵感是偶然与必然、倏忽与长期、天工与人力、主观与客观、不自觉与有意识的对立统一。

　　表现主义在古代文学创作方法中有什么表现呢?我们挑出几个主要的方法来看。一是"活法"。古代文论连篇累牍地强调"活法"这种文学创作"大法"。"活法"的本义是灵活万变、不主故常之法。什么是灵活万变之法呢?就是"随物赋形"之法。这个方法表现的对象性的"物"就是心灵意蕴。于是"活法"又被界说为"辞以达志"之法、"惟意所之"之法、"因情立格"之法、"神明变化"之法。意蕴千姿、情感百态,故表情达意的方法也千变万化,不主故常,"活法"之"活",注脚正在于此。

　　中国古代崇尚"温柔敦厚"的礼教,故表情达意切忌直露。"用事""比兴"正是含蓄委婉地表情达意的有效方法。"用事"即引用成辞、故事,把自己的意思放在古代的言语、事件中让人品味。"比兴"照郑玄的解释,"比"即"见今之失,不敢斥言,取比类以言之";"兴"即"见今之美,嫌于媚谀,取善事以喻劝之[2]"。易言之,"比"是委婉的批评、讽刺方法,"兴"是委婉的表扬、歌颂方法。后来,"比"一般被视为以彼物喻此物的"比喻"方法,"兴"一般被理解为委婉的开头方法。"用事""比兴"说到底均为委婉、含蓄的表情达意方法。

　　在古代文学作品论中,表现主义烙印何在呢?

1　袁守定《谈文》,《占毕丛谈》,光绪重校刻本。
2　郑玄《周礼注疏》卷二十三,《十三经注疏》本,上海古籍出版社1997年版。

古代文论有"文气"说。"气",西人译为"以太""生命力"。置于古代哲学元气论中看,它不外是一种"元气"。"元气"是生命力的象征。故"文气"实即"文学生命"。文学怎么才能有"生命"呢?就是要在对象性描写中寄寓人的精神。如果就物咏物,即事叙事,不寓情,不寓意,不寓识,不寓气,则"物色只成闲事",文章只成"纸花""偶人",必然毫无生机。

古代的"文体"说论述了十几至几十类文体的特点,而论述得最充分、最详尽的文体往往都是与心灵表现相关的文体。如诗歌是"言志咏情"的,散文是"以意为主"的,历史是"寓主意于客位"的,辞赋是"有自家生意在"的,小说是"寓意劝惩"的,戏剧是"不关风化体,纵好也徒然"的。对于书、籍、谱、录之类与心灵表现无关的文体,古代文论论之甚少甚简,古代文选也收之极为有限。这说明,表现主义文体在古代是最受欢迎、重视的。马克思曾指出:一种理论的实现程度取决于大众对这种理论的需要程度。正是在中国古代普遍崇尚表现,以情达意的文化环境中,表现主义文体才成为文学创作的主流。而诗之所以成为古代文学的正宗,具有凌驾于其他文体之上的最高品位,与诗这种文体与心灵联系得最为紧密不无关系。"诗"照文字学家的解释,本身就是由"言志"二字构成的。

关于文学作品形式与内容的关系,古代文论的"文质"说、"言意"说、"形神"说分别作了论述。"文"即"形式","质"即内容。由于古代并不以"形象"为文学必不可少的特征,而以人的心灵意蕴为高品位的文学作品不可或缺的因素,故文学作品的"文质"关系,一般表现为"言意"关系。为含蓄不露地表情达意,古代文论又强调"以形传神",故"文质"又常常表现为"形神"。这里,"形"是"物之形","神"是外化为"物之神"的"我之神"。通过"言"描写"形"从而构成了"文"(形式),以表达作为"质"的主体之"神",这就是古代文学作品形式内容关系论的总体走向。

古代文论中有大量的"意境""意象"理论。曾有不少学者把"意境""意象"与现今文学理论教科书中作为文学特征的"形象"等同起来。这并不确切。首先,我们必须辨明,"形象"在今天的文学理论教科书中曾经是作为文学必不可少的特征出现的,而"意境"或"意象"并不是古代文学必不可少的特征。古代不少被认可为"文"的作品并不具备"意境"或"意象","意境"或"意象"毋宁说只是古代表现主义文学作品的特征。其次必须辨明,"形象"与"意象""意境"的来源、重心各各不同。现在通行的文论教科书承袭的是西方文论的模式。在西方文论模式中,"形象"产生于对客观外物的"摹仿"。"摹仿"愈忠实,"形象"愈真实,主体思想感情的介入就愈少,所以"形象"的重心在"象"不在"意"。"意境""意象"则不同。它诞生于运用含蓄的、审美的手段(即物象)实现表情达意的目的这样一种机制,故重心在"意"不在"象"。

诗歌,是古代表现主义文学作品之最。"诗者,吟咏性情也。"诗歌中的"意",往往具体化为"情"。诗"以含蓄为上",以"比兴"为主。诗歌中通过"比兴"温柔含蓄地表达"情"的媒介,又常常落实为"景"。故"情景"实即诗歌中的"意境","情景交融"实即"意境浑融","情景"说即诗歌"意境"形态论。

从中国古代诗歌创作的内在机制上说,既然"情""意""神"被公认为诗歌所应表现的内容和传达的目的,"景""象""形"被视为诗歌表情、达意、传神的形式和手段,那么,自然之"景"和物之"形""象"就自然会为了表情、达意、传神的需要而发生变形,而这种变形的手段往往是夸张和比喻。"白发三千丈,缘愁似个长",就是为表情、达意、传神的需要运用夸张和比喻描写物象发生变形的典型例证。这种情况,与中国古代画坛流行的不拘形似的写意画出于同一机杼。这便形成了古代文论艺术真实论中的"真幻"说。在诗歌作品的"意境""情景""形神"中,写"意""情""神"是"真",写"境""景""形"是"幻"。而在西方再现主义文学作品中,物象的描写必须真实,作家的心灵意蕴必须蕴藏在真实的物象描绘中。正是在这点上,中国古代文论的艺术真实论呈现出不同于西方文论的民族特色。

古代文学作品的风格从总体上分有阴柔与阳刚两大类。阴柔之美表现为"平淡",阳刚之美表现为"风骨"。"平淡"的特点是似淡实浓,言近旨远,美在意味深长;"风骨"的特点是情怀壮烈,意气刚贞,美在动人心魄。我们不妨把它们看作是表现主义的两种不同风格表现形态。"风骨"作为一种崇高美,其表现主义特征尤其可以在与西方艺术崇高美的对比中见出。西方人讲的"崇高",对象体积巨大、"数学的崇高"是不可或缺的突出因素。这在中国古代的"风骨"美中却可有可无。"风骨"所更侧重的是"力学的崇高",是一种"浩然之气",是高远的抱负和令人仰慕的精神境界。

古代文论论文学作品的形式美,一个重要组成部分是与内容相联系的形式美,即"合目的"的形式美。用宋人张戒的话说,就叫"中的为工"[1]。这个形式所要瞄准、击中的"的"是什么呢?主要的不是客观之物,而是主体之神。所谓"辞,达而已矣"[2]。"达"的对象就是"意"。"辞达而已"即文辞对"意"的表达"无过不及"之谓。辞不及意为质木无文,辞过乎意则为巧言靡辞,均不可取。

作品的表现主义特色,同样规定了审美鉴赏不同于西方文学接受的特点。

西方文论讲文学接受,是"披文入象",通过文学语言把握它所再现的社会生活。中国古代文论讲文学鉴赏,则是"披文入情",通过语言文字把握它所表达的作者思想感情。有时,作者的思想感情并非由文字直接表达的,而是在形象描写中含蓄地流露出来的。在这样的作品中,欣赏者的接受步骤就分两步走。首先

---

1 张戒《岁寒堂诗话》,《历代诗话续编》本。
2 《论语·卫灵公》孔子语。朱熹《四书章句集注》本,中华书局1983年版。

是"披文入象",通过文字认识它所描写的物象;紧接着是"披象入情",通过物象描写认识它所传达的情意。由于古代文学作品多讲究含蓄不露地传达,所以读者对于作品中的"意"往往不是一下子就能认识的,而是通过"一唱三叹""反复涵泳"慢慢咀嚼回味才能领略的。"优游涵泳",是含蓄的表现主义文学作品的特殊鉴赏方法。

不仅如此,"内重外轻"的思维模式还使中国古代文论特别注重发挥读者在文学鉴赏接受中的主观能动性。这种主观能动性表现为读者在阅读中会以自己的经验与想象去丰富作品的内涵。所谓"作者之用心未必然,读者之用心何必不然[1]";"诗无达诂[2]";"文无定价[3]"。然而古代文论同时又看到,尽管"好恶因人",但"妍媸有定[4]"。"书之本量初不以此加损焉[5]",这是作为鉴赏主体的读者与作为审美对象的作品之间的一种"双向交流"。既肯定、鼓励鉴赏主体的能动创造,又不否认审美对象自身固有的美学价值。不妨视为作者作为审美者在观照现实世界时的"物我交流"方式在读者审美环节上的一种复现。

表现主义同样在文学功用论上留下了自己的印记。

西方文论讲文学的认识功用,是指对现实的认识功用,而作家的面影则在高度忠实于原物的描写中淹没了。中国古代文论也讲文学认识现实的作用,如"观风"云云,但文学对社会时代风貌的这种认识作用是通过人情这个中间接实现的,所谓"治世之音安以乐,其政和;乱世之音怨以怒,其政乖[6]"云云即是显例。易言之,古代文学对现实的认识功用是间接的,对作者思想感情的认识功

---

1 谭献《复堂词录序》。光绪刻本《复堂类稿》文一。
2 董仲舒《春秋繁露·精华》,《二十二子》本,上海古籍出版社1986年版。
3 苏轼《答毛滂书》,《经进东坡文集事略》卷四十七。按:原话为"文章如金玉,各有定价。"
4 葛洪《抱朴子·塞难》,《四部丛刊》本。
5 《艺概·文概》,上海古籍出版社1978年版。
6 《毛诗序》,《毛诗正义》卷一,《十三经注疏》本。

用是直接的。"文者,作者之胸襟也。"通过作品,我们可以更方便、更直截了当地"知人"。

由于古代文学作品重视"善"的道德情感的表现,所以借助文学手段,上可"教化"下、下可"美刺"上,文学的教育功用是自然而然、不言而喻的。

古代文论论文学作品的美感功用,有"趣味"一说。"味"是重经验感受的中国人用以指称"美"的常用术语。古人"趣""味"联言,既可释为偏正结构的复合词,指"趣之味",也可释为联合结构的复合词,"趣"即"味","味"即"趣"。从历史流变来看,是先有偏正结构的"趣味",才有联合结构的"趣味"的。易言之,即"趣"先被人们认可为"味",才得以与"味"并列构成一个双音词同指"美"的。而"趣"的本义有什么呢?文字学告诉我们,它本与"旨趋"的"趋"相通,即"意旨"。在古人看来,一部作品只有意蕴深厚,使人感到意味深长,才有"味"、有"美"。"趣"就这样与"味"走到一起了。可见,"趣味"即"意味",它是中国特色的艺术美,与西方文学摹仿的逼真美迥异其趣。

徐复观在《中国艺术精神》中把庄子精神界说为中国艺术(主指绘画,亦与文学相通)之神。步承此旨,叶朗在《中国美学史大纲》中把中国古典美学的命脉描述为:通过有限走向无限,通过有形走向无形,这"无限""无形"就是老庄式的"道",即弥漫于宇宙、派生万物的客观实体。尽管这自成一说,也不乏精彩论证,但这却是不合中国古代"凡诗文书画,以精神为主[1]"的表现主义实情的。不错,中国艺术是通过有限走向无限,通过有形走向无形,但这"无限""无形"不一定是客观实体性的"道",而更多地呈现为主体精神性的"意"。文学艺术是内容与形式的统一体,内容有主、客之分。侧重于用形式反映客观内容的形成再现性艺术,侧重

---

1 方东树《昭昧詹言》卷一,人民文学出版社,1961年版。

于用形式表现主观内容的形成表现性艺术。如果我们既不作绝对化的理解又照顾到主导倾向,对此我们是不难达到共识的。中国古代文学理论,就是对这种表现主体的文学作品的理论概括。

2008年祁志祥与硕士导师徐中玉先生在华东师大合影
《中国古代文学原理》(学林出版社1993)是跟随徐师读硕士的成果

四、祁志祥：
"乐感美学"：中国特色美学学科体系的构建

在21世纪的美学体系的重构活动中，笔者2016年在北京大学出版社出版的国家社会科学后期资助项目《乐感美学》是一部抓住"美"的"乐感"性能自觉重建后形而上学时代美学形上体系的专著，也是以中国特色的"乐感"概念建构具有普遍意义的美学原理的标志性成果。该书既不同意现代美学对本质论的全盘否定，也不同意传统美学实体论的本质论，而是将本质视为"某类现象背后的统一性"，进而对具有统一性的美的语义及其下属范畴、美的原因、规律、特征等"美本质"问题展开重新反思和系列探讨，建构起全新的美学理论体系。全书分"导论""本质论""现象论""美感论"四编，共14章、60万字，提出了许多迥异于传统美学和现代美学的新见。书中章节曾以论文形式在各种重要期刊发表，多篇被转载[1]。该书出版后引起学界讨论和注意，产生广泛影响[2]。

1. "乐感美学"的由来及释名

关于《乐感美学》的写作由来，后记中有一个交待："笔者大

---

[1] 详见祁志祥：《乐感美学》后记，北京大学出版社2016年版。
[2] 2016年6月下旬，上海市美学学会、哲学学会、伦理学学会与北京大学出版社、《人文杂志》社联合举办"重构美学的形上之维暨《乐感美学》研讨会"，在对《乐感美学》的创新价值予以高度肯定的同时，也提出讨论意见。详参寇鹏程：《重构美学的形上学——〈乐感美学〉研讨会综述》，《上海文化》2016年第8期；孙沛莹、李纲耀：《〈乐感美学〉：美学体系重建的新界碑——"重构美学的形上之维"高端论坛暨〈乐感美学〉研讨会综述》，《黑龙江社会科学》2017年第1期。另见朱立元、马大康、李西建、赖大仁笔谈，《人文杂志》2016年第12期；高楠、冯毓云、汪济生、张灵、寇鹏程笔谈，《学习与探索》2017年第2期；陆扬、杨宇森、庄志明笔谈，《上海文化》2018年第2期。

学、研究生读的都是文学专业。与美学结缘,得自与中国社会科学院钱中文先生的结识和钱先生的指教。1997年5月我告别新闻工作,从事高教工作以来,先后在上海大学、上海财经大学、上海政法学院开设'美学通论'课程。有感于通行的美学教材不尽如人意,我便用自己的著作。开始用的是《美学关怀》(复旦大学出版社1998年版),后来用的是《中国美学原理》(山西教育出版社2003年版)和《人学视阈的文艺美学探究》(上海财经大学出版社2010年版)。然而,《美学关怀》《人学视阈的文艺美学探究》这两部著作不过是论文的汇编,虽然不乏自得之见,但系统性、严密性都很不够;《中国美学原理》虽然有较强的系统性,但毕竟讲的是中国古代的美学概论,并不太符合'美学通论'的课程需要。因此,自2008年完成出版了《中国美学通史》工程后,我便将主要精力放在新美学原理的建构上。一方面,三卷本《中国美学通史》的撰写积累了大量的古代美学共识,另一方面,我在阅读、琢磨西方美学史时,也一直注意搜集那些能够通约的思想资源。于是,从审美实践中'美'是用来指称特种快感的对象这种语义出发,在中外美学理论资源中寻找最大的公约数,对互有共性的思想进行约简,并把这些具有共识的思想组织在一个合理的逻辑框架内进行表述,建构一个以'乐感美学'为标志的新美学理论体系,就是本课题致力的目标[1]。"

该书题为"乐感美学"。"乐感美学"的涵义究竟应当如何理解呢?《前言》作了说明。

首先,"乐感美学"不同于"乐感文化"。"乐感文化"是李泽厚1985年春在一次题为《中国的智慧》讲演中提出的,是对中国古代文化特色的一种概括,与西方的"罪感文化"相对。本书所探讨的"乐感美学"是对以"乐感"为基本特质和核心的美学体

---

[1] 祁志祥:《乐感美学》,北京大学出版社2016年版,第531页。

系的一种思考和建构,而不同于对中国传统文化特征的研究与概括。

其次,"乐感美学"也不是指中国传统的美学形态。2010年,劳承万在中国社会科学出版社出版了《中国古代美学(乐学)形态论》一书,他将中国古代美学形态概括为"乐(lè)学"。"乐感美学"诚然从中国古代的美学形态"乐学"中吸取了诸多有益资源,但它不是中国古代美学原理的提炼概括,而是综合中外古今美学理论资源、结合审美实践对美学的一般原理的思考概括。

再次,"乐感美学"不是"乐感审美学"。近几年来,伴随着美学研究中心从"美"向"审美"的转变,一些学者主张将"美学"易名为"审美学"。如王建疆在2008年第6期《社会科学战线》发表《是美学还是审美学》一文提出:"美学表面上看起来研究的是美,而非审美,但实际上却研究的是审美。""就美学的实际存在而言,确切地说它应该是审美感性学,简称审美学,而不是什么美学。"作者正本清源,认为这种新论似是而非,依据"美学"创始人鲍姆嘉通、黑格尔以及最早将"美学"引进中国的先驱者蔡元培、萧公弼、吕澂、陈望道等人的用法,坚持美学是研究美的本质和规律的"美之学"的传统用法。"乐感"正是对"美"的最基本的特质、性能的概括,所以称"乐感美学",而不称"乐感审美学"。乐感美学是聚焦美的乐感特性之哲学。

又次,"乐感美学"不是解构之学,而是建构之学,是美学原理之重构,力图站在新的立场,建设一种更加符合审美实践的新美学原理。解构主义美学否定传统的实体论美学固然有一定道理,但反传统、反本质、反规律、反理性,一路反下来,只有否定、没有建设,只有解构、没有建构,只有开放、没有边际,令人如堕烟雾,不知所从,结果可能更加糟糕。有鉴于此,该书将以一种建设性的态度,在吸收解构主义美学否定实体论的合理性的基础上,对美学原理重新加以建构。

《乐感美学》就是这样一部借用中国特色的"乐感"概念,概括美的基本性能,并由此出发重构一般的美学原理的探索性专著[1]。它试图为建设中国美学学科体系作出一份贡献。

2."重构":"建设性后现代"的方法论

立足于美学原理体系的建构,就必须承认原点、本质的存在和体系、逻辑建构的必要性。这在反本质、反体系、反逻辑的解构主义盛行的当下理论界是要冒"天下之大不韪"的。工欲善其事,必先利其器。因此,在进入本质论探讨和原理体系建构前,首先必须给自己的方法论提供合法性论证。于是,笔者借鉴美国学者大卫·格里芬的"建设性后现代"概念,并吸取德国美学家韦尔施的"重构"思想,标举解构之后必须加以再建的"重构:建设性后现代"方法,给它注入了自家的阐释。这是《乐感美学》的第一章,近4万字,表达了作者对美学研究究竟应坚持什么样的方法这个问题的系统思考,以及对世纪之交以来否定一切的解构主义方法造成的现实问题的重大关切和理论回应。"建设性后现代"方法论的阐释,与陈伯海"后形而上学视野中的形上之思"的方法论思想是一脉相承,而又有自己独特主张的。

所谓"建设性后现代",是一个与"否定性后现代"相对的概念。而"后现代"又是相对于"现代"与"传统"而言的一个概念。所谓"传统"美学,约相当于柏拉图、亚里士多德到鲍姆嘉通、康德、黑格尔这段时期的美学,这是一个"逻格斯中心主义"的时代,以崇尚理性和形而上学、追问实体性的本质论、坚持客观主义现成论和主客二分认识方法为特征。所谓"现代"美学,是指从柏格森、尼采、叔本华、波特莱尔到胡塞尔、萨

---

1 祁志祥:《乐感美学》,北京大学出版社2016年版,第1—2页。另见祁志祥:《乐感美学原理的逻辑建构》,《文艺理论研究》2016年第3期。"乐感":包括"孔颜乐处"的道德快乐与"曾点之乐"式的感性欢乐。

特、海德格尔等人约一百年左右的美学,以解构"逻格斯中心主义"、崇尚非理性和形而下的现象学、虚无主义的本质论、坚持主观主义的存在论和生成论以及主客合一的认识方法为特征。再后来进入"后现代"。"后现代"大体上可分"否定性后现代"与"建设性后现代"两种情况。所谓"否定性后现代",就是否定一切、解构一切。在这一点上它与"现代主义"是一个方向一致、走得更远更极端的概念。"建设性后现代"理论有感于现代美学及否定性后现代理论自身的矛盾及其极端主义、虚无主义缺陷,主张"在解构的基础上建构",也就是"重构"。在作者看来,"建设性后现代"方法的精髓,是从审美实践出发,否定和扬弃传统美学、现代美学(包括否定性后现代美学)各自的缺陷,继承和择取传统美学、现代美学(包括否定性后现代美学)各自的合理成分,在解构基础上重构,在批判基础上肯定,在否定基础上建设,使美学理论能更圆满地解释和说明审美经验。具体说来,就是古代与现代并取,本质与现象并尊,思辨与感受并重,唯物论与存在论结合,现成论与生成论结合,客观主义与主观主义兼顾,主客二分与主客互动兼顾,以图为人们认识美的奥秘,掌握美的规律,指导审美实践,美化自我人生提供有益参考[1]。

首先,"传统与现代并取,反对以今非古[2]"。美学研究发展到今天,积累了大量研究成果。它们各有优点,也各有缺失。"建设性后现代美学"立足于"传统美学"与"现代美学"之后,能够看清两者的得失,从而不偏一端,既重视择取现代美学的最新成果,也认真吸收古代美学的有益成分。"成果有古今,学说有先后,理论有新旧,但价值无高下,它们总是从某一角度、某一层面接近审美经验,不能简单地说新的总比旧的高明正确。"作者还从历史的

---

1 祁志祥:《乐感美学》,北京大学出版社2016年版,第3页。
2 祁志祥:《乐感美学》,北京大学出版社2016年版,第9页。

角度提出忠告:"上世纪初,中国学界盛行进化论,以为新的必定胜过旧的,年轻的必定胜过年老的,结果闹出笑话。当下中国理论界包括美学界也流行一种'厚今薄古'甚至'以今非古'的成见,必定贻笑后人。"美学史上后来的学说大多是在不满前人不足的基础上提出来的,后来又被别人的新说所否定和超越。在新中国美学研究的历史上,曾经历过笃信唯物论、笃信实践论、笃信车别杜、笃信康德黑格尔的阶段,后来发现,任何一种过分笃信都有失偏颇。时下又笃信维特根斯坦、海德格尔、德里达等人的存在论和解构主义,是否有同样的绝对化偏颇值得警惕,答案不言而喻。学术史上趋向无限的芳林陈叶催新叶、各领风骚数十年的否定之否定历程启示人们,任何学说都不是绝对正确的,但从某个角度、层面看又都有可取之处。""历史地看,从古希腊到黑格尔,从周秦到新时期,西方的古代美学和中国的传统美学横跨两千多年,积累了大量成果,而西方的现代美学只有一百年左右的历史,中国区别于传统的现代美学步尘西方,只有几十年的历史,尚未经过学术史的过滤和沉淀,这就要求我们综合古今美学成果、重构美学理论体系的时候,应当将更多精力投放在古代美学、传统美学成果的潜浸涵濡上。""总之,我们要努力树立全方位的视角,以一种平等精神和尽可能大的包容性,将古今中外美学资料中那些能够有效说明审美经验的合理成分吸收进来,使自己的美学新论成为凝聚着古今美学思想最大公约数的结晶[1]。"

其次,"本质与现象并尊,反对去本质化[2]"。传统美学笼罩在唯物论的反映论框架之下,一直追问"美是什么"之类的美本质问题,习惯把"本质"看作客观事物固有的不变的实体。到了现代,维特根斯坦、海德格尔、胡塞尔、德里达等人以反"逻各斯中心主

---

[1] 祁志祥:《乐感美学》,北京大学出版社2016年版,第10页。
[2] 祁志祥:《乐感美学》,北京大学出版社2016年版,第14页。

义"为名,对一切有关"本质"的研究都采取否定态度,而对审美现象呈现出巨大的兴趣。在美学领域,鉴于过去各种关于"美是什么"的定义都不能令人满意,于是断定"美是什么"是个伪问题,"美的本质"应该取消,美学研究的中心问题应该转向"美如何生成""美是怎样"之类的审美现象。波及文艺理论领域,有人认为:文学没有"固定本质"和"普遍规律",追求文学本质意义的传统文学理论不过是人们"幻觉的蛊惑"。"去本质化"带来的另一个潮流是"去体系化"。当美学取消了本质研究和形上追问,也就取消了系统归纳和体系建构,从而导致现象描述、案例陈列的文化研究,导致美学理论的表象化、无序化、碎片化。

  面对此情此景,笔者提出质疑:"美学的本质研究、体系建设果真可以彻底取消吗？现象描述果真可以取代本质研究和体系建构吗？""建设性后现代"的回答显然是说不的。"现象与本质,是事物的一体两面,应当都给予尊重。现代美学对审美现象的钟情固然自有道理,但传统美学对本质的思考同样不可一概否定[1]。"一方面,"我们应当承认现代美学对传统美学本质研究缺陷的批评。反本质主义的现代美学要求人们不要用静止绝对的态度看待美的本质的定义,过去那种自以为提出了一种美本质新说就真理在握、包打天下的想法过于天真,这是值得肯定的。""反本质主义告诫我们,美作为一种客观实体、'自在之物',是不存在的,在美本质问题上不要陷入'实体'论思路,这同样是有积极的警醒意义的。"不过,"我们同样应当正视反本质主义自身存在的诸多问题。"首先是"逻辑上的自相矛盾[2]"。其次是"因果倒置、由果定因的问题[3]"。再次是"认识上的以偏概全[4]"。复次是"方法论上的武断绝对[5]"。最

---

1 祁志祥:《乐感美学》,北京大学出版社2016年版,第16页。
2 均见祁志祥:《乐感美学》,北京大学出版社2016年版,第16页。
3 祁志祥:《乐感美学》,北京大学出版社2016年版,第17页。
4 祁志祥:《乐感美学》,北京大学出版社2016年版,第18页。
5 祁志祥:《乐感美学》,北京大学出版社2016年版,第19页。

后是"研究结果的表象化[1]"。现代美学取消"美是什么"的本质研究,热衷于"美是怎样"的现象分析,"虽然在破除传统美学形而上学的实体论方面功不可没,但重用轻体,甚至以现象取代本质,却造成了更大的麻烦[2]"。笔者在《前言》中还补充指出:

> 如果我们不是在形而上学实体论的意义上理解"本质"一词,而是把"本质"视为复杂现象背后统一的属性、原因、特征、规律,那么,"本质"是存在的,不可否定的。否定了它,必然导致"理论"自身的异化和"哲学"自身的瓦解。今天,站在否定之否定、不断扬弃完善的新的历史高度,从审美实践和审美经验出发,在避免机械唯物论缺陷的前提下,对"美"的现象背后的统一性加以研究……不仅可以弥补传统美学关于"美的哲学"建构的不足,而且可以补救解构主义美学的矫枉过正之处,为反本质主义美学潮流盛行的当下提供另一种不同的思考维度[3]。

再次,是"感受与思辨并重,反对去理性化[4]"。由于反本质主义的盛行,当下美学研究的现状是对审美经验很为热衷,但对理论思辨颇多忽视,甚至出现了"去理性化"的潮流。由于倡导理论研究"去理性",哲学思考"去思想","这就给各种胡言乱语、胡说八道充塞美学园地提供了可乘之机"。"而天马行空、波诡云谲、自相矛盾、不知所云,就是后现代理论所呈现的特征。""建设性后现代"美学恰恰建立在对现代美学和否定性后现代美学"去理性化""去思想化"缺陷的批判上,"不仅对审美现象的感受能力,而且对现象

---

1 祁志祥:《乐感美学》,北京大学出版社2016年版,第21页。
2 祁志祥:《乐感美学》,北京大学出版社2016年版,第20页。
3 祁志祥:《乐感美学》,北京大学出版社2016年版,第3页。
4 祁志祥:《乐感美学》,北京大学出版社2016年版,第22页。

提炼、本质抽象的思辨能力都加以强调[1]"。诚然,"美学理论的提炼必须以大量的对审美现象的感受为基础。如果割断审美经验,美学理论就会变成无源之水、无本之木[2]"。然而,"对于美学研究而言,光有敏锐的现象感受力是远远不够的,还需要透过现象概括本质、建构理论的思辨能力"。"美学属于一门哲学分支。由表及里、由个别到一般的理性思辨能力是从事这门学科的基本条件。如果沉溺于经验描述而不能自拔,体现不出理性思辨的深度和广度,经不起逻辑的严密推敲,这样的'理论'就不是名副其实、令人信服的美学理论[3]。""美学研究者要取得令人信奉的杰出成绩,理应在具有深刻性、丰富性、系统性、逻辑性的杰出思辨能力方面不断加强修炼和培养[4]。"

复次,是"主体与客体兼顾,在物我交融中坚持主客二分[5]"。传统的"客观主义"美学强调由物及我、心由相生的反映和认识,坚持主客对立二分的理性认识方法,认为美是一种客观实体,审美认识是对客观实体美的反映,艺术以表现美为己任,艺术家的全部任务就是发现和再现客观现实中的美。现代"主观主义"美学强调由我及物、相由心生的反应和生成,坚持主客融合不分的情感反应方法[6]。"由于美由心生,心物融合,于是在审美认识及其研究方法上取消主客二分,成为现代美学的另一趋向[7]。"其实,"审美认识中主客合一既有合理性,也有片面性","建设性后现代"的方法论"既不赞成单纯的由物及我、主客二分的客观主义,也不赞成单纯的由我及物、主客不分的主观主义,而主张在审美活动和美学研究

---

1 均见祁志祥:《乐感美学》,北京大学出版社2016年版,第22页。
2 祁志祥:《乐感美学》,北京大学出版社2016年版,第23页。
3 祁志祥:《乐感美学》,北京大学出版社2016年版,第24页。
4 祁志祥:《乐感美学》,北京大学出版社2016年版,第26页。
5 祁志祥:《乐感美学》,北京大学出版社2016年版,第26页。
6 祁志祥:《乐感美学》,北京大学出版社2016年版,第26页。
7 祁志祥:《乐感美学》,北京大学出版社2016年版,第27页。

中兼顾主体与客体,在主客契合中恪守主客二分[1]"。

审美认识带有一定的主观性,现代美学主张"主客合一"的审美认识方法具有一定的合理性。在日常用语中,"美"是人们用来指称有价值的乐感对象的一种符号。作为"乐感对象","美"只有在审美主体的感知中才能存在。对审美主体而言,客观事物所以成为有价值的乐感对象,原因即在于客观对象契合了审美主体的感性阈值和心灵需要。所以,主客合一是美的心理根源[2]。审美认识与一般的科学认识存在根本的不同,就是科学认识以"主客二分"为特征,而审美认识以"主客合一"为特征[3]。然而,承认现代美学"主客合一"的合理性,并不意味着完全否定传统美学"主客二分"的合法性。"因为在审美认识中,主客体既相互交融,又恪守二分,主客二分不仅是主客合一的前提,也是检验和衡量主客交融的审美认识是否正确的依据[4]。""没有主客分立,就无所谓主客超越[5]。"在审美认识中,作为"主客二分"的前提,必须承认审美对象是产生审美经验的原因,"美的客体"是"产生愉快的机会[6]"。美的事物"具有某种特定的属性和品质,决定着审美愉快的产生[7]"。"审美认识中必须承认客观对象特定的审美属性、品质的存在及其对审美感受取向的决定性,意味着审美中包含着辨别真伪的科学认识。审美认识是一种情感反应,但不同于胡说八道,而是包含着对美的真理的科学认识。因而,审美认识必须遵循科学认识的基本模式。一般的科学认识以清醒的主客二分反映着客观对象的本质属性,审美认识从根本上来说也不例外,它与反映客观对象的审

---

1 祁志祥:《乐感美学》,北京大学出版社2016年版,第28页。
2 祁志祥:《乐感美学》,北京大学出版社2016年版,第28页。
3 祁志祥:《乐感美学》,北京大学出版社2016年版,第30页。
4 祁志祥:《乐感美学》,北京大学出版社2016年版,第30页。
5 祁志祥:《乐感美学》,北京大学出版社2016年版,第30页。
6 祁志祥:《乐感美学》,北京大学出版社2016年版,第31页。
7 祁志祥:《乐感美学》,北京大学出版社2016年版,第32页。

美属性不仅不矛盾,而且是否反映着客观对象的审美属性也构成检验自身真伪的根本依据[1]。"西方谚语说"一千个读者就有一千个哈姆莱特",但读者无论对王子哈姆莱特的感受有多么不同,总不会把他与僭王克劳狄斯混为一谈。人们可以容忍"情人眼里出西施",但不会答应将毒品视为美的物品。"趣味无争辩"只能发生在不违背美的真理或无伤大雅的形式美的范围内。即便在无伤大雅的形式美、感觉美范围内,美丑也有大体的标准可以辩论,"以徵为羽,非弦之罪;以甘为苦,非味之过"。这里,"检验美丑真伪的最终依据是立足于主客二分基础上判断的客观真相[2]"。笔者还指出,"主客二分"的对立面是"主客不分"。完全取消审美认识的"主客二分",最后带来了对理论研究"主客二分"科学方法的否定,进而导致了美学研究的"主客不分",其理论表述是不讲事实依据、充满臆想妄断。"否定'主客二分'论者所以拿不出令人信服的成果,恐怕与此很有关系[3]。"

3. 美学的学科概念、"美"的统一性及"美是有价值的乐感对象"

在确立了"建设性后现代"的方法论保障之后、具体展开美学探讨之前,有一个问题横亘在笔者面前:美学研究的逻辑起点是什么?或者说美学研究的主要对象是什么?这就涉及美学学科概念的理解问题。所以《乐感美学》导论的第二章,是进行"美学"学科概念的辨别。

世纪之交以来,伴随着美学研究的主要对象从"美"向"审美"转移的呼声,"美学"的学科名称近来遭到"审美学"的挑战。论者主张将美学研究的对象限定在"审美"关系、审美活动、审美经验

---

1 祁志祥:《乐感美学》,北京大学出版社2016年版,第33页。
2 祁志祥:《乐感美学》,北京大学出版社2016年版,第34页。
3 祁志祥:《乐感美学》,北京大学出版社2016年版,第34页。另参祁志祥:《重构:"建设性后现代"方法论阐释》,《学习与探索》2015年第8期。《高等学校文科学术文摘》2015年第6期、中国人民大学《文艺理论》2015年第12期转载。

内,否认原先美学聚焦"美"的本质的思考。作者通过对美学学科创始人鲍姆嘉通、美学先驱黑格尔、世界各国词典最初对"美学"词条的解释和当下中国学界用"审美学"取代"美学"、用"审美"取代"美"作为美学学科的主要甚至唯一研究对象的论证的考察,指出这种新说是经不起仔细推敲的。虽然"美"包含"审美","美学"可同时译为"审美学",但作为学科名称,还是叫"美学"更为合适。由于"审美"必须以"美"为逻辑前提,因此,对"美"的追问是美学研究回避不了的。美学就是以研究"美"为中心的"美的哲学[1]"。

那么,如何研究"美"呢?是不是只能研究"美是怎样"的现象,而不能研究"美是什么"的本质呢?现代美学潮流是侧重于否定后者研究的合法性的。不过,"本质"不仅指"本体",而且指某类现象背后的统一性。"美的本质"作为"美的现象背后的统一性",在审美实践中是客观存在的,否定不了的。它是人们将"美"这类现象与其他现象(如"丑"或"真""善")区别开来的依据。笔者指出:

> 如果我们不是在形而上学实体论的意义上理解"本质"一词,而是把"本质"视为复杂现象背后统一的属性、原因、特征、规律,那么,"本质"是存在的,不可否定的。否定了它,必然导致"理论"自身的异化和"哲学"自身的瓦解。今天,站在否定之否定、不断扬弃完善的新的历史高度,从审美实践和审美经验出发,在避免机械唯物论缺陷的前提下,对"美"的现象背后的统一性加以研究……不仅可以弥补传统美学关于"美的哲学"建构的不足,而且可以补救解构主义美学的矫枉

---

1 祁志祥:《乐感美学》,北京大学出版社2016年版,第35页。另参祁志祥:《"美学"是"审美学"吗?》,《哲学动态》2012年第9期;《"美学"究竟是什么——与王建疆等人商榷》,《广东社会科学》2012年第5期。

过正之处，为反本质主义美学潮流盛行的当下提供另一种不同的思考维度[1]。

那么，"美的本质"作为"美的现象背后统一性"表现为什么呢？表现为"美"这个词的稳定、统一的语义，表现为"美"所指称的对象产生的根源、规律、特征。这些都属于的对"美"的现象背后统一性的思考。

"美"的统一语义是什么呢？1998年，笔者曾在《学术月刊》发表过一篇文章，提出"美是普遍愉快的对象[2]"。随着观察、思考的深化，发现原来的定义并非万无一失，并非所有的"普遍愉快的对象"都是"美"，只有对审美主体"有价值"的愉快对象才是美。所以作者在2013年发表了另一篇论文，提出"美是有价值的乐感对象[3]"。在日常生活中，凡是一眼见到就使人愉快的对象，人们就把它叫做"美"。美是"愉快的对象"或"客观化的愉快"。这是"美"的原始语义或基本语义[4]。不过，是不是所有的快感对象都是"美"呢？显然不是。可卡因、卖淫女等等可以给人带来快乐，但人们决不会认同其为"美"。"美"实际上不同于一般的乐感对象，而是神圣的价值符号，指对生命有益、也就是有价值的那部分乐感对象。这是"美"的确切涵义，也是"美"的完整涵义[5]。

从"美"所覆盖的范围来说，美是"有价值"的"五官快感对象和心灵愉快对象"。"有价值的五官快感对象"构成"形式美"。关于"形式美"，尤其应当注意防止狭隘化，即不顾审美实践，从理

1　祁志祥：《乐感美学》前言，北京大学出版社2016年版，第3页。
2　参祁志祥：《论美是普遍愉快的对象》，《学术月刊》1998年第1期。中国人民大学《美学》1998年第4期转载；《高等学校文科学报文摘》1998年第3期转摘。
3　《"美"的特殊语义：美是有价值的五官快感对象与心灵愉悦对象》，《学习与探索》2013年第9期。《乐感美学》，北京大学出版社2016年版，第53页。另参祁志祥："美"的原始语义考察：美是"愉快的对象"或"客观化的愉快"》，《广东社会科学》2013年第5期。
4　祁志祥：《乐感美学》，北京大学出版社2016年版，第56页。
5　祁志祥：《乐感美学》，北京大学出版社2016年版，第65页。

论家的一厢情愿出发,将形式美局限在视、听觉愉快对象的范围内。事实上,形式美不只是视觉、听觉快感的对象,也是味觉、嗅觉、触觉快感的对象。作者不仅从实践上列举了中外历史上大量以味觉、嗅觉、触觉快感对象为"美"的事实,而且从生理机制方面剖析了五官感觉的一致性、从逻辑上论证了"五觉并列"的合理性。并指出无价值的"玩物丧志"的视听觉快感对象也不是美[1]。这是对传统美学"美是视听觉愉快及其对象"信条的重大颠覆。"有价值的心灵愉快对象"构成"内涵美"。值得注意的是并非所有的心灵乐感对象都是美。如邪教组织者眼中的人体炸弹、恐怖袭击等。所以,即便在心灵乐感对象前,仍需加上"有价值"的限定。事物因内涵而令人快乐的美,只能是"有价值的心灵乐感对象[2]"。

将美解释为"有价值的五官快感对象和心灵愉快对象",直接回答了"美"这个词是什么涵义的问题。平常人们问"美是什么",实际上大多是指这个问题。但以往的美学争论与解答,大多不是回答"美"这个词是什么涵义,而是回答"美"的本体是什么、根源在哪里,如"美在客观""美在主观""美在主客观合一""美在实践""美在自由""美在超越"等等,结果不仅没有满足提问者的期待,也不可能给提问者以有用的、可操作的指导(比如提问者依据"美在客观""美在主观""美在主客观合一""美在实践""美在自由""美在超越"的回答根本不知"美"是何义、"美"为何物,也不可能知道怎样获得这种"美"),只能陷入无休止的莫衷一是的争论(因为本体、根源是不可证实的主观玄思的产物)。

美仅仅为人而存在,这是西方传统美学和实践美学派主导时期的中国美学界的一个基本观点。当然,这种观点也受到当下方兴未

---

[1] 祁志祥:《乐感美学》,北京大学出版社2016年版,第68—73页。另参《形式美的表现形态》,《乐感美学》第244—319页。
[2] 祁志祥:《乐感美学》前言,北京大学出版社2016年版,第5页。

艾的生态美学潮流的挑战。从"美是有价值的乐感对象"的定义出发推衍,"美"就不仅为人而存在,而且"为一切有乐感功能的动物生命体而存在"[1]。就是说,动物也有自己有价值的乐感对象、自己的美。这就与生态美学立场殊途同归了。作者据此呼吁:应当破除传统美学人类中心主义的价值立场和思维模式,站在万物平等的生态立场去审视天下万物,承认物物有美,追求美美与共[2]。同时,为了防止将动物认可的美与人类认可的美混为一谈的简单化、庸俗化理解,笔者又指出:处在地球生物圈中,由于动物与人类的生理结构具有某种相似性,动物感受、认可的美或许与人类认可的美呈现出某种交叉重合之处,但并不完全相同。不同的物种有不同的物种属性、不同的审美尺度,因而就有不同的乐感对象、不同的美。不仅人类认可的美与其他动物不尽相同,即便不同物种的动物也有不同的美。在这个问题上,我们既要承认、兼顾其他动物感受的美,懂得认识并按照动物认可的审美尺度设身处地地从事美的创造,追求与其他动物之美和谐共存的生态美学境界,也要注重欣赏、研究和创造人类认可的美,使人类生活得更加美好和幸福[3]。

"美"是一个属概念,在它下面,还可分解出一系列种概念,诸如"优美"与"壮美"、"崇高"与"滑稽"、"悲剧"与"喜剧"。它们作为"美"所统辖的子范畴,以不同方式与"有价值的乐感对象"相联系,诠释着"美是有价值的乐感对象"这一"美"的语义。比如"优美"是温柔、单纯、和谐的乐感对象,特点是体积小巧、重量轻盈、运动舒缓、音响宁静、线条圆润、光色中和、质地光滑、触感柔软;而"壮美"是复杂的、刚劲的、令人惊叹而不失和谐的乐感对象,特点是体积巨大、厚重有力、富于动感、直露奔放、棱角分明、光

---

1 祁志祥:《乐感美学》,北京大学出版社2016年版,第84页。另参祁志祥:《新美学视野中的"动物美"观照》,《西部学刊》2013年第6期。
2 祁志祥:《乐感美学》前言,北京大学出版社2016年版,第5页。
3 祁志祥:《乐感美学》前言,北京大学出版社2016年版,第5页。另参第84—101页。

色强烈、质地粗糙、触感坚硬[1]。"崇高"是包含痛感,令人震撼、仰慕的乐感对象,特点是唤起审美主体关于对象外在形象和内在精神无限强大的想象;而"滑稽"是自感优越、令人发笑、有点苦涩的乐感对象,特点是无害的荒谬悖理。"滑稽"分"肯定性滑稽"与"否定性滑稽"。"肯定性滑稽"一般以"幽默"的形态出现,它制造出一系列令人捧腹的荒谬悖理而又无害的笑话,显示出一种过人智慧,令人击节赞赏。"否定性滑稽"以无伤大雅的"怪诞""荒谬"形式,成为人们嘲笑、揶揄的对象,博得不以为然的笑声[2]。"悲剧"原是表现崇高人物毁灭的艺术美范畴,后来也用以指现实生活中好人遭遇不幸的审美现象,是夹杂着刺激、撕裂、敬畏等痛感,导致怜悯同情、心灵净化的乐感对象。"喜剧"原是表现生活中滑稽可笑现象的艺术美范畴,后来也泛指现实生活中具有"可笑性"的审美现象。"笑"有肯定性与否定性之分。歌颂性喜剧产生肯定性的笑,是具有欣赏性、肯定性的笑中取乐对象;讽刺性喜剧产生否定性的笑,是具有嘲弄性、批判性的笑中取乐对象[3]。

"美"何以成为有价值的乐感对象呢?美的原因、根源是什么呢?就是"适性"。这个"性",是审美主体之性与审美客体之性的对立统一。一般说来,审美对象适合审美主体的生理本性、心理需求,就会唤起审美主体的愉快感,进而被审美主体感受、认可为美。对象因适合主体之性而被主体认可为美,包括审美客体适合审美主体的物种本性、习俗个性或功用目的而美,审美客体与审美主体同构共感而美,通过人化自然走向物我合一,主客体双向交流达到

---

1 祁志祥:《乐感美学》,北京大学出版社2016年版,第102—112页。另参祁志祥:《论优美与壮美》,《陕西师范大学学报》2016年第4期。
2 祁志祥:《乐感美学》,北京大学出版社2016年版,第112—141页。另参祁志祥:《"崇高"检讨》,《社会科学研究》2015年第3期;《"滑稽"探奥》,《学习与探索》2016年第7期,《中国社会科学文摘》2016年第11期转摘。
3 祁志祥:《乐感美学》,北京大学出版社2016年版,第141—160页。另参祁志祥:《论悲剧与喜剧》,《人文杂志》2015年第7期,《中国社会科学报》2015年10月16日转摘。

心物冥合而美的诸种表现形态。人类具有其他动物所不及的高度发达的理性智慧,因而人类不仅会按照人类主体"内在固有的尺度"从事审美,进而感受对象适合主体尺度的美,而且能够认识审美对象的本质规律,懂得按照"任何物种的尺度"进行审美,承认并感受客观外物适合自己本性的美,从而破除人类中心主义审美传统,走向物物有美、美美与共的生态美学[1]。

那么,"美的规律"是什么呢? 事物成为"有价值的乐感对象"的基本法则是什么呢? 现代美学强调相由心生。美在个体审美活动中的当下生成,因而也否定"美的规律"。其实"美的规律"在艺术创作中、在人类美化生活的实践中客观存在着。"美的规律"就是"有价的乐感法则"。形式美的乐感法则主要体现为"单一纯粹""整齐一律""对称比例""错综对比""和谐节奏"。内涵美的乐感法则主要体现为理念的形象显现和生机盎然、生气勃勃。对于身体没有毛病、生理没有缺陷、排除了主观情感成见、拥有客观公正的审美心态的主体而言,任何事物只要符合上述规律,就被视为"美"的对象[2]。

"美"作为"有价值的乐感对象",自有不同于其他事物的特征。这些特征是:一、愉快性,即被称作"美"的事物必须具有使审美主体悦乐的属性和功能。这是"真"与"善"未必具备的,也与使审美主体不快的"丑"区分开来。二、形象性。形式美中五官对应的形式本身就是直接引起乐感的形象。内涵美的实质是给"真"与"善"的意蕴加上合适的感官感知的形象。离开了诉诸感官的形象,就无所谓令感官快乐的形式美;离开了合适的形象外

---

[1] 祁志祥:《乐感美学》,北京大学出版社2016年版,第161—180页。另参祁志祥:《美在适性:关于"美"的本质的全新解读》,《社会科学战线》2013年第6期;《"美的原因"再思考》,《社会科学》2016年第2期;《美在适性:关于美的实质的全新解读》,获上海市社会科学界第十届(2012)学术年会优秀论文奖,《上海市社会科学界第十届学术年会论文集》,上海人民出版社2012年10月版。
[2] 祁志祥:《乐感美学》,北京大学出版社2016年版,第181—205页。另参祁志祥:《论形式美的构成规律》,《广东社会科学》2015年第4期;《论内涵美的构成规律》,《贵州社会科学》2014年第2期,《高等学校文科学术文摘》2014年第3期转摘。

壳,"真"与"善"也不会转化为生动感人的"美"。三、价值性。所谓"价值",是有益于生命存在、为生命体所宝贵的一种属性,它的内涵外延比"真""善"还大。一种非"真"非"善"的对象,比如悦目之色、悦耳之声、悦口之味、悦鼻之香、悦肤之物,也许说不上蕴含什么真理,符合什么道德,但只要为生命所需,不危害生命存在,对生命主体来说就具有价值。无价值、反价值的东西虽然可以带来快感,但却不是美而是丑。在这个意义上,"价值"相当于"正能量"。四、客观性。五、主观性。这两种特征是由美的价值性特征决定的。价值既然对生命主体有益,就为生命主体所珍惜和重视。价值将客体与主体联系了起来,因而,美既具有是否适合主体、是否有益于主体的客观性特征,又具有客体是否契合审美主体,为主体所感动、认同的主体性特征。美的客观性特征,决定了美的稳定性和普遍有效性,决定了共同美以及普适的审美标准的存在。而美是否契合审美主体、为审美主体所认同感动的主体性特征,决定了美所产生的乐感反应的差异性、丰富性,决定了不能通约的美的民族性和历史性。六、流动性。美不是固定不变的实体,而是流动的范畴。美的流动性是由美的客观性和主观性决定的。从客观方面看,引起有价值的乐感反应的美只属于事物某一运动阶段的状态。从主观方面看,美作为对审美主体有价值的乐感对象,既要满足人先天固有的生理需要,又要满足人后天习得的文化需要。同一事物,当它恰好满足人的主体需要时,就会成为有价值的乐感对象,就是美的;当它超过了人的主体需要时,就会成为无价值的乐感对象,就变成丑的了。所以,美不是脱离主体价值需要的永恒不变的实体[1]。

将"美的本质"作为"美的统一规定性"加以探讨,体现了与

---

[1] 祁志祥:《乐感美学》,北京大学出版社2016年版,第206—239页。另参祁志祥:《论美的愉快性、形象性、价值性》,《文艺理论研究》2013年第3期;《建设性后现代视阈下的美的客观性与主观性问题》,《社会科学》2014年第2期。

传统"美本质"思考对象的不同;将"美的本质"分解为"美的语义"(含"美的范畴")"美的原因""美的规律""美的特征",分别给予相互联系又相对独立的专章分析,体现了"美的统一性"思考的细化和深化。

4. 关于美的存在的现象考察

体不离用。美作为"有价值的乐感对象",在大千世界呈现为多姿多彩的现象。关于美的现象,美学界有多种划分。《乐感美学》依据自身的逻辑结构,将形式美与内涵美划归"美的形态",将现实美与艺术美划归"美的领域",将阳刚美与阴柔美划归"美的风格"加以归纳和描述。必须指出:即使关于现象的分类描述,也是离不开归纳、概括这种本质思考的方法的。

"美"的形态琳琅满目、千变万化,大体上可分为形式美与内涵美。传统的西方美学将形式美限制在视听觉快感的范围内,认为形式美是视听觉快感的对象。然而在审美实践中,美不仅是视听觉的快感对象,也是味觉、嗅觉、触觉快感的对象。由于食、色欲求在人的本能中是最为基本的,因而,与食欲联系密切的味觉美以及与色欲联系密切的性感美在形式美中占有更重要的基础地位。用"美"来指称味觉对象是世界各民族的共有习惯。不仅"美食""美酒""甘美""甜美""鲜美""肥美""美滋滋"等是中国人的常用词语,将至高无上的"涅槃"之美比为"甘露""醍醐"之味也是印度佛经的一贯传统,而且在西方世界的审美实践中,"美"与"味"也是融为一体而言的。如法语的savoureux,德语的delikatesse、delikatdainty,英语的delicacy、delicate、delicious、savoriness、savor、savoury、nice都有"美味"或"美味的"之意[1]。于是,《乐感美学》对中国传统的美食文化、

---

[1] 〔日〕笠原仲二:《古代中国人的美意识》原注之三,杨若薇译,三联书店1988年版,第11—12页。

美酒文化、美茗文化作了实证的研究和有趣的描述[1]。触觉美又叫肤觉美,因为它联系着肉欲的性感美,过去在西方美学理论史上是讳莫如深的。其实,性感美在中外原初的人类历史上雄辩地存在于各种性崇拜、特别是生殖器崇拜的文化风俗之中。随着当代审美实践的世俗化潮流,性感美正在经历着返璞归真的历程。可以说,只要对个体生命和相关的社会生命没有危害,易言之,只要符合社会的法律规范和道德规范,性快感的对象就被认可为是美的[2]。食色美之外,嗅觉美与味觉美联系得最为紧密。味觉美往往伴随着嗅之香。美食、美酒、美茗往往口之未尝而鼻已先觉,所以中国古代美学提出"妙境可能先鼻观"。人们通常将带来怡人芳香的事物视为嗅觉美。自然界中最典型的嗅觉美是花香之美。生活用品中最典型的嗅觉美是人们从花香中提炼而成的各种香型的香水之美。《乐感美学》对此作了饶有兴味的揭示[3]。视觉美与听觉美因为距离人的基本的食色欲望最远,所以自古以来受到西方美学理论的肯定和青睐,不过有关探讨尚待深入和细化。本书将视觉美厘析为形象美、线条美、色彩美、光明美现象[4],将听觉美厘析为自然界的音响美和人工创作的音乐美[5]。人的五觉感官不仅可以各司其职感知外物,而且可以相互联手构成联觉,形成通感美。在欣赏汉字艺术作品的审美活动中,字面意义唤起的"直觉意象美"与字内意义传达的所

---

[1] 祁志祥:《乐感美学》,北京大学出版社2016年版,第246—266页。另参祁志祥:《东西"味美"思想比较研究》,《人文杂志》2012年第6期。
[2] 祁志祥:《乐感美学》,北京大学出版社2016年版,第302—316页。另参祁志祥:《审美经验中的以香为美》,《江西社会科学》2014年第7期,中国人民大学《美学》2014年第10期转载。
[3] 祁志祥:《乐感美学》,北京大学出版社2016年版,第270—281页。另参祁志祥:《"性感美"刍论》,《社会科学研究》2016年第3期。
[4] 祁志祥:《乐感美学》,北京大学出版社2016年版,第281—295页。另参祁志祥:《佛教"光明为美"思想的独特建构》,《社会科学研究》2013年第5期,《中国社会科学文摘》2014年第2期转载。
[5] 祁志祥:《乐感美学》,北京大学出版社2016年版,第316—319页。

指无关,也属于一种形式美[1]。

内涵美主要表现为真、善的形象美,也就是本体美[2]、科学美[3]与道德美[4]、功利美[5];此外还表现为物化的情感美[6]、意蕴美[7]以及想象美[8]、悬念美[9]。内涵美的复杂性,在于往往以形式美的形态呈现,易与形式美混淆,比如喜庆的红色、尊贵的黄色、宁静的蓝色、温馨的绿色[10]。形式美与内涵美往往同时并存于一个物体中。在这种情况下,形式美只有在确保与内涵美不相冲突的前提下才得以成立。如果给五觉带来快感的对象形式为心灵判断的内涵美标准所不容,就不是美而是丑。决定事物整体美学属性的不是形式,而是内涵。如果一个事物外表艳丽,但内质丑恶,那么它的整体美学属性无疑是丑的[11]。

"美"存在于哪些领域呢?存在于现实与艺术中。"现实美"具体分为两种类型,一是非人为的"自然美",一是人为的"社会美"。所谓"自然美",是指自然物中不假人力而令人愉快的那些性质或具有这种性质的物象。对于自然美,美学史上存有两种态度。一是认为自然物无美可言,美只存在于艺术中,是艺术品的特点和专利。这种观点以黑格尔为代表。这是其"美是理念的感性显现"逻辑推论的结果,并不符合实际。另一种观点从生态主义立场出发,不仅认为自然物中有美,甚至认为一切自然物都是美的,所谓"自然全美",这种观点的代表人物是当代加拿大环境美学家加尔

---

[1] 祁志祥:《乐感美学》,北京大学出版社2016年版,第246—266页。
[2] 同上,第324—327页。
[3] 同上,第227—329页。
[4] 同上,第320—322页。
[5] 同上,第322—324页。
[6] 同上,第329页。
[7] 同上,第330页。
[8] 同上,第333页。
[9] 同上,第334页。
[10] 同上,第336—340页。
[11] 同上,第340—346页。

松。据实而论，这两种观点都有片面之处。按照约定俗成的审美习惯，人们总是把自然物中那些普遍令人愉快的性质或具有这种性质的物象称作"自然美"。美不仅存在于艺术作品中，而且存在于自然物象中。自然物中有的令人赏心悦目，被称作"美"；有的令人呕心不快，被称为"丑"，比如雾霾、垃圾、臭水沟、腐烂的动物尸体等等。自然物的美，或在于令五觉愉快的对象形式，如花之容、玉之貌；或在于对象形体象征的令审美主体精神愉悦的人格意蕴，如花之韵、玉之神。自然物的形式美源于对象形式天然契合审美主体五官的生理结构阈值，是美的客观性、物质性的雄辩证明；自然物的意蕴美出自审美主体心灵的物化，是美的主观性、象征性的充分彰显[1]。"社会美"是人类生活中存在于艺术之外而又为人工创造的令人愉快的社会现象。"人"是社会生活的中心。社会美首先表现为人物身心的美。人的形体有美丑之别，作为社会美的人的身体美包括美容美发、健身锻炼等塑造的形体美，人的心灵美包括道德教化、知识武装等塑造的灵魂美、行为美。人的生存主要依赖人类自身创造的劳动成果。劳动成果不仅以满足人的实用需求的实物形象产生令人愉快的功利美，而且在外观上日趋满足消费者的五觉愉快而具有超功利的形式美。人类在美化自己的身心、创造兼有功利美和形式美的劳动成果的同时，还通过各种手段美化自己的生活环境，使日常生活日益趋于"审美化"。在社会生产力空前提高、科技文明不断发展的时代背景下，"日常生活的审美化"是人类追求美好生活的必然结果[2]。

与"社会美"相较，"艺术美"虽然也是人工产物，虽然也可以承载某种功利内涵，但它是以满足读者超实用功利的愉悦需求为

---

[1] 祁志祥：《乐感美学》，北京大学出版社2016年版，第349—366页。另参祁志祥：《自然美新探》，《社会科学战线》2015年第2期。
[2] 祁志祥：《乐感美学》，北京大学出版社2016年版，第366—378页。另参祁志祥：《"社会美"的系统厘析》，《吉首大学学报》2015年第1期。

基本特征的。艺术美依据与现实的审美关系呈现为现实本有的"艺术题材美"与现实中原来不存在的"艺术创造美"。艺术题材的美说到底属于一种现实美，它虽然参与了艺术美的构成，但并不决定艺术美，就是说，反映丑的现实题材的艺术作品也可以是美的艺术作品。不过，由于艺术媒介不同，产生的美丑效果有强弱之分。作为观念艺术的文学体裁在反映丑的题材时，不快反应不那么强烈，因而文学拥有反映丑的题材的更大权利；而造型艺术反映的丑的现实题材产生的不快反应过于强烈，故而在反映丑的现实题材的范围、方式上受到更多的限制。真正体现艺术美价值、决定艺术美特征的关键因素是艺术所创造的美。这种美表现为三种形态。一是逼真的艺术形象美，指艺术形象对现实题材惟妙惟肖的刻画可产生悦人的审美效果；二是艺术的主观精神美，指艺术家在反映现实题材时流露的积极健康的价值取向和道德精神；三是艺术媒介结构的纯形式美，指艺术媒介组成的纯形式结构因为符合审美规律产生的普遍令人愉快的"意味"。艺术创造的美保证了艺术在反映任何现实题材时都可以获得美，从而不受题材美丑的限制。艺术既可以因美丽地描写了美的现实题材而"锦上添花"，获得双重的审美效果，也可以因美丽地描绘了丑陋的现实题材而"化丑为美"，形成艺术史上"丑中有美"的动人奇观。传统的古典艺术热衷于美的现实题材的美的再现；后来艺术家发现在丑陋的题材上照样可以完成美的艺术杰作，于是突破现实美的限制，致力于创造艺术形象的逼真美、艺术家传达的精神美和艺术媒介组合的纯形式美。要之，无论通过艺术反映的题材美途径，还是通过艺术创造的形象美、精神美、纯形式美途径，令人愉快的"美"构成了西方传统艺术的根本特征[1]。而在西方现代艺术乃至后现代艺术中，

---

[1] 祁志祥:《乐感美学》，北京大学出版社2016年版，第379—405页。另参祁志祥：《艺术美的构成分析》，《人文杂志》2014年第10期，《学术界》2014年第11期转摘。

"美"的特征逐渐被消解。其步骤大体是先取消古代艺术(如古希腊雕塑)钟情的题材美,将题材范围转向丑的事物,继而取消艺术形象的逼真美、艺术表现的精神美和艺术媒介的纯形式美,令人不快、触目惊心的丑成为现代艺术的标志,以"美"为特征的艺术随之消亡[1]。

"美"的现象丰富多彩,广泛存在于人类生活的方方面面,成为一种范围极广的文化现象。从风格上区分,则呈现为"阳刚美"与"阴柔美"。"阳刚美"与"阴柔美"的概念源于中国传统文化,用来说明中国传统文化的地域性审美特征具有举一反三的启示意义。在中国传统文化视阈里,中国南方与北方不同的地理环境决定了不同的审美文化,如孔子分"南方之强"与"北方之强",禅宗分南宗北宗,《北史》《隋书》论文章学术有南北之别,董其昌论画分"南北二宗",徐渭论曲分"南曲北调",阮元论书分南派北派,刘熙载论南书北书,康有为论北碑南帖,刘师培论南北文学,等等。这种南北方文化的不同,整体上体现为北方重理,南方唯情;北方质实,南方空灵;北方朴素,南方流丽;北方彪悍,南方典雅;北方豪放,南方含蓄;北方繁复,南方简约;北方粗犷,南方细腻。一句话,北方崇尚"阳刚"之美,南方偏爱"阴柔"之美[2]。中国古代是一个文官社会、诗歌国度。对"阳刚美"与"阴柔美"这两种风格美的追求又体现在中国古代以诗歌为代表的文艺创作与评论中,其中,"阳刚美"凝聚为对"风骨"的推尊,"阴柔美"凝聚为对"平淡"的崇尚。中国传统文艺美学追慕的"风骨"美,是作家以儒家的入世精神、忠贞胸怀,以及炽热的情感、直露的表白、阔大的气象、刚健的力量创造的一种艺术风格,它具有"感发志意"的强大教化功能和

---

[1] 祁志祥:《乐感美学》,北京大学出版社2016年版,第405—423页。另参祁志祥:《现代艺术对传统艺术双重美学属性的反叛》,《人文杂志》2016年第7期。
[2] 祁志祥:《乐感美学》,北京大学出版社2016年版,第425—437页。另参祁志祥:《中国古代南北方文化特色论》,《新疆大学学报》2013年第6期。

席卷人心的巨大震撼力，使人在警醒之中自我检省，焕发出一种激越奋发、积极向上之情。中国传统文艺美学所推崇的"平淡"美，则是作家用道释的精神、淡泊的胸怀、闲静的心态、平和的情感和高超的技巧创造的一种艺术风格，它洋溢着出世的理想，浸润着温婉的情调，饱含着深厚的意蕴，形式朴素自然而又符合美的规律，能够普遍有效地引起读者丰腴的感受和回味，使人在悦乐之中保持镇定和谐[1]。

5. 美感的本质与特征、心理元素、基本方法、结构与机制

自然与社会、现实与艺术中呈现出形形色色、千姿百态的令人悦目赏心的形式美与内涵美，对此加以感受、体验和欣赏，就是"美感活动"，或者叫"审美活动"。由此获得的愉快感受，就是"美感"，或者叫"审美经验"。传统美学理论中，"美"有时仅指"乐感"，"美感论"有时以"美论"的形态出现。这就要求我们将貌似"美论"的"美感论"纳入审美活动的考察视野。

美作为有价值的乐感对象，逻辑推衍的自然结果是，乐感对象的审美主体未必是人，有感觉功能的动物都可以充当审美主体。这已得到许多生物学、动物学研究成果的佐证。在崇尚物物有美的生态美学大视野的今天，任何囿于传统成见、对动物有美感的否定，不仅有害，而且显得不合时宜。当然，我们人类讨论美感，毫无疑问应将审美主体的重点放在人类身上，着力研究人类的审美活动。

人的美感活动是审美主体对有价值的乐感对象的经验把握。美感的本质是有价值的乐感。愉快性、直觉性、反应性是美感的三个基本特征。美感作为乐感对象的拥抱和感知，愉快性是其显

---

[1] 祁志祥：《乐感美学》，北京大学出版社2016年版，第437—449页。另参祁志祥：《平淡：中国古代诗苑中的一种风格美》，《文艺研究》1986年第3期；《风骨与平淡：中国古代文学风格美论》，《社会科学辑刊》2016年第3期。

著特征。美感的愉快性与美的愉快性的根本不同,是美使审美主体愉快,自身并无乐感可言,而美感则是审美主体愉快,自身就是乐感。在对象之美中,愉快只是功能特征,就是说美具有产生愉快的功能;而在审美主体的美感中,愉快就是美感自身的属性特征。直觉性特征是指美感判断是不假思索的直觉判断。美感的直觉性是由美的形象性决定的。五觉对象的形式美直接作用于人的五官,因契合五官的生理需要立刻引起五觉愉快,美感判断的直觉性特征相当明显。内涵美寄托在某种特定的感性形象中,以此作用于审美主体的感官,再因条件反射性的精神满足而呈现为直接感受和直觉判断。美感不同于意识反映,而是一种情感反应。从情感与外物的关系来看,情感是主体对外物的"反应"而非"反映",是主体对外物的"态度"而非"认识",是主体对外物自发的"评价"而非自觉的"意识"。意识的反映活动只是单纯的由物及我的客观认识活动,情感反应活动则是由物及我与由我及物的双向活动,打着强烈的主体烙印。美感作为一种情感反应,自然也不例外。所谓"反应",指动物生命体受到刺激后引起的相应情感活动。人受外界刺激产生的情感反应,主要有"喜、怒、哀、乐、爱、恶、欲"等"七情"。其中,"喜""乐""爱""欲"属于美感活动,"怒""哀""恶"属于丑感活动。情感反应的心理机制是"反射活动"。反射活动分为"无条件反射"(又称一级反射)与"条件反射"(又称二级、三级反射),二者分别对应着形式美与内涵美。五觉形式美的美感活动属于"无条件反射",中枢内涵美的美感活动属于"条件反射"。传统美学总是强调"美感"与"快感"的不同,这个不同究竟是什么呢?其实它们所说的"快感"不外是"一级反射机制所引发的肯定性感觉";而它们所说的"美感"可以说是"由二级、三级反射机制所引发的肯定性感觉"。只要是有价值的乐感,无论是由无条件的一级反射机制引发的官能快感还是由有条件的二级、三级反射机制引发的中枢喜悦,都属于美感[1]。

美感构成的心理元素有哪些呢？美的形态不同，美感的心理成分也不同。对形式之美的感受主要体现为感觉、情感、表象，对内涵之美的感受则在感觉、情感、表象之外，还要加上想象、联想、理解。感觉、情感、表象是美感的基本元素，想象、联想、理解是美感的充分元素。没有想象、联想和理解，美感活动照样可以发生；加上想象、联想和理解，美感活动将更为丰富深刻[2]。

美感活动中基本的审美方法是什么呢？是"直觉"与"回味"相结合、"反映"与"生成"相结合的方法。与美分形式美与内涵美两种形态相应，审美方法就呈现为对形式美的"直觉"与对内涵美的"回味"。用"直觉"的方法对待内涵美，无疑不能充分领会其奥妙；用"回味"的方法对待形式美，无异小题大做，会陷于牵强附会。美感活动是客观认识活动与主观创造活动的辩证统一。作为客观认识活动，美感活动是由物及我的、对客观对象审美属性的忠实反映活动；作为主观创造活动，审美活动是由我及物的、对审美对象的审美价值的创造生成活动。因此，美感把握审美对象的美，必须兼顾"反映"的方法和"生成"的方法[3]。

美感中审美判断的结构与心理机制如何呢？从结构上看，审美判断有"分立判断"与"综合判断"之分。"分立判断"指分别着眼于审美对象的形式因素或内涵因素作出的审美判断，"综合判断"指综合审美对象的形式和内涵对事物的整体审美属性作出的审美判断。在对事物整体属性的综合审美判断中，关于内涵的审美判断起主导、决定作用。从审美的心理机制上看，审美反应的

1　祁志祥：《乐感美学》，北京大学出版社2016年版，第453—471页。另参祁志祥：《论美感的本质与特征》，《河北学刊》2015年第4期，中国人民大学《文艺理论》2015年第9期转载。
2　祁志祥：《乐感美学》，北京大学出版社2016年版，第472—493页。另参祁志祥：《论美感心理的基本元素与充分元素》，《社会科学战线》2017年第4期。
3　祁志祥：《乐感美学》，北京大学出版社2016年版，第494—501页。另参祁志祥：《直觉、回味与反映、生成——论审美的基本方法》，《人文杂志》2016年第12期。

兴奋程度与审美刺激的频率密切相关。当审美主体反复接受审美对象强度、容纳同样的刺激的时候,审美反应就逐渐弱化,从而产生"审美麻木",直至"审美疲劳",从而走向对"审美新变""审美时尚"的追求。美感的心理历程,就是在总体保障审美对象与审美主体生命共振的大前提下,不断由"审美麻木"走向"审美新变"、"审美疲劳"走向"审美时尚"的往复过程,或者说是不断由乏味的"自动化"走向新奇的"陌生化"、再走向和谐的"常规化"和乏味的"自动化"的循环过程。令人激动不已的美感就处在审美主体与审美对象既不失和谐共振,又生生不息、光景常新的创造洪流中。

2001年济南千佛山与上海市美学学会老会长、上海社会科学院研究员蒋冰海先生合影

五、祁志祥：中国美学史的历史演变与时代特征

1. 先秦两汉：中国古代美学的奠基期

一般的中国美学史都把先秦、两汉分为两个不同的历史时期来看。笔者主张则将先秦两汉合起来视为中国美学的奠基时期。这是基于如下考虑：中国古代美学精神，特别是以"味"为美、以"心"为美、以"道"为美、以"文"为美及同构为美的美论不是仅在先秦，而是直至两汉才奠定了坚实基础，各家美学（如儒、道、佛）的初步建构也直至两汉才大功告成。比如先秦人以"味"为"美"，东汉许慎《说文解字》中才明确"美""味"互训；先秦人说"物一无文"，东汉许慎《说文解字》则明确界定"错画"为"文"。先秦儒家强调心灵的道德表现美，汉代董仲舒的《春秋繁露》、刘向的《说苑》、许慎的《说文解字》发展为自然物"比德"为美。先秦《尚书》提出"诗言志"说，汉代《毛诗序》加以继承，扬雄《法言》发展为"心声""心画"说。先秦《易传》引孔子语："同声相应，同气相求。""本乎天者亲上，本乎地者亲下，各从其类也。"最早涉及同构为美的问题。汉代董仲舒《春秋繁露》则进一步阐释："气同则会，声比则应"，"物固以类相召也"。先秦儒家有《乐记》《乐论》，汉代司马迁《史记》中有《乐书》。先秦道家提出"大音希声""大象无形""至味无味""至乐无乐"，汉代的《淮南子》则阐释为"无声而五音鸣焉""无形而有形生焉""无色而五色成焉""无味而五味形焉""能至于无乐者则无不乐"。如此等等。可见，在美学思想的发展方向及其神理上，先秦两汉是一脉相承、密不可分的。与后

来六朝美学相比,其整体特征非常明显。这种特色是:一、美学思想集中在现实美领域里展开,文艺美学尚未取得强大的独立形态。二、儒家美学阵容强大,紧密呼应,在肯定情感欢乐的美满足的权利的同时,主张用道德理性加以节制。道家美学以"无情无欲"为自然人性,主张"自然适性"的结果是去除情欲的欢乐之美,是否定肉体感性生命的存在。于是,节欲的美成为这个时期的整体追求,从而区别于后来六朝情欲释放的美学追求。尤其值得指出的是,孔孟的人道精神和老庄的天道精神,经过这个时期的夯实,构成了中国古代美学精神的两元,开创了中国古典美学的两大传统,共同支撑起中国美学思想武库的大厦。

1)儒家美学

强调道德美,是儒家美学的首要之义。孔子说"礼之用,和为贵,先王之道斯为美",孟子指出道德"充实之谓美","仁义之悦我心,犹刍豢之悦我口",奠定了儒家以"道"为美的道德美学传统。荀子继之,重申道德之"不全不粹之不足以为美",指出"君子乐得其道,小人乐得其欲",使儒家的这一道德美学观得到夯实。先秦另外一些儒家著作亦然。如《尚书》告诫人们"玩物丧志","志以道宁","作德,心逸日休"。快乐的根本在道德心灵,而不是感官形式。《礼记》主张以"人道之正"要求"礼乐"之美,揭示"德音之谓乐""温柔敦厚《诗》教也"。《易传》要求君子"反身修德",强调君子"美在其中,而畅于四支,发于事业",以此为"美之至[1]"。审美中会情不自禁地"仁者见仁,智者见智",打上道德烙印。《左传》强调"乐以安德",《国语》强调政"和"为美,"上下内外大小远近皆无害焉,故曰美"。屈原赞美香草等自然物,因为它们是美好道德的象征。汉代从秦朝任用暴政迅速灭亡的惨痛中吸取教训,高

---

1 《易・坤・文言》,《周易正义》卷一,王弼等注、孔颖达等正义。《十三经注疏》上册,上海古籍出版社1997年版,第19页。

扬儒家道德仁政之美。《诗大序》要求"发乎情,止乎礼义",肯定"声音之道与政通"。董仲舒揭示自然山水比德为美。司马迁重申"礼"者"洋洋美德乎","乐音者,君子之所以养义也"。刘向重申自然比德为美、"乐者德之风"的道德美学观,要求人们"修文"与"反质"。扬雄高扬"足言足容,德之藻矣",鄙薄"雕虫篆刻"的文辞形式之美。班固重申诗乐的道德审美功能。王逸在评价屈原辞赋时称赞其"玉质"。许慎释"玉"时揭示"石之美,有五德"。郑玄解释"赋比兴"时强调道德美。王充肯定"善"具有"可甘"之美。如此等等,都表现了对先秦儒家所奠定的道德美学传统的重视。

除此而外,这个时期的儒家美学还发表了许多其他很有价值、很有影响的美学见解。如关于心灵表现的美,孔子提出"辞达而已",《尚书》提出"诗言志",《周易》提出"立象尽意",《诗大序》提出"诗者,志之所之也",扬雄提出言为"心声"、书为"心画"说。关于形式美的地位,孔子认为"尽美"未必"尽善",孟子肯定"悦目""悦耳""悦口"之美,说明了对形式美的自觉。《礼记》崇尚"以文为贵"、扬雄正视诗赋之"丽"的特征,王充承认"快观"的"纯美",表明儒家是不排斥纯形式美存在的。关于形式美的规律,《左传》总结为以"和"为美,《周易》总结为"相杂曰文",许慎总结为"错画"为"文"。关于味觉美,孟子、荀子、《礼记》等认为五觉相通,已有所涉及。许慎以"甘"释"美"标志着"味美"说的正式确立。郑玄以"美"形容酒食之味,进一步巩固了"味美"说。关于天人同构互感为美,《周易》称之为"同声相应,同气相求",董仲舒称之谓"物固以类相召"[1]。关于修辞中的夸张美及审美方法,孟子提出"以意逆志",不"以辞害志",董仲舒提出《诗》无达诂",王充深入分析了经书中的"语增"现象。另外,孟子基于人的共同

---

[1]《春秋繁露·同类相动》,苏舆:《春秋繁露义证》,中华书局1992年版,第359页。

生理、心理基础揭示了共同美问题,《周易》论及"仰观俯察"的审美方式和"唯变所适"的变通美、积极进取的"刚健美"、生生不息的生命美,司马迁为"发愤著书"辩护,王充论及"感人"的"真美"以及动物与人不同的审美标准问题,也值得注意。

综观先秦两汉儒家美学,我们发现呈现出如下整体特色。

首先,儒家认为美感是一种快乐的情感("乐感");追求快乐的美感,是人的天性,不应简单、粗暴地加以扼杀;人的感官天生地喜欢令人愉快的色、声、嗅、味、安佚,人的心灵天生地喜欢仁义道德;感官的愉悦与心灵的愉悦、各种不同感官的愉悦之间同为快乐的情感,没有本质的不同,这样,快感与美感的界限也就随之消失。不过,儒家又认为,过分沉迷于感官愉快及其对象形式会使人"玩物丧志",乐不知返,因而对此必须加以一定的节制。而对心灵愉悦、道德快感的追求则没有这个限制。恰恰相反,由于"心好仁义"常常受到"心好利"的欲望的干扰,使其丧失对"仁义"的喜好,因而尤须加强道德美感的培养。

其次,从承认人的感官愉快的基本权利出发,儒家肯定人的感官愉快所由产生、对应的对象形式——美色、美声、美味、美嗅等纯形式美的存在权利,指出这种美是不依赖道德善而存在的"纯美",儒家有时又称之为"文";同时,从节制人的感官愉快的思想出发,儒家又不赞成人们一味追求纯形式美,强调人们应在此之外有更高的美学追求。

再次,从对人的心灵愉悦的充分肯定出发,儒家反复强调心灵愉悦所由产生、对应的仁义道德美。人格美以道德充实为转移,艺术美以保留德载道为标准,自然美亦以"比德"为依据。儒家的道德究其实是心灵理念。于是,美是道德的象征,又呈现为美是心灵意蕴的表现。

复次,对审美主客观属性辩证关系的认识。尽管由于主体心灵意蕴的投射,审美中会发生"仁者见仁,智者见智""心忧恐,则口衔刍豢而不知其味[1]"的情况,但这并不能抹杀"口之同嗜""目之同美""耳之同听""心之同然"的美,这种美是经过大众审美经验普遍检验过的客观存在的共同美。

从上述对美、美感的基本认识出发,儒家十分重视音乐的快乐功能和调和人情、美化人心的道德审美功能,十分重视诗歌的言志美刺功能,奠定了诗乐"美善相乐""发乎情,止乎礼义"的道德审美传统。

2)道家美学

道家的美学,过去由于其反世俗美的表象,在相当长的一个时期内未被人给予足够的重视。其实,道家虽然否定世俗的美感和美,但并不否定本质的美感和美——"至乐""至味"。它之所以否定世俗的美感和美,是因为这种美感不是"至乐",这种美不是"至味"。那么,什么是"至味"呢?就是"无味"之"味"——超越一切色声嗅味的"道"。什么是"至乐"呢?就是体味"道"时不可感受的"无乐"之"乐"。由此出发,道家建构了自己独特的美学思想系统。它站在儒家美学的对立面,丰富了中国美学对美和美感的认识,构成了中国古代美学传统的另一极。

先秦道家美学的代表人物是老庄。战国时吕不韦主编的《吕氏春秋》、汉初淮南王刘安率门客编著的《淮南子》思想驳杂,有杂家倾向,但在美学观上道家取向明显,对老庄美学大有丰富。

与儒家美学一样,道家美学亦以"道"为美。如老子说:"孔德之容,惟道是从。"庄子指出:主体游心于原初的道,即可获得"至美至乐"。不过,道家的"道"与儒家之道内涵截然有别。在老子,"道"指派生天地万物而又寓存于天地万物中的虚无本体。在形式美上,认为"大象无形""大音希声"、至味"无味"、至言"无言",以此反对世俗的感官愉快及其对应的形式美;在内涵美

---

1 《荀子·正名》。王先谦:《荀子集解》下册,中华书局1988年版,第431页。

上,认为"上德不德"、至仁"去仁"、至为"去为",以此反对世俗的仁义功利道德美。这种道德称为"玄德",落实在做人上就是守柔、谦下、愚拙。庄子继承老子的道德美学,将"道"改造为"自然"的"性命之情(实)",提出"彼至正者,不失性命之情",这"正"即完美的意思。天下万物各有其自然的"性命之情",所以对不同的生命体而言,至正至美就是"自适其适",而"适性"的形态也就"不主故常",呈现出多样性,对于此物是美的对于他物也许是丑,不同的生命体就有不同的审美尺度。这种随顺生命自然本性的得道之美的美感反应是"无乐",但却是"至乐"。而世俗人热衷追求的"声色嗅味""富贵寿善"虽然快乐,却不是真乐。《吕氏春秋》继承庄子"安其性命之情"的美学主张,建构起"贵生"的美学系统,探讨"性命之情""养生之道",反对违反人的天性"逆生"或"迫生",既承认人有情有欲的实际,又力戒过度的奢侈享受伤性害生,从而深入到人类审美的主客体结构阈值的对应问题。《淮南子》继承并发展了老子以"无"为美的思想,对这个美学命题的奥义作了丰富而明确的发挥。"无形""无色""无声""无味"为什么是最美的"形""色""声""味"呢?因为"无形而有形生焉","无色而五色成焉","无声而五音鸣焉","无味而五味形焉"。所以说:"无形者,物之大祖也。""无声者,正其可听者也;其无味者,正其足味者也。"在美感论上,继承庄子的"至乐无乐"说,重点阐释了"能至于无乐者,则无不乐"的玄机。此外,老子开创了"玄""妙"的美学范畴,庄子及其后学论述了"言""意"相反相成的辩证关系和真美问题,《吕氏春秋》《淮南子》就审美中"遇合无常"的主客体相互关系发表了精辟见解,《淮南子》还对"大美"和世俗之美作过有益的探讨,值得我们注意。

2. 魏晋南北朝:中国古代美学的突破期

魏晋南北朝是中国美学发展史上取得重大突破的一个重要阶

段。一方面,原先的儒家美学和道家美学这时汇合为儒道合一的玄学美学,另一方面,诗文美学伴随着诗文书画的繁荣摆脱了先前的依附状态而走向独立,呈现出一片辉煌。

先秦两汉创立发展的儒家学说和道家学说在魏晋时期被融合儒道的玄学所取代。玄学继承了道家"适性""逍遥"的美学主张,后来又改造了道家"无情无欲"的"人性"观,给"人性"注入了有情有欲的现实内容,于是"适性"一变而为"人性以从欲为欢",变成了"越名教而任自然"。于是,"情"从心灵的理性约束中挣脱出来,形式从道德的附庸中解放出来,以"情"为美的情感美学和以"文"为美的形式美学潮流一下子突涌出来,覆盖了人格美和艺术美,一直延展到南朝。在人格美方面,形成了"情之所钟,正在我辈[1]"、放浪形骸、不拘形迹的"魏晋风度";在艺术美方面,诞生了"缘情"而"绮靡"的山水诗、宫体诗、格律诗及其相应的理论形态。在情感美学和形式美学取得巨大突破的同时,中国美学在诗文美学领域也取得一系列重大成果,诞生了中国美学史上第一篇完整而系统的文学理论专文——陆机的《文赋》,第一部体大思精、系统阐述文学理论的专著——刘勰的《文心雕龙》,第一部诗歌批评专著——钟嵘的《诗品》。

让我们逐一来作一次巡礼。曹丕《典论·论文》是中国美学史上最早的一篇独立的文学理论论文。他以一代开国君主之尊肯定文章是"经国之大业,不朽之盛事",彻底摆脱了孔门儒家道本艺末、文章为雕虫小技的传统价值成见,大大提高了文章的地位。在此基础上,他分析了"文本同而末异"的体裁和"文以气为主"的风格,批评了"各以所长,相轻所短""贵远贱近,向声背实"的文学批评态度,竭力倡导一种客观公允的

---

[1] 《世说新语·伤逝》王戎语。又《晋书·王衍传》:"圣人忘情,最下不及于情,然则情之所钟,正在我辈。"王衍为王戎从弟。

审美态度。其"诗赋欲丽"是对诗赋体裁形式美特征的最早揭示。晋代陆机《文赋》是分析中国古代研究文学创作过程及其审美特点的最早专文。文学创作的发生、构思、灵感、创作方法、文体特征等等，较之曹丕，《文赋》都有更为深入、细致、全面的分析。他论述文学创作过程紧扣情感与物象，触及艺术思维的两大特征。他提出"诗缘情而绮靡"，奠定了诗歌作为美文学的形式美和内容美特点。挚虞肯定诗赋"以情义为主，以事类为佐"，批评"以事形为本，以义正为助"，揭示了中国美文学的心灵表现特色。南齐沈约明确以"情"为文之"质"，要求"以情纬文"，在文学形式方面，发明"宫羽相变，低昂互节"，"前有浮声，后须切响"的声律美规律。刘勰在南齐末完成体大思精的文学理论巨著《文心雕龙》。全书80篇，分文之枢纽、文体论、创作论、批评论，全面论述了文学创作的基本原理。作家论方面论及"德""气""才""学"，发生论方面论及客观生活的触发和具有丰富感受的主体，艺术构思论紧扣"象"与"情"的互动，创作方法论方面深入剖析了"比兴""用事""夸饰""声律"等，文体论方面本着解释概念、说明要理、列举作品、历史观照的方法花21篇分别论述了30多类文体，风格论方面"数穷八体"，通变论方面兼顾"通则不乏，变则其久"，批评论方面建构了完整的"知音"说，并用"原始表末"的历史主义方法品评历代文体作品。通观全书，贯穿着"以雕缛成体"的形式美和"辩丽本于情性"的情感美观念。梁代钟嵘结合当时诗歌创作现实亦破亦立，重申"吟咏情性"的诗学纲领，建立了"滋味"说为核心的诗学系统。萧绎、萧统、萧纲兄弟以皇帝、王子之尊，编选历代美文，创作宫体诗，倡导"绮縠纷披，宫徵靡曼，唇吻遒会，情灵摇荡"、具有文采美与情感美的美文。如此等等，不难看出，魏晋南北朝是一个美文自觉的时代，尤其是诗文的辞采声律美与情感风流美澎湃勃发的时代。

3. 隋唐宋元：中国古代美学的发展期

从隋唐至宋金元，中国美学进入了新的发展阶段，形成了与魏晋南北朝美学不同的鲜明的时代特色。六朝时期，儒家思想失去了一统天下的统治地位，在玄学逍遥适性思想的推动下，美学日益往自律方面发展，以"文"为美的形式美学、以"情"为美的情感美学取得重大突破。这种美学思想具有人性解放的启蒙价值，但发展到极端，完全抛弃儒家理性规范，又未免落入一偏。它给隋唐宋元统治者和思想家重铸儒家道德理性规范提供了现实依据。

杨坚统一南北朝、建立隋朝后，便着手整顿世风。在朝的主管意识形态的官员李谔连续三次上书隋文帝，要求革除浮靡文风，整顿轻薄的社会风气。在野的儒家学者王通仿《论语》作《中说》，以远绍周、孔自命，批评南朝以"文"灭"道"的诗人，广带弟子，传播儒道。朝上朝下遥相呼应，标志着社会价值取向的根本扭转。隋炀帝中断儒道，骄奢淫逸，结果隋朝毁于一旦。这告诉唐初政治家：统治者的欲望不可放纵，儒家克制欲望的理性和为民着想的仁政不可废。在恢复儒道统治地位方面，唐太宗做了两件大事。一是命孔颖达负责收集以往的五经权威解释，重新加以统一的注疏；二是命魏征为监修，新编、重编南北朝史，总结政治兴亡得失，证明儒家以民为本的仁政是长治久安之道。唐太宗确立了儒家道德学说在唐朝思想界的主宰地位。整个唐朝思想界，诗人如唐初四杰、陈子昂、杜甫、白居易、元稹、张籍等，文人如萧颖士、李华、独孤及、梁肃、柳冕、权德舆、吕温、韩愈、柳宗元、李翱等，无不以儒家之道为第一位要求做人与作文。他们不仅是文章家，而且是道德君子。

唐、宋之间，经历了一个几十年的藩镇割据的五代十国阶段。这是一个道德失范、天下大乱的时代。宋太祖统一天下后，吸取唐代藩镇兵权过大的教训，建立了皇权更加集中的独裁专制。与此相应，在思想领域进一步确立了儒家学说的统治地位。儒家的温馨之

"道"一变而为沉重的冷冰冰的"理"。周敦颐、二程、邵雍、朱熹、陆九渊是著名的理学家。而柳开、王禹偁、石介、孙复、欧阳修、真德秀等人虽以古文家著称,同时也是一再要求"文以载道"的道学家。

元代思想界的情况,诚如《元史·列传·儒学》所云:"元兴百年,上自朝廷内外名宦之臣,下及山林布衣之士,以通经能文显著当世者,彬彬焉众矣[1]。"元朝统治者袭用宋代理学之旧为其大一统的政治服务,虽无所发明,却在推广理学方面颇有劳绩。

从隋唐道学到宋元理学,尽管儒家之道的内涵发生了变化,但在恢复、高扬儒家道德理性方面是一致的,与六朝任情纵欲的时代风尚形成鲜明区别,也与明代中叶以后出现的反叛理学的启蒙思潮有着鲜明不同。这是我们把隋唐宋元视为中国美学发展的一个特定时期的思想依据。这一时期,儒家重新在中国思想界获得统治地位,儒家道德美学再次成为这个时期美学界的主流。其历史发展的坐标是隋代的王通、唐代的古文家和新乐府诗派、宋代的理学家(或称道学家)和古文家。儒家道德美学高举以"道"为美的大旗,对魏晋南北朝的情感美学和形式美学大张挞伐,奠定了这个时期美学的时代特色。然而,形式美学与情感美学并不愿意束手待毙,魏晋南北朝异军突起的这两大美学狂飚在隋唐以其巨大惯性朝前奔突,在唐宋以其自身魅力朝前推进,二者既相互争斗,又相互携手,与道德美学作抗争,在个人的天地中、在词曲的夹缝中求生存、求发展。在文艺美学园地中,这个时期形式美学的代表是初唐和晚唐的诗律派、宋代的西崑诗派和江西诗派、宋元词曲领域的格律派;这个时期情感美学的代表是唐初的史学家、唐宋金元时期一些重个性化的"意""气"和艺术创作审美特点(如"境""意境""兴象""境外之境")探讨的文学家。因此,这个时期中国美学界的状况就不仅仅是对先秦两汉时期儒家道德美学的复古,而

---

1 《元史》卷一百八十九,中华书局1976年版。

且有着自身的新的发展和贡献。

1）道德诗学

魏晋南北朝逍遥适性、随缘任运的审美风尚和以"文"为美、以"情"为美的美学主潮由于其末流的片面性,到隋唐宋元时期,遭到了儒家卫道士的猛烈批判和坚决反击。隋朝治书御史李谔、大儒王通开其端,唐代陈子昂、韩柳、元白接其踵,宋代的古文家和理学家殿其军,他们大倡道本艺末,反对玩物丧志,以此反对形式美学和情感美学,强调儒家道德理性才是做人之美和艺术之美的根本,从而勾勒出一条清晰的道德美学主线。这些弘扬儒家道德之美的大多是朝廷重臣,或者是深得朝廷认可、具有广泛影响的文坛领袖、诗界巨子,因而我们可以说,儒家道德美学是这一时期的美学主潮。

这里有一点值得指出。唐宋儒家道德美学主潮主要是由古文家与理学家共同构成的,但理学家在阐述自己的美学观点时,常常以古文家为批判对象,似乎两者有什么根本区别。其实,二者在以"道"为"美"的本体、为"文"的根基,不赞成有独立于"道"之外的"美"和"文"存在的权利和价值这一点上是一致的。某些古文家强调道德的言论比理学家还强烈和偏狭,因此《宋史·列传》将不少古文家与理学家一起列于《儒林传》之中。这是我们把古文家与理学家放在一起作为儒家道德美学坐标的缘由。

2）形式诗学

隋唐宋金元时期,尽管儒家道德美学覆盖了整个诗文理论领域,并占诗文美学的主流,但仍有一条形式主义倾向的美学线索在诗学领域延续和发展,它们承接着六朝以"文"为美的形式美学狂飙的余威,在唐代以诗赋取士政策的支持下[1],坚守并捍卫着诗的自

---

[1] 唐代设进士科,以诗赋取士,所试诗体就是格律诗。《唐会要》卷七十五《帖经条例》云:"进士以声律为学。"

律,与道德美学的正统声音相抗衡,为道德美学不断提供批判对象和存在理由,成为这个时期道德美学的反题。其历史坐标有隋唐之际刘善经、上官仪、元兢、崔融为代表的诗律论,盛唐王昌龄的格律论,中唐皎然的诗法论,晚唐贾岛、齐己为代表的苦吟派,宋代杨亿为代表的西崑派和黄庭坚为祖师的江西诗派。此外,五代欧阳炯强调词的艳情美和精工美、宋代李清照探讨词的特殊法则、沈义父、张炎等人强调词的协律含蓄,元代胡祗遹提出吸取创作和表演的"九美"说,周德清探讨戏曲用语和音律的要求,反映了这一时期新兴的词、曲美学中的形式追求。

3) 适意诗学

隋唐宋金元时期,另有一部分诗文理论既不同于儒家道德美学,亦非形式美学所能概括,它们强调文章以表情达意为主,并探讨文学表情达意的审美规律,体现了强烈的以"意"为美的主体表现倾向,称之为"情感美学"也不合适("意"虽不同于"理"或"道",但也不等于"情"),我们姑且把这种诗文美学主张称作"适意诗学"。

从历史渊源看,这一时期的适意诗学是对六朝情感美学的继承与超越。六朝情感主义的美学潮流虽然遭到了唐宋儒家道德美学主潮的强烈冲击,但在唐宋金元仍然凭借其惯性继续存在,并且由唯情往唯意方向发展。"文以意为主",就是唐宋出现的一个新的美学命题。从"情"到"意",表现了一种明显而微妙的变化。"意"既包含"情",又融入了"理",它是六朝的"情"在唐宋的"理"作用下的新变。同时,这"意"又与人的天性气质——"气"有关,是一种个性化的"意"。所以,唐宋金元在"文以意为主"的命题不断被重申的同时,一个连带重申的范畴是"气"。道学家也高标"气",但那被说成是弥漫于天地之间、天赋于个人的道德精神。而这里与"文以意为主"并行的"气"则是自然气质、主体精神、个性化的意蕴。

"意"与"理"的相通,使得适意美学既不同于道德美学,又与道德美学具有某种调和的倾向,从而区别于形式美学。而如何表意达情,又存在着若干审美技巧、规律,这就使得表现主义美学与形式美学又具有某种相通之处,从而区别于道德美学。徘徊、折中于道德美学与形式美学之间,这就是适意美学与道德美学、形式美学既相区别又相联系的双重特性。

唐初史家奉太宗之命以儒家的民本、仁政观念修史,然而他们的思想却并不像后来的道德家(如古文家、理学家)那样保守,他们在《文学传》中发表的文学观点不仅将文学表现的本体从狭隘的道德观念扩展为宽泛的"意""气"乃至自然的"情",而且在批判六朝以来唯形式美倾向的同时,也表现了对文学形式美的兼顾。中唐的殷璠通过唐诗的编选阐述了"神来""气来""情来"的诗学主张。晚唐司空图要求通过"思与境谐"的"意象"创造表现不尽之意的"全美"境界;以诗著称的杜牧则将"意"的表现从诗扩展到文,提出"文以意为主"的命题。至宋代苏轼,作文章,唯求"快意累累","意之所到,则笔力曲折无不尽意[1]"。他认为词能达意,就是无以复加的最大满足。与司空图相似的是,为了追求不尽之意的传递,他又提出化浓于淡、"发纤秾于简古,寄至味欲淡泊"的审美方法。由杜牧、司空图、苏轼开拓的这一美学追求在宋代形成较大的反响。如张戒提出"言志乃诗人之本意,咏物乃诗人之余事",以主体的志意为诗歌言辞所瞄准的"鹄的",所谓"中的为工[2]"。同时又主张"词婉意微",以有"余蕴"为贵。严羽以"入神"为诗美的极境,而这极境就存在于"羚羊挂角,无迹可求"的"别材""别趣"中,这"别材""别趣"须通过"妙悟"去把握。至于金代的赵秉文提出"词以达意而已",王若虚认为"词达理顺,皆足

---

1 何薳:《春渚纪闻》卷六。《苏轼资料汇编》,中华书局1994年版,第151页。
2 张戒:《岁寒堂诗话》,丁福保《历代诗话续编》,中华书局1983年版。

名家";元代的元好问以言外之意为"诗家圣处",追求"性情之外不知有文字",都可看作是苏轼思想的发挥。

4. 明清:中国古代美学的综合期

将清代作为中国学术乃至美学集大成的综合时期,这几乎是共识,在学界没有疑义。把明代也划进来,作为中国古代美学的综合期,则是笔者的一家之言。明代美学的综合特征虽然不如清代美学那么明显,但在中国古典美学的起、承、转、合中,它明显地带有转合特征。所谓"转",即向"合"的过渡和转化。像明代的小说美学、戏曲美学,与清代的小说美学、戏曲美学水乳交融,难解难分,融为一体,是对此前中国小说美学、戏曲美学的总结发展。所谓"合",即综合、总结。这样的著作不只清代有,明代已开始出现,如诗学方面谢榛的《四溟诗话》,曲学方面王骥德的《曲律》等,都体现出综合的倾向,带有总结性意味。

在明清时期,不仅涌现了许多集大成的美学家和带总结性的美学论著,而且以滋味为美,以道德为美,以心性为美,以文饰为美的中国古代美学精神进一步得到过滤和积淀。尤其值得指出的是,与隋唐宋金元时期文艺美学中呈现的儒家道德美学主潮显然不同,明清时期即便是道统观念很深的美学家(如清初三大家黄宗羲、王夫之、顾炎武)也没有以理斥情,而是在情理合一中表现出对情感和个性的崇尚,使情感美这一思想内核放射出炫目的光辉。

值得注意的是,明清美学学派林立,思想多元,端绪纷繁,而且往往你中有我,我中有你,不过,在众声喧哗之中,总是回荡着以"道"为美的道德美学、以"心"为美的表现美学、以"文"为美的形式美学的三个主旋律,从而进一步夯实了中国古代具有民族特色的美学精神。

1)诗文美学

这个时期诗文领域的开场人物要数宋濂。宋濂曾任江南儒学提举，是明初文坛的一代宗师。他论文求美，反对唯形式追求，认为美丽的文采就在我们的日常生活中，就在我们的道德修养实践中。文章应当成为"道之所寓"，而"道"又"存诸心"。只要善于培养道德之"气"，然后"随物赋形"，自然为文，就能成就一代美文。宋濂的诗文美学主张是对唐宋古文家和道学家道德美、心性美思想的一次综合。明代中叶的王守仁不赞成仅在"文词技能"上用工，主张"志于道"而"游于艺"，并把"艺"重新解释为"义"和"理之所宜者"，认为"理之发见可见者谓之文"，而"理"就在"心"中，"心外无理"。这与宋濂的诗文美学主张相呼应，可视为古代儒家道德美学尤其是宋代理学家美学主张的一种回响。

明代文坛出现了要求"文必秦汉、诗必盛唐"的前、后七子。这虽然有拟古之嫌，但同时我们注意到，这实际上包含着对秦汉散文、盛唐诗歌美学法则的清理和盘点。这种美学法则既有属于形式美学范畴的，如李梦阳总结的"法式""规矩"，王世贞总结的"格调法度"，何景明、王廷相的"意象"论，也有属于情感美学范畴的，如徐祯卿的"因情立格"说、谢榛的"情景"说。它们深入揭示了秦汉文、盛唐诗的美学本质和特征。尤其是谢榛的《四溟诗话》，详细剖析了诗歌寓情于景、即景传情的特点和一系列形式法则，堪称古代诗歌美学的系统建构。

在前后七子之间，有一个散文流派不同意七子的"文必秦汉"主张，认为唐宋散文创作也很有成就，进而要求取法唐宋散文。这就是"唐宋派"。如果说前后七子主要的建树在诗歌美学方面，唐宋派则把着力点放在了唐宋以韩愈、欧阳修为代表的散文创作美学法则的总结上。唐宋派并不否认秦汉散文的成就，但认为秦汉散文"法寓于无法之中"，无法可依，而唐宋散文则有法可循，易于学习。学者可以先由唐宋文入手，最后进入秦汉文境界。唐宋派所标举的唐宋散文家如韩愈、柳宗元、欧阳修等人其实是很重视文章的载道之美的。然而唐宋派并没有重复他们的道德美学主旨，而是将文章所表现的"道"改造为自家的"真精神"和"千古不可磨灭之见[1]",在创作方法上强调"神明变化"之法。这是在明代中后期崇尚个性的时代风潮影响下对苏轼为代表的唐宋散文美学神韵的总结和发现。

中明以后,王阳明心学走到了它的反面,这一反抗理学道德磐石的沉重压抑,要求解放自然人欲人情的启蒙思潮奔突弥漫于整个社会,流泽所被,延及清代。于是在这个时期,出现了以"真心""真情""个性""见识"为美的美学新潮。而这一美学新潮,未尝不可视为是对六朝美学否定之否定的继承和扬弃。六朝人崇尚自然情欲之美,但末流所及,荡而忘返。明清人崇尚"一人之性情",又兼顾"天下之性情";既肯定"情"的可贵,又认识到"情极"则"俚"。当然,这是就整体倾向而言。具体说来,又异彩纷呈。李贽拈出"童心"与传统道德相对抗,高标自家"胆识"和不羁之"才",公开宣称"以自然之为美",一时影响甚大。徐渭、焦竑、屠隆、公安派、竟陵派、袁枚、龚自珍等,都主张以自家"性灵""情性"为主,不受陈规旧律的限制,也不为道德理性所拘。如焦竑主张"脱弃陈骸,自标灵采";屠隆主张"文章止要有妙趣","性灵不可灭";袁宏道主张"独抒性灵,不拘格套",认为"情至之语,自能感人","古何必高,今何必卑";竟陵派尊性灵,尚人情;袁枚指出诗以"性灵"传世;龚自珍明确提出"宥情""尊情",主张以人性之"完"的状态为美。特别值得注意的是清初的黄宗羲、王夫之虽以大儒名世,却没有汉儒和宋儒的迂腐,而是将诗文之美与自然之"情"紧密联系起来。如黄宗羲指出:"情之至真,斯论美也。""情至"之文才是"至文"。王夫之在《姜斋诗话》和《古诗评选》《唐诗评选》《明诗评选》中分析了"情"在诗中的各种表现形态,成为谢榛之后中国诗学的又一座高峰。章学诚尽管史学观念很重,但

---

1 唐顺之:《答茅鹿门知县二》,《荆川先生文集》卷七,《四部丛刊》本。

仍然肯定"情"在文章中的重要地位,指出"气畅而情挚,天下之至文"。如此等等,标志着情感美学在明清启蒙思潮中所达到的辉煌。

除此而外,在清代诗坛,叶燮要求诗歌创作"幽渺以为理,想象以为事,惝恍以为情[1]";翁方纲融铸王士禛的"神韵"和沈德潜的"格调"而创"肌理"说,既是对明代七子诗法、诗情思想的继承和改造,也是对中国诗学的又一次总结和丰富。刘大櫆倡导"文气"与"文法",方苞兼顾散文"言有物"与"言有序"之"经纬",姚鼐从"神理气味"与"格律声色"方面论述文章的内容要求和形式规律,将明代七子尤其是唐宋派对散文审美规律的总结进一步加以丰富完善。至刘熙载《艺概》中的《文概》《赋概》《诗概》《词曲概》及《游艺约言》,既强调散文、诗歌表现的心性道德之美,又总结了散文、诗歌的形式美法则,堪称中国古代诗文美学的集大成之作。

2)小说美学

在明代以前,中国的小说创作经历了六朝志怪、志人小说,唐代传奇小说、宋代话本小说诸阶段。与后世相比,小说创作的规模、手法、成就均不可同日而语,加之由于鄙薄小说为"小道"的传统观念的影响,此前的小说评点美学尚处于起步阶段。明初诞生了《三国演义》《水浒传》两部具有很高艺术价值的长篇小说,加之明中叶思想界相对比较活跃和解放,于是围绕着《三国演义》《水浒传》的评点,在嘉靖、万历时期出现了小说美学的繁荣局面。明代中期《西游记》《金瓶梅》两部划时代长篇小说的问世,又引发了晚明小说评点的兴盛。在明代后期,《三言》《二拍》的出现,代表着中国古代短篇白话小说的最高成就,而编者冯梦龙亲自操刀对《三言》等小说集的批评,也反映了晚明小说美学的最高水准。明末清初,金圣叹、毛宗岗、张竹坡觉得明

---

[1] 叶燮:《原诗》内篇,二弃草堂本。

人的评论意犹未尽,于是分别评点《水浒传》《三国演义》《金瓶梅》,从而将小说美学的成就推向最高峰。清代中叶伴随着《红楼梦》的诞生出现的脂评,可以说曲终奏雅,成为清代小说评点皇冠上的一颗明珠。由此可见,如果说小说代表了明清文学的最高成就,那么明清小说美学则是对这种艺术成就的理论总结。

概括说来,明清小说评点美学是从蒋大器、张尚德的《三国演义》评论开始的。二位的观点基本一致,一方面肯定《三国演义》有裨"风教"的道德美,另一方面又肯定《三国演义》可以通俗的文辞"羽翼信史",成为传播正史的有效辅助手段。这些评点尚未触及历史小说的深层审美规律。稍后继出的李贽和托名李贽的叶昼的《水浒传》评点则深入到小说在奇幻的虚构中"像情像事""逼真传神"的审美特点。于是,小说真幻相即的艺术真实问题饶有兴味地提出来,成为明代小说评点的中心话题。谢肇淛指出《西游记》"虽极幻妄无当,有至理存焉",袁于令评论《西游记》"极幻之事,乃极真之事",李日华评论《广谐史》时说它"虚者实之,实者虚之",冯梦龙评论话本小说《三言》时说它"事真而理不赝,即事赝而理亦真",凌濛初评论《二拍》时说它"事之真与饰,名之实与赝各参半",标志着艺术真实问题已成为明代小说美学的共识。清人接过明人小说评点的接力棒奋力冲刺,创造了最终的辉煌。金圣叹的《水浒传》评点、毛宗岗的《三国演义》评点、张竹坡的《金瓶梅》评点、脂砚斋的《红楼梦》评点,不仅达到了这四大奇书评点的最高峰,而且深入分析了小说创作的一般规律,完成了对中国小说美学的系统建构。如关于创作发生,金圣叹提出"怨毒著书"说,张竹坡提出"泄愤""寓意"说,脂砚斋提出动"情"说。如关于艺术真实,金圣叹说小说是"因文生事","凭空造谎",然而"任凭提起一个,都是旧时熟识";毛宗岗说小说文字"有虚实相生之法",要"出人意外",又"在人意中";脂砚斋强调"事之所无,理之必有"。关于人物塑造,金圣叹提出"格物""动心",过剧中人生活的思想;张竹坡要求作家"千百化身","现各色人等";脂砚斋反对"恶则无往不恶","美则无一不美"的简单化,强调人物形象的丰富性。关于人物个性的重要性,金圣叹指出《水浒传》令人"看不厌","无非为他把一百八个人性格都写出来",而写个性的方法主要有"背面敷粉""同中见异";毛宗岗认为《三国演义》最大的成功是塑造了一系列"奇人""奇才";张竹坡揭示《金瓶梅》之妙在"于一个人心中,讨出一个人的情理","能为众角色摹神";脂砚斋认为《红楼梦》"写一人,一种人活像","移之第二人万不可"。关于古代小说的情节处理,则要求敢于设计相同相近的情节(犯),并在同中显异(避)。金圣叹谓之"于本不相犯之处特特故自犯之,而后从而避之";毛宗岗将犯而能避叫做"同树异枝""同枝异叶""同叶异花""同花异果",并分析其缘由:"作文者以善避为能,又以善犯为能。不犯之而求避之,无所见其避也;惟犯之而后避之,乃见其能避也。"张竹坡概括为"特特犯乎,绝不相同"。关于古代小说以情节取胜的美感特征,金圣叹称之为"险绝妙绝""险极快极";毛宗岗认为"文章之妙,妙在猜不着","读书之乐,不大惊则不大喜,不大疑则不大快,不大急则不大慰[1]"。

3) 词论美学

关于明清词的发展状况,晚清人陈廷焯、王煜有过精要的概括:"词兴于唐、盛于宋、衰于元、亡于明,而再振于我国初,大畅厥旨于乾嘉以还也。"(陈廷焯《白雨斋词话》卷三)"词自两宋而后,衰于元,敝于明,至清而复振。"(王煜《清十一家词抄自序》)词的创作自宋代出现婉约派、豪放派、骚雅派争奇斗艳的辉煌后,元明间则跌入低谷,清代则迎来了词的中兴。清代词人、词作之多,大大超过宋代。根据已出诸总集统计,宋代词人1 430余人,词作

---

[1] 毛宗岗批点:《第一才子书》第四十二回回评,邹梧岗参订本。

20 860余首,清代顺治、康熙两朝词人达2 100余人,词作50 000余首。在词人辈出、词作众多的同时,清代词坛出现了云间派、西泠派、广陵派、浙西派、阳羡派、常州派等流派纷呈的繁荣局面。与此相应,清代词学理论也迎来了宋代之后的又一高峰,呈现出与宋代词论乃至此前词论不同的"尊体"取向。

所谓"尊体",即推尊词体的价值、地位。清代词论的"尊体"取向,是相对于五代两宋以来的词论多视词为"诗余""小道"的观念而言的。而这个时期的词所以被视为不登大雅之堂的"小道""诗余",是因为它大多以娱宾遣兴、表达与道德寄托无关的艳情或羁旅之情为主,这恰恰是诗不屑表现的。方智范先生在分析以宋代词论和清代词论为代表的中国词学批评两个高峰阶段的不同特点时指出:"与词的创作历程大致同步,词学理论批评的发展也呈现为'马鞍形':宋代和清代是两个高峰……我们把词学批评的历史划分为两个大的阶段:前一个阶段自唐代至明末,以欧阳炯《花间集序》的'侧艳论'发端,到北宋末年李清照《词论》提出'别是一家'说,标志着以婉约为宗的传统词学观的正式确立……"词学批评的后一个阶段,是由清初至民国初,随着词的创作的再度繁盛,理论批评也进入一个更为辉煌的时期。""纵览清代各家词论,几乎都贯穿着尊体观念,只是或显或隐而已[1]。"这大抵可作为我们理解古代词论美学走向的参考和依据。

明代词作,不出花前樽下的小词范围,词论则以词为"小道""小乘"。清代词风为之一变,所作词以道德为承当,以沉雄阔大为气象,各家各派均笼罩在"尊体"的词学观念中。云间派词人陈子龙认为词"小道可观",沈亿年说"词虽小道",但可"羽翼大

---

[1] 方智范《中国历代词学论著选·前言》,陈良运主编《中国历代词学论著选》,百花洲文艺出版社1998年版。

雅",报道了清代变"小道"为"大雅"词学观转变的最早信息。西泠派词人丁澎以"德业之余"重新界定"诗余"涵义,广陵派代表王士祯盛赞东坡稼轩词为"天地间至文"。阳羡派继续为苏、辛变体张目,陈维崧认为"诗词经史,语无异辙",任绳隗指出"不得谓词劣于诗",史惟园要求词"入微出厚",有风骚之"志意"。常州派论词主"风雅寄托",张惠言主张"以内言外",周济要求"意能尊体",刘熙载强调"词莫要于有关系",谭献甚至认为词之"比兴之义、升降之故,视诗较著",陈廷焯高标"沉郁",大力推举辛弃疾,况周颐以"重、拙、大"为"词心"。这些都是从儒家道德意蕴方面给词注入厚重内涵。与此同一路经,查礼、郭麐、王昶、吴锡麒等人既否定"小道"观,也排斥学苏、辛而流于"粗豪"的偏向。而浙西派论词"以雅为尚",推尊姜夔、张炎,如厉鹗声称词"必企夫雅",朱彝尊主张以"雅"制"秽",汪森进而认为"以词为诗之余,殆非通论",侧重从超俗的道家道德方面使词从艳科之中摆脱出来,从而达到与诗平起平坐的地位。经过清人的努力,词成为与诗并列的一种诗体而为人们广泛接受。

4)戏曲美学

在经历了元代戏曲——杂剧的辉煌之后,明清戏曲迎来了传奇的繁荣。其代表作是《牡丹亭》《清忠谱》《长生殿》《桃花扇》。与此同时,杂剧在明清也间有创作,著名者如徐渭的《四声猿》。元代戏剧创作积累了大量实践经验,为明代戏曲理论的总结奠定了坚实的基础。而明代戏曲创作的兴盛也对戏曲理论的研究提出了内在要求,推动着明代曲论的发展。明代戏曲批评呈现出相当繁荣的景象,并诞生了王骥德《曲律》这样的持论公允、剖析系统的曲论巨著,体现了戏曲美学的综合趋向。清代曲论在局部上继续有所深化,并出现了李渔的《闲情偶记》这样集大成的戏曲论著。而金圣叹的《西厢记》评点,则把中国戏曲美学推向了高峰。明清曲论不仅分析了中国古代戏曲的两种最主要的形态北曲杂剧和南曲传奇的不同特点,而且抓住戏曲创作的一般规律,诸如曲词特点、协律入乐、情节结构这三大要素展开探讨,并就戏曲"能感人"、寓教于乐的审美功能以及演员表演等问题提出要求,从而显示出戏曲美学的特殊个性。

明初,太祖之子朱权以王子之尊从事戏曲创作和研究,其《太和正音谱》对戏剧体裁、杂剧题材、角色塑造、曲调演唱等问题作了较为全面的探讨,并对元代杂剧作家作品作了逐一评点,奠定了后世曲学体系的雏型。明代中叶以后至明末,戏曲领域展开了一系列的论争。论争中出现了三大派。一派是本色派,主张戏曲创作符合戏曲本来的审美规律,曲词要入乐协律,明白易晓。如沈璟提出"宁协律而词不工",冯梦龙要求"以调协韵严为主",李开先主张"明白而不难知",何良俊声明"填词须用本色语",徐渭呼吁"贱相色,贵本色",徐复祚崇尚"本色当行",贬低"藻丽堆垛",凌濛初也主张"贵当行不贵藻丽"都可归入这一派。另一派与此针锋相对,可以叫情趣派。不仅唯情,而且重趣。从"情趣"出发,汤显祖"因情成梦,因梦成戏",曲词"为情作使",趣味所至突破音律制约,然而宁可"拗折天下人嗓子"。汤显祖的《牡丹亭》问世后,因为情节虚幻、文词典雅、音律未谐,遭到吴江派的批评,有人讥之为"案头之书",非"场中之剧"。茅元仪、茅暎则竭力维护汤显祖,"事不奇幻不传,辞不奇艳不传"。王思任则不从"音律",而是从"文义"方面赞赏《牡丹亭》。而张琦作为明末唯情论的代表,其《衡曲麈谭》则把情感至上的观点从戏曲扩展到散曲。在这两派的激烈论争中,也有一些人兼取两派的合理意见加以折中,可称之为折中派。他们主张,戏曲既"可演之台上,亦可置之案头"。王世贞主张戏曲既要"近雅"又应能"动人",屠隆主张"雅俗并陈,意调双美",臧懋循主张"雅俗兼收,串合无痕",吕天成肯定"即不当行,其华可撷;即不本色,其质可风",孟称舜认为"达情为最,协律次之",祁彪佳"赏音律而兼收词华",都体现了这种倾向。在折中

与中国社会科学院哲学所聂振斌研究员合影。聂振斌研究员曾为祁志祥《中国美学通史》作序

派中,王骥德从"大雅与当行参间"出发,提出"以调合情"的主张,指出"纯用本色,易觉寂寥;纯用文调,复伤雕镂"这两种值得防止的偏向,在吸收以往各派各家成果的基础上,分四十章,就戏曲的源流、南北曲特点、音律、文辞、宾白、结构、创作方法等问题做了系统的理论分析和总结。清初李渔在此基础上著《闲情偶寄》"词曲部""演习部"和"声容部",首重"结构",次论"词采"和"音律",兼论宾白、科诨、格局和导演、表演,其中特别触及戏曲的人物塑造和审美接受特点,成为古代曲学的集大成者。金圣叹将前人的戏曲美学思想运用于《西厢记》评点并有自己的独特发挥。他从儿女"至情"的表现方面肯定《西厢》是"妙文",驳斥"淫书"的诬蔑;围绕《西厢》之人物塑造、个性特征、情节结构、创作方法作出极为深入细腻的分析;并揭示了"借古之人之事以自传道"的创作发生奥秘和今日之读《西厢》不同于前日所读之《西厢》、"世间妙文原是天下万世人人心里公共之宝,决不是此一人自己文集[1]"的审美创造特点。其深度和广度真可谓是登上了中国古代戏曲批评的最高峰。

5. 近代至当代:中国现代美学学科的转型期

从1840年鸦片战争爆发之日起到"五四"新文化运动之前,史称"近代"。

以1915年9月15日创刊的《新青年》为起点,1919年"五四"运动为标志的"五四"新文化运动,标志着中国"现代"历史的

---

[1] 金圣叹:《读第六才子书西厢记法》,《贯华堂第六才子书西厢记》,清顺治十三年本。

开端。

1949年10月1日中华人民共和国的成立,标志着当代的开始。

"近代"大部分时间包含在晚清中,严格说来是一个不能与"清代"并列的时间概念。人们之所以习用之,是因为在这个时期中国的国门被迫打开,人们向西方世界学习的重要结果,是产生了以1898年的"戊戌维新"为标志的改良运动和推翻几千年帝制的"辛亥革命"。

"近代"不仅是一个政治概念,也是一个人文概念。在这个时期,西方的各种人文思想蜂拥而至,冲击着传统的学术理念和思维方式,并与之发生化合、转换,促进了现代学术范式的诞生。

近代是中国古代美学向现代美学学科转型的萌芽时期,也是中国现代美学学科的奠基时期。西方的"美学"学科概念开始出现,"美学"课程在大学开设,"美学"作为研究美的哲学的学科定义得到初步界定,人们开始认识到艺术是以美为特征的"美术";文学作为美的艺术的一个重要种类,不再是古代广义的"泛文学""杂文学",而是"属于美之一部分"的"美术"。最典型的"美文学"莫过于"小说"这种体裁。"美"一方面被界定为超功利的愉快对象,如王国维;另一方面又被视为有价值的愉快对象,当作实现政治功利的有效手段,如康有为、梁启超。随着西方的价值理念进入中国,美的观念开始发生根本性变化。人们崇尚"民权""平等""自由",给美注入新的价值内涵,为"五四"新文学运动的美学观奠定了思想基础。

现代是美学学科的诞生与演变时期。具体分两个阶段。

从1915年到1927年的"五四"前后这段时期,是中国现代美学学科和文艺学科宣告诞生的阶段。不仅诞生了萧公弼、吕澂、范寿康、陈望道的多种《美学概论》,而且诞生了徐庆誉、黄忏华、徐蔚南的艺术哲学专著和潘梓年、马宗霍、田汉等人的多种《文学概论》。吕澂、范寿康的《美学概论》提出"美是价值""美学是关于价值的学问",体现了这个时期主观论美学的倾向。"五四"文学革命既是一场文学的审美革新运动,又是一场思想价值的启蒙解放运动。陈独秀、胡适、周作人、鲁迅等"五四"新文学运动主将一方面继续推进文学的审美运动,另一方面又继承近代涌现的新的价值取向,通过美文学样式进行"思想革命"和"道德革命",使文艺美的形式和内涵都得到进一步发展。

从1928年到1948年新中国成立前是中国现代美学发展的第二个阶段,它是主观论美学与客观论美学交互斗争并最终走向客观论美学的阶段。1928年爆发"无产阶级革命文学"论争之后,"五四"崇尚的价值理念逐渐被无产阶级革命、阶级人性、唯物主义、集体主义、遵命工具等价值范式所取代,主观论美学逐渐让位于客观论美学。承接着"五四"时期价值论美学的主观倾向,30年代初李安宅著《美学》对五四时期"美是价值"的学说加以重申,朱光潜以富于创造性的主观经验论美学风靡整个30年代,后来宗白华、傅统先等人的美学学说基本上不外是对朱光潜的发挥与改造。与此同时,以通向"革命"的历史唯物主义美学为特征的客观论美学在与主观论美学的斗争中逐渐崛起。柯仲平的《文艺与革命》最早以专著的形式竖起"革命文艺"的大旗,胡秋原的《唯物史观艺术论》是俄国普列汉诺夫唯物论美学在中国的最早传播,金公亮的《美学原论》是对西方客观论美学的移译,毛泽东《在延安文艺座谈会上的讲话》则提出了苏区文艺界唯物论美学纲领。在马克思主义唯物论美学的总原则下,诞生了蔡仪的《新艺术论》和《新美学》,提出了"美即典型"的客观唯物论美学体系。在艺术哲学领域,诞生了钱歌川的《文艺概论》、俞寄凡的《艺术概论》、向培良的《艺术通论》和十多部《文学概论》,继承"五四"时期奠定的美文学概念,同时主张文艺为民族救亡和民主解放服务。

当代是中国美学学科的自我创构、定型与新变时期,具体分三个阶段。

　　第一个阶段是五六十年代,这是中国化美学学派的产生阶段,也是唯心论美学遭围剿、唯物论美学占主导的阶段。围绕着美本质开展了美学大讨论,诞生了朱光潜的主客观合一派、蔡仪的客观派、吕荧和高尔太的主观派、李泽厚及洪毅然的社会实践派,以及继先和杨黎夫的价值论派。结果,主观论、二元论美学遭到批判,客观实践论美学逐渐成为主流话语。同理,在文学理论领域,钱谷融发表《论"文学是人学"》,弘扬文学的人性原则遭到声讨,以群主编出版全国高校统编教材《文学的基本原理》,形象反映论和阶级论革命论的美学原则得到确立。

　　第二个阶段是八九十年代,这是中国式的美学学科体系的建设、创新阶段。一方面,学界以极大的热情投身到实践美学原理体系的建设中。诞生了几部实践美学教材,如王朝闻主编的《美学概论》,杨辛、甘霖合写的《美学原理》,刘叔成等人合写的《美学基本原理》,基本观点为"美是人的本质力量的感性显现"。周来祥提出的和谐美学也是实践美学学说的另一种阐释。蒋孔阳的《美学新论》则是实践美学体系的进一步完善。另一方面,伴随着新方法论热,诞生了用新方法探索美的一些新学说,如黄海澄的系统论、控制论美学原理,汪济生的一元论三部类三层次美论体系、王明居的模糊美学原理。与此同时,美学与心理学的联姻还催生了一批美感心理的研究成果,如彭立勋从辩证唯物论角度对以往美感研究成果的总结,滕守尧应用格式塔美学成果对审美经验的个性化探索,金开诚提出的"三环论"文艺心理学原理。在文艺理论领域,人们从"极左"理念中解放出来,一方面要求文学摆脱为政治服务的枷锁,还文学自身以超功利的审美自律,另一方面又要求摆脱纯形式实验,承载人道主义的精神内涵。如果说八十年代初的三部文论教材——蔡仪主编的《文学概论》、以群主编的《文学的基本原理》修订本、十四院校合编

祁志祥与复旦大学中文系教授朱立元先生合影，摄于2018年元月

的《文学理论基础》体现了承前启后的过渡，那么，徐中玉在呼唤创作自由的同时主张文济世用，王元化提出继承"五四"、超越"五四"，艺术形象"美在生命"，刘再复重提五四"人的文学"口号，创构"人物性格的二重组合"原理，钱中文提出文学是"审美意识形态"，则集中体现了艺术哲学中审美与人道交融、形式与内涵并进的新思路。

世纪之交以来是中国当代美学的第三阶段，这是美的解构与美学的重构阶段。美学进入有学无美的反本质主义新阶段。海德格尔的存在论、胡塞尔的现象学在21世纪成为中国美学界追求超越实践美学普遍使用的新的世界观和方法论。学界告别传统美学的本质论、客观论以及主客二分的认识论思路，从主客合一的审美活动来描述不断生成的审美现象，美的本质不再作为美学研究的起点，美的规律、特征、根源等等也不再被研究。美的本质论被取消了，美学体系开始了新的重构，产生了杨春时的"存在论超越美学"、朱立元的"实践存在论美学"、叶朗的"意象美学"、陈伯海的"生命体验美学"、曾繁仁的"生态美学"以及笔者的"乐感美学"等系统理论[1]。

---

[1] 祁志祥的《中国美学通史》（人民出版社2008年版）不仅考察了诗、文、词、曲、小说、书法、绘画、音乐、园林艺术美论的演变，而且考察了儒、道、墨、法、佛、玄哲学美论的演变。二者在历史分期上并不完全吻合。这里略去哲学美论的历史观照，仅以艺术美论为主，考察中国古代美学发展的历史分期。

附　录

1. 钱中文主要著述

《果戈理及其讽刺艺术》　上海文艺出版社,1980年10月。
《现实主义和现代主义》　人民文学出版社,1987年8月。
《文学原理——发展论》　社会科学文献出版社,1989年9月。
《文学理论流派与民族文化精神》　吉林教育出版社,1993年2月。
《文学发展论》(增订本)　经济科学出版社,1998年8月。
《文学理论:走向交往对话的时代》　北京大学出版社,1999年7月。
《钱中文学术文化随笔》　中国青年出版社,2000年3月。
《新理性精神文学论》　华中师范大学出版社,2000年6月。
《文学新理性精神》　台湾洪业文化事业有限公司,2004年8月。
《钱中文文集》单卷本　中国社会科学院学术委员文库,上海辞书出版社,2005年5月。
《钱中文文集》四卷集　韩国新星出版社(精装)、首尔出版社(平装)2005年10月。
《自律与他律》(合著)　北京大学出版社,2005年11月。
《钱中文文集》四卷集(国内版)　黑龙江教育出版社,2008年3月。
《文学理论:求索与反思》　中国社会科学院学部委员专题文

集,中国社会科学出版社,2013年1月。

《桐荫梦痕》 北京师范大学出版社,2013年1月。

《审美与人文》 北京社科名家文库,首都师范大学出版社,2016年4月。

《理论的时空》 复旦大学出版社,2016年6月。

《文艺理论建设丛书》(7种) 吉林教育出版社,1993年。

《读意大利》《读法兰西》《读英格兰》《读美利坚》《读德意志》《读俄罗斯》(6种) 山东泰山出版社,2008年1月。

《巴赫金全集》(中译本6卷集) 河北教育出版社,1998年6月。

《巴赫金全集》(中译七卷本,增订本) 河北教育出版社,2009年9月。

合作主编丛书与文集:

《现代外国文艺理论译丛》(14种) 北京三联书店,1984年—1993年。

《新时期文艺学建设丛书》(36种) 华中师范大学出版社等出版社,2000年—2002年。

《文学理论方法论研究》 湖南文艺出版社,1987年12月。

《文学理论:回顾与展望》 河南大学出版社,1993年8月。

《文学理论:面向新世纪》 山东人民出版社,1997年。

《中国古代文论的现代转换》 陕西师范大学出版社,1997年7月。

《理论创新时代:中国当代文论与审美文化的转型》 知识产权出版社,2009年7月。

《文学理论前沿问题研究》 河南大学出版社,2011年6月。

《中国中外文艺理论研究(2011)》 中国社会科学出版社,2012年7月。

《中国中外文艺理论研究(2012)》 中国社会科学出版社,2013年8月。

谢德林(俄):《现代牧歌》(合译) 上海译文出版社,1996年8月。

编选《陀思妥耶夫斯基精选集》 山东文艺出版社,1998年3月。

2. 祁志祥主要著述

一、文学理论

1.《中国古代文学原理》,学林出版社,1993年。

2.《中国古代文学理论》,全国普通高校"十一五"国家级指南类教材,山西教育出版社,2008年,获上海市普通高校优秀教材奖。

3.《历代文学观照的经济维度》,十二五国家重点图书出版规划项目子项目,编著,河南人民出版社2012。

二、美学理论

1.《美学关怀》,复旦大学出版社1998年。

2.《人学视阈下的文艺美学探究》,上海财经大学出版社,2010。

3.《乐感美学》,2015年国家社科基金后期资助项目,北京大学出版社,2016。

4.《中国美学原理》,山西教育出版社,2003。

5.《中国美学的文化精神》,上海文艺出版社,1996。

6.《美学与远方》,双主编之一,上海人民出版社,2017。

三、美学史

1. 三卷本《中国美学通史》,2005年国家社科基金项目,人民出版社,2008年,获第六届高等学校科学研究优秀成果奖、上海市第十届哲学社会科学优秀成果奖。

2. 五卷本《中国美学全史》,上海市高校服务国家重大战略出版工程项目,独著,人民出版社,2018年。

3.《中国文学美学史》,十二五国家重点图书出版规划项目子项目,独著,山西教育出版社,2014年。

4.《中国现当代美学史》,2016国家社科基金后期资助项目,商务印书馆,2018年。

四、佛教与佛教美学

1.《佛学与中国文化》,学林出版社,2000年。

2.《佛教美学》,上海人民出版社,1997年。

3.《似花非花——佛教美学观》,宗教文化出版社,2003年。

4.《佛教美学新编》,上海人民出版社,2017年。

5.《中国佛教美学史》,北京大学出版社,2010年。

五、哲学研究

1.《人学原理》,商务印书馆,2012年。

2.《中国人学史》,上海大学出版社,2002年。

3.《中国现当代人学史》,学林出版社,2006年。

4.《中国现当代人学史》修订版,台湾独立作家,2016年。

六、国学人文研究

1.《国学人文读本》,主编,上海文化出版社,2008年。

2.《国学人文导论》,商务印书馆,2013年。

3.《国学与人生》,商务印书馆,2017年。

七、法理学

《社会理想与社会稳定》,财政部"城市公共安全与社会稳定科研基地"项目子项目,社会科学文献出版社,2013年。

八、文学与经济

《中国传统文学与经济生活》,双主编之一,河南人民出版社,2006年。

Postscript 后 记

大约四年前,我趁到北京开会的间隙看望启蒙导师钱中文先生。他说:"你来了,我正好有一包东西要交给你。"说着他进房间取出一包信札,那是我80年代写给他的几十封书信。

这令我感到很意外。1981年,通过投稿请教的关系,我与钱中文先生建立起一段意外的学术交往联系。钱先生在百忙中给我看稿改稿、回信指导,一直到1987年我考上研究生后不再去信叩扰,6年中他写给我的书信多达25封。钱先生是长我25岁的学术前辈,他的书信对改变我的人生起到了至关重要的作用,我甚为珍惜,一直保留在身边。而当时年轻的我写的信很稚嫩,对文艺美学发表的意见可谓卑之无甚高论,而钱先生却悉心保存,一封不少。这种对待后学的谦逊之举委实让我惊讶和感动。

不过,正是钱先生的这个有心之举,使得我们这本通信集得以编纂。回来后我整理、清点了一下,钱先生保留的我写的信共有44封。由于通信频繁,当年我们二人每次信件落款的时间大多省略了年份,这就给信件的衔接带来了麻烦,整理得头昏脑涨,但也未必全部准确。所幸《黑龙江社会科学》在刊发本通信时校正了几处时间差错,本人在阅读本书校样时又发现并校正了一信的年份差错。

在编发通信时,由于信件距今年代久远,不做一些文字说明读者便无法理解,于是由我执笔加以必要的叙述交代。如此串联起来的通信达六万六千多字。为了便于阅读,我在整理完成后根据信件内容加了小标题，它们恰好构成了有起伏张弛的传奇故事。作为身处逆境拼搏的我，几次命悬一线，又几次绝路逢生，最后云开日出。生活有时比艺术更富有戏剧性。

现在回想起来，钱先生当时在我身上的付出是极其无私的。我是一个专科生（当时我考的是重点大学分数，但却取到专科学校，这是我一直感到委屈和无助的），当时英语只有初一的水平，也不知研究生为何物。钱先生的付出很有可能没有回报，而且没完没了。幸好上天眷顾，天道酬勤，我在钱先生付出六年后，总算有了个好结果，考上了徐中玉、陈谦豫先生的研究生。这样，钱先生的辛勤付出没有白费，并且他的付出也可告一段落。我常想，如果我努力不出一个结果来，怎样面对钱先生！真是无法想象。

如果说80年代通信的六年是我们扬帆出征的时候，那么，30多年后，则是我们收获的季节。所以本书增加了下编，选取二人代表性的论文来展示奋斗的主要结果。它们与上编的通信保持着一定的联系。这里要说明的是，考上研究生后我又开始了新的征程，在后来的岁月中不断思考、不断推出新著，其中有一个重要的心理动因，就是不断做出成绩，创造惊喜，报答当年栽培过我的老师。

本书出版前，有关钱中文先生的书信，笔者曾以《高尚的人格，深邃的学养——钱中文先生20世纪80年代的学术通信》为题，刊发于《辽宁大学学报》2017年第3期；本书上编曾以《钱中文、祁志祥20世纪80年代文艺美学通信》为题，全文刊发于《黑龙江社会科学》2017年第6期。在此，谨向《黑龙江社会科学》主编那晓波、《辽宁大学学报》责编康艳致以由衷感谢。

通信集编好初稿后，一直希望找一家出版社出版。原学林出版社的策划编辑叶刚对这个选题颇为看好，将这个选题带到了他新加盟的上海教育出版社，并得到社领导刘芳女士的认可与支持。他们二位后来还参与了本书上编的改订、策划了下编的增补等事项，使得本书能够以现在这样精美的面目呈现在读者面前。对此，谨向上海教育出版社副社长刘芳女士和叶刚编审表示衷心感谢。

  借这个机会，我还要感谢《社会科学战线》和《学习与探索》。80年代通信时，钱先生曾向这两家刊物推荐过我的稿件。由于稿件肤浅，未曾见用。没想到多少年后，我成为这两家刊物的固定作者，许多重要文章都在这两家刊物发表。这诚然不否认通过自身的努力带来的文稿质量的提升，但《社会科学战线》的责编张利明博士和《学习与探索》的副主编那晓波研究员、责编修磊博士择优取稿、无私支持自是重要因素。特此真诚鸣谢！

祁志祥

2018年1月

图书在版编目（CIP）数据

钱中文、祁志祥八十年代文艺美学通信/钱中文，祁志祥著.—上海：上海教育出版社，2018.4
ISBN 978-7-5444-8173-1

Ⅰ.①钱… Ⅱ.①钱…②祁… Ⅲ.①文艺美学—文集 Ⅳ.①I01-53

中国版本图书馆CIP数据核字（2018）第045606号

策　　划　刘　芳　叶　刚
责任编辑　叶　刚
装帧设计　王国樑

钱中文、祁志祥八十年代文艺美学通信
钱中文　祁志祥　著

出版发行	上海教育出版社有限公司
官　　网	www.seph.com.cn
地　　址	上海永福路123号
邮　　编	200031
印　　刷	上海展强印刷有限公司
开　　本	640×965　1/16　印张 17.25　插页 4
字　　数	210千字
版　　次	2018年4月第1版
印　　次	2018年4月第1次印刷
书　　号	ISBN 978-7-5444-8173-1/I·0094
定　　价	58.00元

如发现质量问题，读者可向本社调换　电话：021-64377165